Sandra Grauer

Schorle für dich

Sandra Grauer

Schorle für dich

Roman

Silberburg-Verlag

Sandra Grauer wurde 1983 in Mülheim an der Ruhr geboren. In Heidelberg studierte sie Sprach- und Übersetzungswissenschaften mit den Sprachrichtungen Spanisch und Englisch sowie Jura als Nebenfach. Zudem absolvierte sie ein fachjournalistisches Fernstudium an der Freien Journalistenschule in Berlin und ein Volontariat in einer PR-Agentur in Karlsruhe. Heute arbeitet sie als freie Journalistin und Autorin. Sandra Grauer lebt mit ihrem Mann im oberschwäbischen Herbertingen.

1. Auflage 2014

Umschlaggestaltung:
Christoph Wöhler, Tübingen.
Coverfoto: © Masson – Fotolia.
Lektorat: Gertrud Menczel, Böblingen.
Druck: Gulde-Druck, Tübingen.
Printed in Germany.

ISBN 978-3-8425-1317-4

Kapitel 1

»Wo soll's denn hingehen?«

Der Mann hinter dem Verkaufsschalter musterte mich über seine randlose Brille hinweg. Egal, Hauptsache weg, hätte ich fast gesagt. »Also, ich hatte da diese Tante, Tante Erna«, begann ich, und der Mann hinterm Schalter verdrehte die Augen. Ich ließ mich dadurch nicht beirren und redete einfach weiter. »Die wohnte irgendwo in Schwaben, wenn ich mich richtig erinnere. Und dahin möchte ich.«

»Und genauer können Sie's nicht sagen? Schwaben ist ziemlich groß.«

»Leider nicht, ich war noch sehr klein, als wir meine Tante damals besucht haben.«

»Tut mir leid, aber so kann ich Ihnen leider keine Fahrkarte verkaufen.«

Der Mann wollte schon den Nächsten in der Schlange zu sich heranwinken, doch so leicht gab ich nicht auf. Ich musste hier weg und zwar so schnell wie möglich. »Hören Sie, es ist mir egal, wohin es geht. Ich will nur weg von hier.«

Einen Moment sah mich der Mann neugierig an. Sein Blick wurde weicher. »Lassen Sie mich mal kurz überlegen. Erst neulich hab ich mit Bekannten gesprochen, die dort irgendwo Urlaub gemacht haben. Anscheinend gibt es da ein ganz tolles Keltenmuseum. Die beiden sind Archäologen, wissen Sie. Hat ihnen aber generell sehr gut gefallen, da unten. So viel Landschaft und Natur.«

»Das klingt doch gut«, meinte ich und ignorierte die Schlange hinter mir, die immer länger wurde. »Bei meiner Tante damals war es auch sehr ländlich.« Während der Mann überlegte, sah ich mir sein Namensschild etwas genauer an. Das war so eine Angewohnheit von mir. Manfred Baumeister war sein Name.

Manfred blickte immer noch an mir vorbei. Er schien die Menschenschlange ebenfalls zu ignorieren. Dann sah er mich auf einmal triumphierend an und lächelte. Dabei entblößte er ein paar gelbe Zähne. Die Leidenschaft für Kaffee hatten wir wohl gemeinsam. »Jetzt hab ich's. Herbertingen war's. Hab mir den Namen doch damals nur deshalb merken können, weil mein alter Onkel Herbert hieß.«

Ich lächelte zurück. Na bitte, so schwer war das doch gar nicht. »Hervorragend. Dann bitte eine Fahrkarte nach Herbertingen für mich und meinen Mops.«

»Die Fahrkarte soll ab sofort sein?«, fragte Manfred, der mir immer sympathischer wurde. Ich nickte. »Warten Sie mal. In zehn Minuten fährt ein ICE Richtung Süden. Oder ist Ihnen das zu schnell?«

»Je schneller, desto besser.«

Er warf mir einen mitleidigen Blick zu. »Dann lassen wir die Rückfahrt wohl offen?« Wieder nickte ich. »Haben Sie eine BahnCard?«

Ich schüttelte den Kopf. Keine BahnCard, keine Payback-Karte, ich besaß nichts dergleichen. Hinter mir räusperte sich jemand, aber ich drehte mich nicht um. Zwei Minuten später hatte ich mich von Manfred verabschiedet und hielt die Fahrkarte in mein neues Leben in den Händen.

»Aus dem Weg«, brüllte ich dem turtelnden Liebespaar vor mir zu, das einfach nicht in die Pötte kam und den Weg versperrte. Das konnte ich jetzt gar nicht gebrauchen, und mit meinem Anhang war es mir auch unmöglich, an ihnen vorbeizuziehen. Ich hatte zwei Koffer dabei, die ich mangels freier Hände aneinandergebunden hatte. Mit der linken Hand musste ich nämlich die Leine von Mayo festhalten, meinem Mops. Außerdem trug ich in der Hand noch den Transportkäfig, in dem meine beiden

Meerschweinchen, Amalie und Abigail, saßen. Den großen Käfig hatte ich leider zurücklassen müssen. Ich konnte also nur hoffen, dass ich in Herbertingen noch ein geöffnetes Zoogeschäft auftreiben würde.

Jedenfalls hatte das mit den beiden Koffern nicht ganz so gut funktioniert, wie ich mir das gedacht hatte. Der erste Koffer ließ sich zwar auf seinen Rollen super ziehen, aber der zweite Koffer dahinter war binnen kürzester Zeit umgekippt und rumpelte nun hinter mir her. Ich hatte weder Zeit noch Lust, den Koffer wieder richtig zu platzieren. Außerdem würde es ja eh nicht halten.

Irgendwie schaffte ich es mit meinem Gepäck in den Aufzug und zum Bahnsteig. Der ICE stand bereits dort, und der Bahnsteig war ziemlich leer. Ich warf einen Blick auf die Bahnhofsuhr und stellte fest, dass mir noch genau drei Minuten zum Einsteigen blieben. Suchend sah ich mich um und fand einen uniformierten Bahnmenschen. »Können Sie mir mal helfen?«, fragte ich und deutete auf mein Gepäck.

»Sie planen wohl eine längere Reise, was?«

»Kann man so sagen.« Ich erhaschte einen Blick auf sein Namensschildchen. David Meißner hieß er. Kam mir nicht bekannt vor, leider. Er sah nämlich ziemlich gut aus.

»Wo sitzen Sie denn?«, wollte David wissen.

Ich stellte den Käfig auf den Boden, wobei mir natürlich die Handtasche von der Schulter rutschte. Wenigstens saß der Rucksack fest und verschob sich nicht bei jeder Bewegung. Mayo jaulte laut auf, weil er die Handtasche auf den Kopf bekam. »Tut mir leid, mein Kleiner«, murmelte ich und schob die Handtasche zurück an ihren Platz. Dann holte ich die Fahrkarte aus meiner Hosentasche und nannte David meinen Sitzplatz.

Der sah auf seine Armbanduhr. »Dann mal los, es ist höchste Eisenbahn.«

Wie witzig, ich wusste gar nicht, dass die Leute von der Bahn Humor hatten. Aber wahrscheinlich brauchte man den, um bei dem Verein nicht verrückt zu werden. Ich bückte mich nach dem Käfig, wobei mir die Tasche erneut von der Schulter rutschte. David verkniff sich ein Grinsen, als ich ihm im Eilschritt zum richtigen Wagen folgte. Die Tür gab bereits piepsende Geräusche von sich, als er meine beiden Koffer in den Zug wuchtete. Ich hatte noch genügend Zeit, einen kurzen Blick auf seinen wohlgeformten Po zu werfen, bevor ich mir Mayo unter den rechten Arm klemmte und hinterherkletterte.

»Vielen Dank, das war sehr freundlich von Ihnen.«

»Nichts für ungut.« David tippte sich an seine Mütze und sprang noch rechtzeitig aus dem Zug, bevor sich die Tür hinter ihm schloss.

Ich blickte verzweifelt auf die beiden Koffer, als sich der Zug mit einem Ruck in Bewegung setzte. Mit den beiden Ungetümen würde ich es nie durch die engen Gänge zu meinem Platz schaffen. Also ließ ich sie erst mal stehen und bahnte mir so einen Weg durch das Abteil. Natürlich war mein Sitzplatz fast am anderen Ende. Die Leute beäugten mich neugierig, aber mit einem Hund und zwei Meerschweinchen war das wohl zu erwarten.

»Ach Gott, wie süß«, rief eine ältere Frau, als sie einen Blick auf Amalie und Abigail ergatterte.

Ich nickte ihr freundlich zu und war froh, als ich meinen Sitzplatz endlich erreicht hatte. Auf dem Sitz am Gang saß bereits ein älterer Mann. Er las in einer Zeitung und störte sich überhaupt nicht an meiner Anwesenheit. Hinter mir fingen einige andere Fahrgäste bereits an, zu drängeln. »Entschuldigung, ich müsste auf den Platz neben Ihnen«, sagte ich zu dem Mann.

Er warf mir einen Blick zu, faltete die Zeitung in aller Seelenruhe zusammen und verstaute sie dann in dem Gepäcknetz des Vordersitzes, bevor er aufstand.

Ich brauchte eine Weile, ehe ich Rucksack und Handtasche auf der oberen Ablage verstaut und mich mit den Vierbeinern auf den Sitz am Fenster gequetscht hatte. Amalie und Abigail saßen in meinem Fußbereich, der ohnehin schon viel zu knapp bemessen war. Und dabei hatte ich nicht mal besonders lange Beine, leider. Auch wenn das in solchen Momenten von Vorteil sein konnte. Und Mayo hatte es sich auf meinem Schoß bequem gemacht. Tja, das würde eine lange und unbequeme Fahrt werden, aber was tat man nicht alles, um möglichst weit wegzukommen.

Wir hatten uns gerade einigermaßen häuslich eingerichtet, als ein Kontrolleur kam. »Noch jemand zugestiegen?«, trällerte er freundlich und sah mich an.

Ich nickte, erhob mich umständlich, um an meine Tasche zu kommen und die Fahrkarte herauszusuchen.

Der Mann stempelte die Fahrkarte ab und reichte sie mir zurück. »Denken Sie daran, in Ulm umzusteigen«, sagte er und ging weiter. »Noch jemand zugestiegen?«, hörte ich ihn noch eine ganze Weile weiterflöten.

Ich sah mir den Fahrplan noch einmal genauer an, bevor ich meine Tasche wieder auf der Gepäckablage verstaute. Aus Versehen rempelte ich dabei den alten Mann neben mir an. Ich lächelte entschuldigend, während er in seinem Sitz genervt noch etwas weiter Richtung Gang rutschte.

Eine Weile starrten Mayo und ich aus dem Fenster. Wir waren mittlerweile fast in Düsseldorf, als ich ein paar Bahnmitarbeiter tuscheln hörte. Das Tuscheln wurde immer lauter und aufgeregter. Als ich schließlich Wortfetzen wie »Koffer«, »herrenlos« und »Bundesgrenzschutz« vernahm, fuhr ich erschrocken hoch. Mayo wäre fast von meinem Schoß gerutscht, und der alte Mann neben mir sah mich missbilligend an. »Tut mir leid, ich müsste noch mal raus. Würden Sie mal eben auf Mayo aufpassen?«, fragte ich höflich und warf einen Blick auf meinen Mops.

»Wenn's denn sein muss«, nuschelte der Mann und ließ mich vorbei.

Schnell bahnte ich mir einen Weg zu den drei Bahnmitarbeitern, die gerade darüber beratschlagten, was mit den Koffern zu tun sei.

Ich räusperte mich verlegen, und die Frau sowie die beiden Männer drehten sich einer nach dem anderen zu mir um. »Ähm, Entschuldigung. Es tut mir furchtbar leid. Das sind meine Koffer.«

Nicht zum ersten Mal an diesem ereignisreichen Tag wurde ich misstrauisch beäugt. »Ihre Koffer, sagen Sie?«, fragte die Frau.

Ich nickte. »Ja, meine Koffer. In dem ganzen Stress hab ich sie völlig vergessen. Tut mir echt leid, wird nicht wieder vorkommen.« Ich wollte schon nach den Koffern greifen, doch einer der beiden Männer hielt mich zurück.

»Moment mal, da könnte ja jeder kommen. Name?«

»Jette Haffner.« Der Mann wollte sich zu den Koffern bücken. »Die Koffer haben allerdings kein Namensschild.« Das Namensschild des Mitarbeiters hingegen war deutlich zu sehen: Peter Kruse.

Peter sah trotzdem nach. »Das ist aber sehr unvorsichtig von Ihnen.« Er seufzte und winkte die beiden anderen Mitarbeiter weg. »Geht nur, ich komm schon alleine klar.« Dann wandte er sich wieder mir zu. »Also, ich muss sicher gehen, dass das wirklich Ihre Koffer sind. Zwecks der Sicherheit, das verstehen Sie doch?« Ich nickte. »Also, was ist in diesem Koffer ganz oben?«, fragte er und zeigte auf den größeren.

Oh je. »Also wissen Sie, es musste vorhin etwas schnell gehen. Deshalb hab ich einfach alles in den Koffer gestopft.«

Peter verdrehte die Augen. »Sie wissen schon, dass Sie sich gerade sehr verdächtig machen?«

»Es tut mir leid. Ich würde Ihnen das Ganze ja erklären, aber das dauert dann etwas länger.«

»Versuchen Sie doch wenigstens, sich zu erinnern, was obenauf liegen könnte.«

So langsam spürte ich Panik in mir aufsteigen. Oh Gott, wenn die mich für eine Terroristin oder irgendwas in dieser Art halten würden. Nicht auszudenken. Außerdem würde ich den Koffer nie wieder zukriegen, wenn wir ihn jetzt aufmachen würden. Es war schon ein Wunder, dass er beim ersten Mal zugegangen war. Da hatte ich die rettende Idee. »Warten Sie mal, so ein netter Bahnmensch hat mir am Essener Bahnsteig mit den Koffern geholfen. Vielleicht könnten Sie den ja fragen.«

»So ein netter Bahnmensch, ja? Jetzt sagen Sie mir nur noch, dass er Blau getragen hat.« Er verdrehte abermals die Augen. »Das hilft mir leider auch nicht weiter. Ich fürchte …«

»Moment, ich weiß doch seinen Namen.«

»Tatsächlich? Also?«

»Manfred Baumeister. Ach nein, warten Sie, das war der Mann am Schalter. David Meißner war sein Name. Sagen Sie ihm, ich bin die mit dem Mops und den beiden Meerschweinchen. Dann wird er sich sicher an mich erinnern.«

Peter sah mich einen langen Moment an, dann seufzte er. »Na schön, ausnahmsweise.« Er zog ein iPhone aus seiner Tasche und begann, darauf herumzutippen.

Jetzt wusste ich, warum die Fahrkarten so teuer waren und man sogar für seinen Hund bezahlen musste. Wenn die Bahnmitarbeiter hier alle mit iPhones rumliefen! Erleichtert lauschte ich dem Gespräch. David Meißner schien sich an mich zu erinnern.

»Sie haben nochmal Glück, Herr Meißner hat Sie identifiziert. Und das nächste Mal sind Sie mit Ihrem Gepäck bitte ein bisschen vorsichtiger.« Er wandte sich zum Gehen.

»Ähm, Herr Kruse, Sie könnten mir nicht zufällig mit den Koffern helfen? Die sind ziemlich schwer.« Ich wusste, dass ich seine Nerven ein wenig überstrapazierte, aber darauf konnte ich keine Rücksicht nehmen. Die Koffer mussten hier weg, und allein würde ich sie nie irgendwo hochhieven können.

Wenig später ließ ich mich völlig erschöpft auf meinen Sitzplatz fallen.

»Das hat aber ganz schön lang gedauert«, meinte der alte Mann neben mir.

»Ja, es hat ein kleines Problem gegeben. Ist aber alles in Ordnung.«

Der Mann sah nicht so aus, als ob ihn das interessieren würde. »Ihr Hund hier hat ganz schön gejault.«

Ich streichelte über Mayos Kopf. »Ja, Mayo mag es nicht besonders, wenn ich ihn an fremden Orten zu lang allein lasse.«

Der Alte warf mir einen Blick zu, als ob ich sie nicht mehr alle hätte, dann widmete er sich seiner Zeitung.

Mayo und ich starrten wieder traurig aus dem Fenster. Was für ein Tag, und leider noch kein Ende in Sicht. Und zu allem Überfluss gingen mir die Bilder einfach nicht mehr aus dem Kopf, die ich mir heute Vormittag unfreiwillig hatte ansehen müssen.

Ich hatte meinen Freund, oder besser gesagt Ex-Freund, in flagranti erwischt. Im Bett. Wobei, eigentlich war es nicht das Bett gewesen, sondern die Küche, aber das könnte zu Missverständnissen führen. In der Küche tat man schließlich in der Regel ganz andere Dinge als er an diesem späten Mittwochvormittag. Und es wäre auch nichts dabei gewesen, wenn er diese Dinge mit mir getan hätte. Hatte er aber nicht. Er tat sie mit einem Mann. Und auch nicht mit irgendeinem Mann, sondern mit Viktor. Viktor war schwul, aber viel wichtiger war, dass er mein bester Freund war. Gewesen war, denn ich würde ganz sicher nie wieder ein Wort mit ihm reden.

Wie hatte Viktor mir das nur antun können? Aber noch viel wichtiger war, wie Tom mir das hatte antun können! Wir waren jetzt seit drei Jahren zusammen, teilten uns seit zwei Jahren eine Wohnung. Es war richtig gut gelaufen zwischen uns. Ich hatte geglaubt, er würde mir bei der nächsten sich bietenden Gelegenheit einen Antrag machen und ich würde endlich mal selbst Kundin in dem Brautmodengeschäft sein, in dem ich arbeitete.

Oder besser gesagt, gearbeitet hatte. Denn ich würde nicht zurückgehen und anderen Frauen bei der Wahl des perfekten Kleides helfen, während ich selbst wahrscheinlich nie eins brauchen würde. Meiner Chefin hatte ich zwar noch nicht Bescheid gesagt, aber das würde ich noch heute Abend oder morgen tun. Jetzt hatte ich ohnehin erst einmal Urlaub, sie würde mich also nicht vermissen

Ich seufzte. Und das alles nur, weil meine einzige Kundin heute Vormittag sich gleich in das erste Kleid verliebt hatte, das ich ihr gezeigt hatte. Ein Traum aus Elfenbein und Perlen, in dem sie zugegebenermaßen wundervoll ausgesehen hatte. Wundervoll und jung. Zu jung für einen Verlobten, während ich mit neunundzwanzig Jahren dank ihr wieder von vorne anfangen konnte. So war ich nämlich früher als erwartet nach Hause gekommen und hatte nicht nur meinen Fast-Verlobten verloren, sondern auch meine Wohnung (in der Küche würde ich bestimmt nie wieder etwas essen) und meinen besten Freund, der mit mir sonst immer alle Beziehungsprobleme analysiert und mich getröstet hatte.

Das würde ich jetzt alleine tun müssen. Obwohl ich im Moment alles andere als scharf darauf war, herauszufinden, warum mein Ex-Freund was mit meinem Ex-besten-Freund angefangen hatte. Eigentlich wollte ich im Moment nichts lieber, als einfach nur in Ruhe traurig sein. Seit ungefähr zwei Stunden brannten mir die Tränen in den Augen, aber ich konnte doch nicht hier im Zug vor allen Leuten zu weinen anfangen. Auch wenn ich genau das am liebsten getan hätte.

»Wollen Sie nicht rangehen?«, fragte eine freundliche Stimme neben mir.

Ich schreckte hoch. War ich tatsächlich eingeschlafen? Noch nicht ganz wach, blickte ich auf den Platz neben mir. Da saß eine ältere, sehr sympathisch aussehende Frau, die damit beschäftigt war, bunt geringelte Wollsocken zu stricken. Wann war der schlecht gelaunte Mann ausgestiegen, und wo zum Geier waren wir? »Wo sind wir denn?«, fragte ich die Frau neben mir.

»Irgendwo zwischen Stuttgart und Ulm.«

»Oh Gott, ich muss in Ulm umsteigen«, rief ich und wollte schon aufspringen.

»Keine Angst, bis nach Ulm dauert es noch eine Weile.«

Ich warf einen kurzen Blick aus dem Fenster. Oh ja, bei dem Tempo sicher. Viel langsamer hätte der Zug kaum fahren können. Hatte ich nicht eine Fahrt mit dem ICE gebucht? So wie der Zug über die Berge tuckerte, erinnerte er mich eher an eine Bummelbahn.

Einen Moment sah mich die alte Frau an, dann sagte sie: »Ihr Telefon, es klingelt immer noch. Vielleicht ist es was Wichtiges.«

Jetzt hörte ich es auch. Ich murmelte ein »Danke« und zog halb stehend meine Handtasche von der Gepäckablage. Aus den Augenwinkeln nahm ich die genervten Gesichter der anderen Fahrgäste wahr. Ich lächelte entschuldigend. Das Handy hatte mittlerweile aufgehört zu klingeln, fing aber wieder an, während ich es aus meiner Handtasche fischte. Es war Viktor. Ich drückte den Anruf weg und stellte fest, dass sowohl er als auch Tom schon mehrmals versucht hatten, mich zu erreichen. Wahrscheinlich hatten sie mir auch bereits einige Nachrichten auf der Mailbox hinterlassen. Egal, damit wollte ich mich jetzt nicht befassen. Ich schaltete das Handy aus und verstaute meine Tasche wieder auf der Gepäckablage.

Seufzend rutschte ich zurück auf meinen Platz. Mayo schmiegte sich noch enger an mich. Er war sehr sensibel und spürte immer, wenn es mir nicht gut ging. Die Frau neben mir schien ebenfalls sehr sensibel zu sein. Seit ich den Anruf weggedrückt und das Handy ausgeschaltet hatte, betrachtete sie mich mitleidig.

»War nichts Wichtiges«, sagte ich beiläufig und versuchte ein Lächeln.

»Verstehe schon«, erwiderte sie. »Sie wollen nicht mit ihm reden.« Pikiert sah ich sie an. »Vor mir brauchen Sie sich nicht zu rechtfertigen. Ich war auch mal jung.«

Ohne es zu wollen, musste ich lachen, und damit war das Eis zwischen uns gebrochen.

»Das ist ja nicht zu fassen. Tom und Viktor?«, sagte sie etwa fünfzehn Minuten später, nachdem ich ihr meine halbe

Lebensgeschichte erzählt hatte. Inzwischen waren wir sogar schon per du.

Ich nickte. »Unglaublich, oder? Was soll ich jetzt nur tun, Rosalie?« Mir war klar, dass es ziemlich erbärmlich war, sich Fremden anzuvertrauen und dann auch noch um Rat zu bitten. Aber Rosalie war mir einige Jahrzehnte voraus und hatte offensichtlich viel Lebenserfahrung, die sie mir auch nicht vorenthalten wollte. Außerdem wirkte sie sehr vertrauenerweckend.

Rosalie wandte sich einen Augenblick von den Wollsocken ab, an denen sie die ganze Zeit über weitergestrickt hatte, und sah mich an. »Ach weißt du, meiner Erfahrung nach hilft da nur eins: Such dir einen anderen und verbring mit ihm ein paar heiße Stunden.« Sagte sie und widmete sich wieder ihren Wollsocken, als hätte sie mir lediglich geraten, meinen Kummer in Eiscreme zu ertränken.

»Und das hilft wirklich?«, fragte ich leise.

Sie nickte verschwörerisch. »Glaub mir, ich bin fast achtzig und hab in meinem Leben schon so einiges ausprobiert, um über Hans, Peter und Paul und wie sie nicht alle hießen hinwegzukommen. Viel Kuchen ist auch eine Möglichkeit, aber in deinem Alter will man doch wohl lieber ein paar Kilo verlieren als zunehmen.« Sie zwinkerte mir zu.

Wenn Rosalie nicht so nett gewesen wäre, hätte ich ihr fast böse sein können. Ich wusste selbst, dass ich das ein oder andere Pfund zu viel auf den Hüften hatte.

Einen Moment dachte ich über ihren Vorschlag nach. Vielleicht half es ja tatsächlich. Zumindest beim Anblick von Davids süßem Po hatte ich ganz kurz nicht an Tom und Viktor denken müssen. »Wohin fährst du eigentlich?«, fragte ich aus Interesse. Eventuell kannte sie ja den ein oder anderen Schwaben, mit dem sie mich verkuppeln konnte.

Rosalies Blick wurde weich. »Ich fahre nach München, meine Tochter besuchen.«

»Echt? Ich bin auch auf dem Weg nach Bayern.«

»Ist ja nett. Und wohin genau soll es gehen?«

»Nach Herbertingen«, antwortete ich.

»Herbertingen?« Sie überlegte einen Moment und zog dabei die Stirn kraus. Diese Angewohnheit hatte ich auch, aber die sollte ich mir wohl lieber abgewöhnen, wenn ich nicht auch mal so viele Falten haben wollte wie Rosalie. »Sagt mir gar nichts.«

Mir eigentlich auch nicht, wollte ich gerade zugeben, als es aus den Lautsprechern über uns dröhnte: »Sehr geehrte Fahrgäste, in wenigen Minuten erreichen wir Ulm Hauptbahnhof. Dort haben Sie Anschluss an …«

Ich hörte nicht mehr zu, als die rauchige Stimme sämtliche Züge aufzählte und dann das Ganze in schlechtem Englisch wiederholte. »Ich muss leider in Ulm umsteigen«, sagte ich an Rosalie gewandt. Die alte Dame war mir mit ihrer ehrlichen Art schon ziemlich ans Herz gewachsen.

»Ach, wie schade«, meinte auch sie.

Sie half mir beim Zusammensuchen meines Gepäcks und begleitete mich noch bis zur Tür. Bevor der Zug mit einem Ruck zum Stehen kam, drückte sie mir einen Zettel mit ihrer Adresse und Telefonnummer in Koblenz in die Hand. »Hier, mein Kind. Meld dich doch mal bei mir. Ich würde mich freuen.«

»Das mach ich sehr gern, Rosalie«, antwortete ich und drückte ihr kurz die Hand. Dann griff ich nach meinen Sachen und stieg umständlich aus dem Zug aus.

Aufmerksam betrachtete ich die Gegend, nachdem ich umgestiegen war. Leider hatte ich absolut keine Ahnung, wo wir gerade waren. Erdkunde war leider nie mein Lieblingsfach gewesen, was nicht zuletzt an meinem Lehrer gelegen hatte.

Es war wirklich sehr hübsch hier. Ein kleiner Fluss schlängelte sich parallel zur Bahnstrecke entlang, es gab weite Wiesen, Berge und Wälder. Trotzdem hoffte ich, wir würden bald da sein. Der Zug war ganz schön wackelig, und der Sauerstoff wurde langsam knapp. Das lag zum einen daran, dass es sehr warm war und die Klimaanlage anscheinend nicht funktionierte. Oder es gab gar keine Klimaanlage, da war ich mir nicht so sicher. Zum anderen saß hinter mir ein Mann, der zwar im Gegensatz zu meinem Sitznachbarn nicht laut mit dem Handy telefonierte, sondern nur ruhig an seiner Bierdose nuckelte, aber dafür gab es ein anderes Problem: Mit jedem Atemzug, den er machte, schwappte eine Wolke aus Schweiß und Bier mit einem Hauch kaltem Zigarettenrauch zu mir nach vorne. Zusammen mit der Hitze und der Schaukelei machte das meinem Magen schwer zu schaffen. Gerne hätte ich den Platz gewechselt, auch wenn das mit dem ganzen Gepäck ziemlich umständlich gewesen wäre. Aber das ging nicht, denn der Zug war proppenvoll. Ich hatte Glück gehabt, überhaupt noch einen Sitzplatz zu ergattern. Die meisten anderen im Zug hatten bis vor kurzem sogar noch die Gänge blockiert.

Überhaupt waren die meisten Fahrgäste in diesem Zug sehr gewöhnungsbedürftig, was irgendwie komisch war. Bayern war doch ein sehr reiches Bundesland. Und die Bayern hatte ich mir zwar zünftig vorgestellt, aber nicht so ... billig. Immerhin sprachen sie halbwegs verständliches Deutsch, das war ja schon mal was. Auch wenn ich auf die lautstarke Unterhaltung der beiden jungen Mädchen, die auf der anderen Gangseite saßen, gut hätte verzichten können. Es war einfach nicht möglich, sie auszublenden, so sehr ich es auch versuchte.

»Und ich sag zu ihr, eh du Schlampe, und dann gleich die Jacqueline, das is ja auch so ne Schlampe, du bis selber ne Schlampe.«

Das andere Mädel antwortete: »Boah, die sollt echt mal besser sterben geh'n. Die sollt echt mal lieber's Maul halten. Echt jetzt, die Schlampe.«

Mayo sah mich auch schon ganz verstört an, er war ein anständiger Hund und mochte keine Schimpfwörter. Vielleicht war ihm aber auch bloß schlecht von der Schaukelei. Der Kleine hatte einen sehr empfindlichen Magen.

Das alles passte überhaupt nicht zu der beschaulichen Landschaft, die am Fenster vorbeizog. Hoffentlich ging es in

Herbertingen etwas gesitteter zu. Ich warf einen Blick auf die Uhr. Lange konnte es nicht mehr dauern. Komisch, der Zug wurde immer leerer, je näher wir an Herbertingen herankamen. Sollte es nicht voller werden, wenn man die Vororte hinter sich ließ und in Richtung Stadt kam? Mittlerweile war ich fast allein im Zug.

Nach über fünf Stunden Fahrt kam dann endlich die erlösende Durchsage: »Nägschder Halt, Herbertingen Bahnhof.« Weit und breit war niemand zu sehen, das Aussteigen würde also schwierig werden. Ich griff nach dem Käfig, klemmte mir Mayo wieder unter den Arm und kletterte aus dem Zug. Dann stellte ich den Käfig auf den Boden und setzte Mayo daneben. Der sah mich bereits mit seinen großen Hundeaugen flehend an.

»Alles ist gut, Mayo«, redete ich beschwichtigend auf den Mops ein, während ich wieder in den Zug stieg, um meine Koffer zu holen. Mayo begann, hinter mir zu winseln. Ich hatte ihn vor zwei Jahren mal aus Versehen für eine Stunde oder so ausgesperrt. Das musste ein sehr traumatisches Erlebnis für Mayo gewesen sein, denn seitdem meinte er immer, ich würde ihn aussetzen, wenn ich ihn mal kurz alleine lassen musste. Dabei würde ich das nie tun.

»Keine Panik, ich lass dich nicht zurück, mein Kleiner. Ich muss nur die Koffer holen, siehst du?« Aus Angst, der Zug könnte mit meinem zweiten Koffer weiterfahren, warf ich den ersten Koffer fast aus dem Zug und kletterte mit dem zweiten hinterher. Uff, das wäre geschafft. Frauchen, Mops und Meerschweinchen waren sicher angekommen.

Aber wo genau waren wir eigentlich? Während Mayo erleichtert an meinem Bein Männchen machte und ich ihm den Kopf kraulte, sah ich mich um. Wo zum Geier waren nur alle? Auch hier war weit und breit niemand zu sehen. Und der Bahnhof sah auch nicht gerade nach großer Stadt aus. Genau genommen war das Gebäude vor mir ziemlich heruntergekommen. Die Fassade stand vor Dreck und bröckelte. Hinter mir gab es zwar jede Menge Gleise, aber nur zwei Bahnsteige.

Ein riesiger Schrottberg ragte gen Himmel, Wohnhäuser waren nirgends zu sehen. Wo war ich nur gelandet?

Leichte Panik stieg in mir auf, aber ich schluckte sie hinunter. Irgendwie musste ich Richtung Stadtmitte kommen, da würde es sicher Hotels geben. Mit neuer Hoffnung wollte ich die Tür öffnen, um das Bahnhofsgebäude zu durchqueren, musste aber feststellen, dass sie verschlossen war. Die machten hier aber früh zu. Es war doch erst kurz nach halb sieben. Na super, also außen herum. Nur mühsam kam ich mit meinem Gepäck vorwärts. Mittlerweile war ich wirklich müde und wollte nur noch in ein kuscheliges Bett.

Aber auch auf der anderen Seite des Gebäudes war nichts, was irgendwie nach Zivilisation aussah. Links zweigte ein wenig einladender Weg ab, ansonsten gab es ein paar weitere Gebäude, die teilweise auch ziemlich heruntergekommen aussahen. Da entdeckte ich sie, eine Bushaltestelle! Eilig lief ich hin und wurde bitter enttäuscht. Der Plan war verwirrend – und vor allem viel zu kurz. Wenn ich das richtig deutete, würde hier heute kein Bus mehr halten.

Die Panik verstärkte sich ein wenig. Hier konnte mir auch keiner helfen, also drehte ich wieder um. In dem Bahnhof musste es doch irgendjemanden geben, den ich fragen konnte. Tatsächlich gab es einen Mann, der in einem Glaskasten saß. Ich klopfte, aber der Mann sah nur mürrisch auf und deutete auf die Glastür. Mein Blick fiel auf einen Zettel: »Kein Geldwechsel, keine Auskunft, keine Fahrkarten.« Was sollte das denn? So unfreundlich hatte ich mir die Bayern aber nicht vorgestellt. In den schnulzigen Heimatfilmen wurden sie immer so sympathisch dargestellt.

Nun war ich endgültig verzweifelt. Ich schnappte mir meine Sachen und ließ mich völlig erschöpft auf eine Bank fallen. Wenigstens das gab es hier. Tapfer hatte ich den ganzen Tag die Tränen heruntergeschluckt, aber jetzt war es damit vorbei. Auch Mayo begann wieder zu winseln. Es nahm ihn immer so mit, wenn ich weinte.

Etwa zehn Minuten später rappelte ich mich aber wieder auf. Ich wollte hier ein neues Leben beginnen, da würde ich mich doch nicht gleich von ein paar kleinen Problemen ins Bockshorn jagen lassen. »Auswanderer« hatten doch immer mit anfänglichen Schwierigkeiten zu rechnen, und außerdem hatte ich heute schon ganz anderes mitgemacht.

Ich marschierte also noch einmal auf die andere Seite des Bahnhofs und folgte der Straße, die nach rechts führte. Als ich um die Gebäude auf der gegenüberliegenden Seite herum war, sah ich, dass sich in einem davon eine Kegelbahn befand. Na bitte, das war doch schon mal was. Hier konnte ich sicher fragen, wie ich in die Stadt kommen konnte oder wo es ein Hotel gab.

Im Eingangsbereich war niemand, also folgte ich den lauten Stimmen und Kegelgeräuschen. Die schweren Koffer ließ ich in einer Ecke stehen. Auch wenn heute definitiv nicht mein Tag war, würde die wohl schon keiner klauen. Wer auch, in diesem Ort war es ja schwer genug, überhaupt mal eine Menschenseele aufzutreiben.

Das Geräusch von umfallenden Kegeln war in diesem Moment zu hören, dicht gefolgt von einem Jubelschrei. »Seahnater, so wird des gmacht«, drang eine ältere Frauenstimme durch die offene Tür, die ich mittlerweile erreicht hatte. Ich steckte den Kopf durch die Tür und sah eine Frau mit grauen Haaren, die triumphierend in die Runde blickte. Sie musste ungefähr achtzig Jahre alt sein, sah aber noch ziemlich rüstig aus.

»Etz gib dohanna it so ah, Trude. Des war en Glickstreffer, meh it«, sagte ein freundlich aussehender Mann.

»Des wer mer jo no seah«, erwiderte die Frau, die anscheinend Trude hieß. Sie griff nach einer weiteren Kugel.

Oh je, das könnte schwierig werden. Der bayerische Dialekt machte mir ganz schön zu schaffen. Trotzdem räusperte ich mich und trat in den Raum. »Entschuldigung, ich möchte wirklich nicht stören, aber könnte mir vielleicht jemand sagen, wo ich das nächste Hotel finde?«

Sechs Augenpaare richteten sich ungläubig auf mich. Trude hatte gerade zum Werfen ausgeholt, hielt jetzt inne und drehte sich ebenfalls zu mir.

Einen Moment überlegte ich, ob ich es vielleicht mit Englisch versuchen sollte, aber das würden die alten Leute sicher als Beleidigung auffassen und mir wahrscheinlich gar nicht mehr helfen.

»Des glaub i etz it«, meinte eine Frau. »A Tourischtin en Hrbrdenga.«

»Wa suachat Se? A Hodel?«, fragte Trude und kam auf mich zu. Da entdeckte sie Mayo, der sich hinter mir versteckt hatte. Fremden Menschen gegenüber war er immer etwas misstrauisch, und regelrechte Menschenaufläufe mochte er überhaupt nicht. »Jessas, en Mops«, rief sie entzückt und beugte sich zu Mayo hinunter, um ihn zu streicheln. Dabei sah sie auch Amalie und Abigail. »Ond zwoi Meersäula.« Die Frau richtete sich wieder auf und sah mich an. »Saget Se, wa machet Se denn en Hrbrdenga?«

Mit Müh und Not konnte ich mir zusammenreimen, was die Frau von mir wollte. »Das ist eine längere Geschichte. Jetzt brauch ich erst mal einen Platz zum Schlafen.«

»Viel Auswahl geits dohanna it«, sagte der Mann von vorher und kam ebenfalls ein paar Schritte auf mich zu. »Mir hond halt dr Engel. Dia hand Fremdazemmer.«

Ich meinte, das Wort *Fremdenzimmer* aufgeschnappt zu haben. »Ein Gasthof mit Fremdenzimmern wäre prima. Wie komm ich denn da hin?«

»Se wellat laufa?«, fragte Trude und sah erst mich, dann Mayo und schließlich Amalie und Abigail an. »Mit dene Tierla? Des goht ita.«

»Bitte?«

»Des isch z' weit«, sagte Trude nun.

Ich wollte nicht noch mal nachfragen, die hielten mich wahrscheinlich ohnehin schon für blöd. Irgendwas mit *weit* hatte sie gesagt, also reimte ich mir den Rest zusammen. Das konnte ja noch lustig werden. Ich verstand kaum ein Wort. Meine verdrängte Panik kehrte zurück. »Aber der Bus fährt heute nicht mehr, und irgendwo muss ich ja schlafen.«

»Dr Engel wird eh grad renoviert«, sagte eine Frau.

Renoviert? Mir blieb auch nichts erspart. Was sollte ich denn jetzt tun?

»Etz kommscht zerscht amol mit zu mir, ond noch seahnat mer weiter«, sagte Trude. »I ben d' Gertrud. Saischt Trude zua mer.«

Bot die alte Dame mir etwa gerade das Du an? Gut, dass ich ihren Namen schon kannte. Aber was hatte sie davor gesagt? Sie wollte mich doch nicht etwa mit zu sich nehmen? »Jette, sehr angenehm. Ähm, hab ich das richtig verstanden? Sie nehmen mich mit?«

»Ha jo, han i doch gsait.« Sie sah in die Runde. »Des isch d' Jädde. Hubert, bschtell dem Mädle mol a Apfelschorle ond äbbes zom assa. Hosch doch bestemmt Honger?«

Das Wort verstand ich. Ich nickte.

Trude nahm mich am Arm und drückte mich auf einen Stuhl. »So, Mädle, etz sitzscht zerscht amol dohanna na mit dene Tierla.«

Hubert kam zurück und stellte mir ein Glas Apfelschorle vor die Nase. Ich bedankte mich höflich und nahm einen kräftigen Schluck.

»'s Assa kommt glei«, sagte er.

»Hubert, breng no a Wuscht für dr Mops ond a Gelbrüble für d' Meersaua.«

Ich war nicht sicher, aber Trude schien auch was für Mayo, Amalie und Abigail bestellt zu haben. Nun begann sie, mir ihre Kegelkumpanen der Reihe nach vorzustellen. Mir brummte allmählich der Schädel. Es war anstrengend, das Bayerische verstehen zu wollen. Und trotz aller Mühe erkannte ich immer nur einzelne Wörter. Aber immerhin.

»Des send d' Maria, d' Gerda, d' Theres ond da Franz. Ond des sall isch da Hubert«, fügte Trude hinzu und deutete auf

Hubert, der gerade mit einer Wurst und zwei Karotten in der Hand zurückkam. »Aber den kennscht jo scho.«

Hubert hielt Mayo die Wurst hin und hatte gleich einen neuen Freund gefunden. Mayo schnupperte zwar zuerst etwas skeptisch an der Wurst, biss dann aber mit Heißhunger hinein. Auch Amalie und Abigail freuten sich über ihre Karotten. Das war wirklich nett von Hubert.

»Mensch, Hubert, kenntsch au mol mitdenka«, meinte Trude nun. »Dr Mops braucht doch no äbbes zom saufa. Etz gohsch na ond hollasch no a Schissel mit Wasser.«

Hubert unterdrückte, wie mir schien, ein Augenrollen und machte sich pflichtbewusst erneut auf den Weg.

»So, ond etz do mer no a weng weiterkegla. D' Helga, desch mei Dochter, woischt, kommt erscht en ra halba Stond.«

Kapitel 2

»Etz guck amol nah, wen mer dohanna aufgablat hand. Des isch d' Jädde. Dia kommt vo … Jo, Mädle, wo kommscht eigentlich her?«

Trude sah mich an. Sprach sie jetzt etwa mit mir? Gerade hatte sie sich doch noch mit ihrer Tochter Helga unterhalten.

»Ähm, wie bitte?«

Helga lachte. »Meine Mutter mechte wissen, wo Sie herkommen.«

Oh mein Gott, sie sprach hochdeutsch. Ich konnte mein Glück kaum fassen. »Endlich jemand, der deutsch spricht«, entfuhr es mir.

Die letzte halbe Stunde war ziemlich anstrengend gewesen. Aus Höflichkeit hatte ich ja zumindest versuchen müssen, etwas zu verstehen. Und die sechs alten Leutchen waren ganz schön gesprächig gewesen. Vor ein paar Minuten hatten Trude und ich dann endlich das Wirtshaus verlassen, um vor der Tür auf Trudes Tochter zu warten.

Helga war überrascht aus dem Auto gestiegen, als sie mich mit meinem Gepäck neben ihrer Mutter erblickt hatte. Sie sah genauso aus wie ihre Mutter, nur etwa zwanzig Jahre jünger. Und ihre Haare waren auch nicht grau wie Trudes, sondern braun.

Nun wechselten Trude und Helga einen Blick. Oh je, ich hatte doch hoffentlich niemanden beleidigt?

»Ha jo, mit 'm Hochdeitscha hond mers dohanna it so, des stemmt scho«, sagte Trude. »Des braucht's dohanna aber au it.«

»Wo kamen Sie jetzt noch glei her?«, fragte Helga noch einmal nach.

Mir fiel auf, dass auch Helga einen deutlich hörbaren Akzent hatte, aber das war mir egal. Wenigstens konnte ich sie verstehen. »Ich bin aus dem Ruhrgebiet.«

»Se isch mit 'm Zug komma ond hot nach amma Hotel gsuacht. Zom Engel isch z' weit zom laufa, vor ällem mit dene Tierla. Außerdem renovierat se do, hat d' Theres gsait. Drom han i denkt, mer nammat d' Jädde mit zu eis.«

»Ha jo, des hoscht denkt«, meinte Helga und schüttelte lachend den Kopf. »Dann kommat Sie mal mit.«

Helga half mir beim Einladen des Gepäcks. Mayo und die Schweinchen nahm ich mit zu mir auf die Rückbank. Während der Fahrt unterhielten sich Trude und Helga, und ich gab es auf, folgen zu wollen. Stattdessen konzentrierte ich mich auf die Landschaft. Es war noch hell, sodass ich alles gut sehen konnte. In der Tat wäre der Weg zu Fuß etwas weit gewesen. Zwar ging es immer nur der Straße nach, aber die zog sich ziemlich lang hin, bis auf der rechten Seite irgendwann der Gasthof auftauchte.

Sehr attraktiv war Herbertingen ja nicht, was ich bisher so zu sehen bekam. Der Bahnhof lag wohl im Industriegebiet, und die waren ja bekanntlich nicht sehr sehenswert. Aber auch, nachdem wir das Ortsschild passiert hatten, lagen linker Hand nur einige Autohäuser und so was. Von Natur oder schönen Wohnhäusern war nichts zu sehen. Schließlich verließen wir jedoch die lange Hauptstraße. Helga bog zwei Mal ab, und wir waren mitten im Wohngebiet. Es gab schnucklige Häuser und Gärten, die zu dieser Jahreszeit, im Juni, in voller Blütenpracht standen. Helga parkte das Auto vor einem großen Haus, und ich staunte nicht schlecht, als ich ausstieg. Die Abendsonne schien an dieser Stelle noch herrlich warm. Es war wunderbar ruhig, nur das Zwitschern der Vögel war zu hören.

»Do semmer«, meinte Trude fast ein bisschen stolz, als sie ebenfalls ausgestiegen war.

»Es ist schön hier«, sagte ich.

Und das war es wirklich. Nachdem wir mein Gepäck im Hausflur abgestellt hatten, zeigten Helga und Trude mir erst einmal das Haus. Oder besser gesagt die wichtigsten Räume, denn die Schlafzimmer der beiden Frauen bekam ich nicht zu sehen. Ich war zwar neugierig, konnte es aber gut verstehen. Immerhin war so ein Schlafzimmer sehr privat. Und der Rest des Hauses war auch so beeindruckend genug.

Unten gab es ein großes, gemütliches Wohnzimmer, dessen Fenster hinaus in den Garten zeigten. Die Möbel waren ziemlich modern und die Farben hell und pastellig. Außerdem gab es hier ein schönes, altes Klavier. Auch die Küche war groß. Kochen gehörte zwar nicht zu meinen Talenten, ich konnte mir aber gut vorstellen, dass es Spaß machen musste, hier etwas zu brutzeln. Das Esszimmer war besonders schön. Es war mediterran eingerichtet und wirkte durch die hereinfallende Abendsonne, die die terrakottafarbenen Wände zum Leuchten brachte, noch stilechter. Ansonsten gab es im unteren Stockwerk noch ein großes Badezimmer, das in verschiedenen Blautönen gehalten war.

Auch im oberen Stock gab es ein Bad. Zwar war es nicht ganz so groß wie das untere, aber immerhin hatte es auch eine Wanne. Das freute mich besonders, denn dieses Badezimmer würde ich mir in den nächsten Tagen mit Trude teilen. Und es ging doch nichts über ein heißes Bad nach einem anstrengenden Tag.

Neben Trudes Schlafzimmer gab es hier oben noch ein kleines Wohnzimmer für sie, das deutlich altmodischer als das untere eingerichtet war. Die Möbel mussten ähnlich alt wie Trude selbst sein. Und dann bekam ich das Zimmer zu sehen, in dem ich erst einmal schlafen durfte.

»Des ischt des alte Zimmer von meim Sohn«, erklärte Helga, bevor sie die Tür öffnete.

Ich war sofort begeistert, auch wenn das Zimmer relativ klein war. Die terrakottafarbenen Wände leuchteten auch hier in der Abendsonne. Außerdem hatte das Zimmer einen Balkon mit großem Fenster, das direkt gegenüber der Tür lag. Das Bett stand daneben an der linken Wand. Es war ein kleines Bett, aber für mich war es genug. Außerdem gab es einen Schrank, einen Schreibtisch und ein Bücherregal. Dass das Zimmer mal einem Jungen gehört hatte, war nur an einer kleinen Sammlung Modellautos zu erkennen, die zwischen den vielen Büchern im Regal standen. Entweder war das Zimmer nach seinem Auszug ausgeräumt und renoviert worden oder er hatte so gut wie alle seine persönlichen Sachen mitgenommen. Wie alt der Junge wohl sein mochte?

»Sie haben einen Sohn?«, fragte ich Helga.

»Ja, den Felix. Der schafft … Oh, Entschuldigung«, unterbrach sie sich selbst. »Der arbeitet und wohnt in Bad Saulgau. Sie werda ihn bestimmt noch kennenlernen.«

»Dr Felix isch en feina Kerle«, meinte Trude. »Aber wellet ihr eigentlich it au zom du iberganga? Des macht's doch glei oifacher.«

»Eine gute Idee«, erwiderte ich, auch wenn ich nur Bruchstücke verstanden hatte, und auch Helga stimmte zu.

»So, wenn des greglat isch, ganga mer no en dr Gahta, noch lernascht glei no mein Schwiegersoh kenna, dr Josef. Ond noch kahscht dei Zuig auspacka.«

Ich nickte, auch wenn ich nur die Wörter *Schwiegersohn* und *auspacken* verstanden hatte, und folgte Trude und Helga in den Garten.

»Haben Sie denn noch mehr Kinder?«, fragte ich Helga.

Die nickte. »I hab noch eine Tochter, die Sabine. Sie ist schon verheiratet und hat zwei Kinder.«

»Dia wohnt am See donda«, erklärte Trude und rief, kaum dass wir aus der Terrassentür heraus waren: »Sepp, wo bischt?«

»Dohanna«, antwortete Josef von irgendwoher, und Trude ging zielsicher drauflos.

Josef war gerade dabei, die verblühten Pfingstrosen zu schneiden. Neugierig hielt er inne und sah uns entgegen, während er sich mit dem rechten Handrücken die Schweißperlen von der Stirn wischte. Er hatte bereits graue Haare und vielleicht ein paar Pfund zu viel auf den Hüften, wirkte aber sehr sympathisch.

»Des ist mein Mann Josef. Und des ist die Jette«, stellte Helga uns gegenseitig vor. »Jette ist heut aus dem Ruhrgebiet angereist, und da sie nicht wusste, wohin, hat die Mama sie hergebracht.«

»Freut mich.« Ich streckte Josef die Hand entgegen.

Er zog seinen dreckigen Handschuh aus und reichte mir ebenfalls seine Hand. »Gleichfalls«, murmelte er und nickte.

Ich erkannte sofort, dass Josef kein Mann der großen Worte war. Bei Trudes Temperament wunderte mich das aber nicht im Geringsten. Bei ihr war es nicht leicht, zu Wort zu kommen. Ich war schon gespannt, wie Felix so sein würde.

Helga und Trude führten mich noch durch den Garten, der einfach nur traumhaft schön war. Man sah sofort, dass bei der Anlage des Ganzen eine professionelle Hand im Spiel gewesen sein musste und dass zum anderen viel Pflege in diesen Garten investiert wurde. Die Blumen, Sträucher und Bäume wuchsen zwar wild durcheinander, sodass es natürlich aussah. Aber dennoch hatte alles seine Ordnung. Es gab Rosen in sämtlichen Farben und Größen, die wie der Lavendel gerade zu blühen begannen. Auch meine Lieblingsblume, die Lilie, entdeckte ich und noch viele andere Blumen, deren Namen ich nicht kannte. Besonders hübsch fand ich den mit Steinen umrandeten Teich, auf dem Seerosen schwammen. In der untergehenden Sonne war es angenehm warm, und ich hätte gerne noch eine Weile in dem Garten gesessen. Aber nicht mehr heute. Ich war total müde und wollte einfach nur noch »mein Zimmer« beziehen und vielleicht ein heißes Bad nehmen.

Als wir das Haus wieder betraten und ich Mayo sah, der immer noch brav neben dem Käfig saß, fiel mir jedoch ein, dass ich mit ihm noch mal raus musste. »Ach Gott, und ich brauch ja noch dringend einen Käfig für Amalie und Abigail.«

»Amalie und wer?«, hakte Helga nach.

»Meine Meerschweinchen. In dem kleinen Transportkäfig können sie nicht bleiben, und den großen Käfig konnte ich im Zug leider nicht mitnehmen.« Ich sah auf die Uhr. Es war schon halb neun. »Ein Zoogeschäft hat um diese Zeit wahrscheinlich nicht mehr geöffnet, oder?«

»Leider nicht. Ond in Herbertingen tät's ohnehin keins geben.«

»Koi Problem«, mischte Trude sich nun wieder ein. »Gang du no dei Zuig auspacka, ich bsorg dir äbbes für dia Meersäula.«

Ich warf einen hilfesuchenden Blick zu Helga.

»Sie besorgt dir alles, was du brauchst. Du kannst derweil scho mal deine Sachen auspacken.«

»Das ist nett, aber ich kann doch mitkommen«, antwortete ich, während ich Mayos Leine suchte und ihm umlegte. »Mayo muss sowieso noch mal raus.«

»Des kah i doch macha«, bot sich Trude an und nahm mir Mayos Leine aus der Hand. Sie warf Mayo einen Blick zu, der mich ganz irritiert anschaute. »Der isch doch brav, odr?«

Endlich, ich hatte was verstanden. »Ja, Mayo ist ganz lieb. Er geht nur nicht gerne mit fremden Leuten Gassi.«

»Ah wah, des fangat mer gar it erscht ah.«

Und schon war es dahin mit dem Verständnis.

Helga verkniff sich ein Grinsen, während Trude sich bereits mit Mayo auf den Weg machte. »Keine Sorge, meine Mutter kümmert sich schon um den Hund.«

»Also gut, dann werd ich mal meine Sachen nach oben bringen. Und danke, dass ich erst einmal hierbleiben darf. Das ist wirklich unglaublich nett von Ihnen.« Ich lächelte. »Ähm, ich meine, von dir.«

Helga erwiderte mein Lächeln. »Kein Problem. Fühl dich wie daheim.«

»Danke«, sagte ich noch einmal und trug meine Sachen nach oben. Drei Mal musste ich die Treppen hoch und runter, dann hatte ich es geschafft. Einen Moment sah ich mich unschlüssig in dem Zimmer um. Eigentlich hatte ich ja gar keine Lust, meine Sachen heute noch auszupacken, aber ich wollte nicht, dass Helga oder Trude einen schlechten Eindruck von mir bekamen. Ich öffnete die große Balkontür, um noch etwas Sonne hereinzulassen, und warf einen Blick in den Schrank. Er war so gut wie leer, also machte ich mich daran, meine Sachen darin zu verstauen. Als ich fast fertig war, hörte ich Trudes Stimme auf dem Flur.

»Emmer mir nohch«, rief sie, und kurz darauf kam sie mit einer ganzen Delegation in mein neues Zimmer. Sie selbst hielt Mayo an der Leine. Die drei Männer hinter ihr trugen einen Käfig und hatten außerdem noch Heu, Stroh und Kleintierstreu dabei. Trude deutete auf die Ecke neben der Tür. »Oifach dohanna abstella.«

»Das ist aber nett von Ihnen, danke.«

»Koi Problem«, erwiderte einer der drei Männer knapp. Nachdem Trude mir die drei Nachbarsmänner kurz vorgestellt hatte, verabschiedeten sie sich wieder.

»Brauchsch suscht no äbbes?«

»Hhm?« Langsam wurde es mir schon peinlich, aber was sollte ich machen, wenn ich sie einfach nicht verstand?

»Kann i dir no bei äbbes helfa?«, meinte Trude nun besonders langsam.

»Danke, Trude, du hast heut schon genug für mich getan.«

»Ah wah, des han i gern gmacht. Noch lommer dir no a hoiß Wasser nei, noch kahscht bada.«

Viel mehr als das Wort *baden* verstand ich nicht, aber das reichte. Ein heißes Bad war jetzt genau das Richtige. Trude hatte wirklich der Himmel geschickt. »Danke, das wär prima.«

Nachdem ich wieder allein war, räumte ich noch schnell den Rest meiner Sachen ein und bereitete den Käfig für Amalie und Abigail vor. Ihre persönlichen Sachen wie Napf, Tränke und das Holzhäuschen hatte ich von zu Hause mitgenommen, sodass sie erst einmal mit allem versorgt waren. Morgen würde ich mich dann auf die Suche nach einem Tiergeschäft machen. Mayo brauchte auch dringend etwas zu fressen. Ich hatte nur für heute und morgen vorgesorgt.

Als ich fertig war, warf ich einen Blick auf Mayo. Der saß vor der Balkontür und sah mich irritiert an. Ich ging zu ihm und nahm ihn auf den Arm. »Ich weiß, Mayo, das ist heut alles ein bisschen viel für dich. Aber du wirst dich schon noch an die neue Gegend und die neuen Leute gewöhnen.« Ich streichelte ihn noch eine Weile, bevor ich ihn wieder auf den Boden setzte und das Fenster schloss. Dann schrieb ich noch schnell meiner besten Freundin Maja eine SMS, dass ich »ausgewandert« war und mich am nächsten Tag melden würde. Ich wusste, dass Maja alles ganz genau wissen wollte, und deshalb schaltete ich mein Handy aus. Ich würde ihr alles erzählen, aber nicht mehr heute. Heute wollte ich nur noch ein entspannendes Bad nehmen und mich dann ins Bett verkrümeln.

»Das darf doch jetzt nicht wahr sein. Du kannst doch nicht einfach was von Auswandern schreiben und dann dein Handy ausschalten! Meld dich gefälligst, ich will alles ganz genau wissen«, schrillte Majas Stimme in mein Ohr.

Als ich mein Handy am nächsten Morgen aus alter Gewohnheit gleich eingeschaltet hatte, spuckte es eine Nachricht nach der anderen aus. War ja klar, dass Maja nicht einfach nur ruhig darauf warten konnte, bis ich mich bei ihr melden würde.

»Wo zum Geier steckst du? Gibt's da keinen Empfang?« Das war die zweite Nachricht, die Maja mir auf der Mailbox hinterlassen hatte. »Tom stand eben bei mir vor der Tür und hat nach dir gefragt. Was ist denn passiert? Melde dich bitte, Jette.« Die dritte Nachricht von Maja.

»Jette, wo steckst du nur? Ich hab die ganze Stadt nach dir abgesucht. Bitte ruf doch zurück. Ich muss unbedingt mit dir reden.« Das war eine Nachricht von Tom. Es war komisch, seine Stimme zu hören. Er klang fast ein bisschen verzweifelt, aber das war nicht mein Problem.

»So langsam mache ich mir Sorgen, Jette.« Und die vierte Nachricht von Maja. Ihre Stimme war mit jedem Anruf schriller geworden.

Die Arme, ich musste sie unbedingt erst mal anrufen. Dass sie sich Sorgen machte, wollte ich natürlich nicht.

»Endlich. Mensch, wo steckst du nur, und was ist passiert?«, meldete sich Maja am anderen Ende der Leitung, bevor ich auch nur ein Wort sagen konnte.

»Hallo Maja«, erwiderte ich fast ein bisschen kleinlaut. War ich eine schlechte Freundin, weil ich sie gestern nicht mehr angerufen hatte? Aber ich war einfach zu erledigt gewesen. Das sagte ich ihr dann auch. »Es tut mir leid, dass ich gestern nicht mehr angerufen hab, aber es ist einfach so viel passiert.«

»Ja, ja, is ja schon gut. Aber jetzt erzähl doch endlich.«

Also erzählte ich, obwohl ich das Ganze eigentlich nur vergessen wollte. Maja hörte mir mehr oder weniger geduldig zu. Den ein oder anderen Kommentar wie »So ein Arsch« oder »Herbertingen? Noch nie gehört« konnte sie sich aber nicht verkneifen.

»Warum bist du denn nicht einfach zu mir gekommen?«, fragte sie, als ich geendet hatte.

»Weil mir klar war, dass Tom mich bei dir suchen würde. Und ich hatte absolut keine Lust, mich mit ihm auseinandersetzen zu müssen.«

»Seh ich ja ein, aber musstest du deshalb gleich um die halbe Welt reisen? Ein Hotel in Dortmund hätt's doch auch getan, oder nicht?«

Ich seufzte. »Klar, aber wie wär's dann weitergegangen? Das ist jetzt für mich die Chance, neu anzufangen. Wen hab ich denn noch in Essen außer dir? Außerdem hab ich's in Essen doch eh zu nichts gebracht.«

»Ach Jette, nen Hänger haben wir alle mal. Aber deshalb muss man doch nicht gleich sein ganzes Leben aufgeben.«

»Ist doch jetzt auch egal«, sagte ich müde. Ich hatte keine Lust, über meine Motivation, meine Heimat zu verlassen, zu reden.

»Ich seh schon, du brauchst erst mal ein paar Tage Ruhe. Erhol dich ein bisschen, vielleicht überlegst du's dir ja dann noch mal. Zu mir kannst du auf jeden Fall immer kommen.«

»Ich weiß, Maja. Danke.«

»Wo genau liegt denn dieses Herbertingen überhaupt?«

»Irgendwo in Bayern.«

»Bayern? Na, prost Mahlzeit«, meinte sie und machte eine kurze Pause. »Sag mal, kommst du klar? Sonst könnt ich mir sicher ein paar Tage Urlaub nehmen ...«

Ich musste mich sehr zusammenreißen, damit ich nicht zu heulen anfing. »Ja, wird schon gehen.«

»Okay, aber meld dich. Wenn du nicht regelmäßig Bericht erstattest, setz ich mich sofort in den nächsten Zug und hol dich höchstpersönlich zurück. Und du weißt, ich mein das ernst.«

Oh ja, das wusste ich. Maja war zu fast allem bereit. Deshalb war sie auch meine beste Freundin. »Ich meld mich wieder, versprochen.«

Am liebsten hätte ich mich ja einfach noch mal im Bett umgedreht, aber im Haus hörte ich bereits Stimmen. Ich hatte keine Ahnung, was der Tag so bringen würde, aber ich wollte nicht als faule Langschläferin abgestempelt werden, also stand ich widerwillig auf. Mayo saß vor der Balkontür und starrte hinaus. Ich öffnete sie. Warme Luft strömte herein und der Duft von Flieder. Ich trat zu Mayo auf den Balkon und streckte mich. Was für ein herrlicher Tag. Genau das richtige Wetter, um die Gegend zu erkunden.

»Morgen«, rief jemand von unten hoch.

Ich warf einen Blick über die Brüstung und sah einen Mann, der direkt unter dem Balkon am Flieder stand und skeptisch zu mir hochblickte. In der einen Hand hielt er eine Gartenschere, in der anderen Hand einen Strauß frisch geschnittenen Flieder. Entweder war er der Gärtner oder Felix, aber bei meinem Glück war ich mir sicher, dass das Felix sein musste. Oh Gott, und ich stand hier im Schlafanzug auf seinem alten Balkon. Das fing ja gut an.

»Äh ja, guten Morgen«, stammelte ich und verschwand rückwärts wieder im Zimmer, wobei ich fast über Mayo gestolpert wäre. Amalie und Abigail empfingen mich mit ihrem üblichen Morgenritual: Sie quiekten laut und rannten abwechselnd wie wild im Käfig herum oder machten Männchen. Das hieß, die beiden wollten ihr Frühstück. Na, wenigstens die zwei hatten sich bereits eingelebt.

Ich füllte den Napf, zog mir schnell was Ordentliches an und machte einen kurzen Umweg über das Badezimmer, bevor ich mit Mayo nach unten ging. Ich ließ Mayo kurz in den Garten, als ich Felix' Stimme hörte.

»Ähm, Mutter, was macht eigentlich die fremde Frau in meinem Zimmer?«

»Do frogasch am beschta dei Oma.«

»Ha jo, mer hand denkt, mer helfat do a bissale nohch. Salber brengsch jo it na, a Mädle in dei Zimmer zom kriega.«

Felix lachte. »Danke, Oma, aber ich glaub, ich krieg's schon noch selbst hin, mir ein neues Mädel zu angeln.«

»Jo, des seahnat mer.«

Mit Hilfe von Felix' Antwort konnte ich mir zusammenreimen, was Trude gesagt hatte. Das war mein Zeichen, ein Lächeln aufzusetzen und gemütlich in die Küche zu schlendern, als ob die Balkonszene nie stattgefunden hätte. »Guten Morgen zusammen.«

Mein Blick fiel auf den reich gedeckten Esstisch. Anscheinend kam ich gerade rechtzeitig zum Frühstück, auch wenn ich mich fragte, warum man nicht in dem wunderschönen Esszimmer statt in der Küche gedeckt hatte. Mitten auf dem Tisch stand der Fliederstrauß, den Felix vorher geschnitten hatte. Trude saß bereits auf der Eckbank, während Helga mit den Frühstückseiern beschäftigt war. Felix lehnte mit dem Hintern an der Arbeitsplatte. Nun sahen mich alle kurz an und grüßten ebenfalls.

Ich ging sofort auf Felix zu und streckte ihm die Hand hin. »Hallo, ich bin Jette.«

»Felix.«

Einen Moment sahen wir uns an. Mir fiel sofort auf, dass er schöne Augen hatte. Ein strahlendes Blau, das gut zu seinen blonden Haaren passte.

»Wie ich sehe, hast du noch was zum Anziehen gefunden«, meinte Felix.

Jetzt bloß nicht rot werden. »Ich war gerade erst aufgestanden. Gestern war ein harter Tag.«

»D' Jädde isch geschtern mit 'm Zug komma. Ond sei gfälligscht nett zu ra. Se hot Liebeskommer.«

»Mutter, des kannst du doch gar it wissen«, mischte sich Helga ein und sah ihre Mutter streng an.

»Ah wah, a jongs Deng, wo mit Sack ond Pack Reißaus nemmt, des isch a klara Fall.«

So viel, dass Trude mir Liebeskummer unterstellte, hatte ich noch verstanden. Ich beschloss, einfach nichts dazu zu sagen. Aus den Augenwinkeln warf ich Felix einen kurzen Blick zu, doch der spielte bloß grinsend mit einem kleinen, bunten Jonglierball – wie auch immer der in die Küche gekommen war.

Nun sah er mich an. »Wo kommst du denn jetzt eigentlich her?«

»Aus dem Ruhrgebiet.«

»Und woher genau?«

»Essen«, antwortete ich verblüfft. »Kennst du dich etwa in der Gegend aus?«

»Ich hab in Köln BWL studiert.«

»Ah, isch des in der Nähe vom Ruhrgebiet?«, fragte Helga interessiert.

Felix grinste wieder. »Ja, Mutter, das ist in der Nähe.«

»So en Zufall aber au«, meinte Trude. »Ond etz setztat eich amol na, i han Honger. Helga, hol dr Sepp. Der sprengt scho wieder em Gahta omanand.«

Während Helga die Küche verließ, fragte Felix seine Oma: »Und woher kennt ihr euch jetzt?«

»Ha, vom Kegla. D' Jädde isch dett gsei, weil se it gwisst hat, wo na. Ond drom han i se mitgnomma.«

»Klar, is ja auch logisch.«

Ohne es zu wollen, musste ich lachen. Ich hatte zwar nicht viel von dem, was Trude gesagt hatte, verstanden, aber ich konnte es mir denken. War ja schließlich dabei gewesen.

Auch Trude lachte. »Des war vielleicht äbbes. Stoht da mit ihre zwei Möps und dr Meersau.«

Genau in diesem Moment betraten Helga und Josef, gefolgt von Mayo, die Küche. Einen Moment herrschte betretenes Schweigen, das nur Trude nicht zu verstehen schien. Ich spürte, wie ich rot anlief und Felix einen Blick auf meinen Busen warf. Gott, konnte es noch schlimmer werden?

»Ah, Moment, anderschrom: oin Mops ond zwei Meersäula sends«, korrigierte Trude.

Felix räusperte sich. »Ist das der Mops?«, wollte er wissen und sah zu Mayo, der das Treiben brav beobachtete.

»Richtig, das ist Mayo. Dem sollte ich übrigens auch noch was zu fressen geben.« Dankbar für die Ablenkung machte ich mich auf die Suche nach einer Schüssel. Josef setzte sich derweil auf einen Stuhl, und Helga half mir dabei, schnell was für Mayo herzurichten.

»Mayo? Was ist das denn für ein komischer Hundename?«, wollte Felix wissen.

Ja, da musste ich jetzt wohl durch. »Mayo ist eigentlich ne Abkürzung«, versuchte ich trotzdem, mich um die Wahrheit zu drücken.

»Und wofür?«

»Für Meister Yoda, aber der Name war Mayo halt irgendwie zu lang.«

Felix grinste schon wieder unverschämt. »Ah ja. Die Schweinchen heißen aber nicht R2-D2 und Chewbacca?«

Sehr witzig. »Nein, sie heißen … anders.« Heute hatte ich mich schon genug blamiert. Da wollte ich ihm nicht auch noch auf die Nase binden, dass Amalie und Abigail die beiden Gänse aus dem Disney-Film »Aristocats« waren. Bevor er nachhaken konnte, fragte ich: »Und du arbeitest also als Betriebswirt?«

Nachdem jetzt alle am Tisch saßen, griff Felix nach einer Brezel und goss sich Kaffee ein. »Ich bin Landschaftsgärtner.«

Verwirrt sah ich ihn an. Eigentlich sah er gar nicht schlecht aus, auch wenn er überhaupt nicht mein Typ war. Viel zu muskulös und männlich. Er hatte sogar Schwielen an den Händen. Die wollte frau bestimmt nicht am ganzen Körper spüren. »Hast du nicht eben noch gesagt, du hast Betriebswirtschaft studiert?«

»Hab ich auch.« Genüsslich biss er in seine dick mit Butter bestrichene Brezel.

»Friher hot ma emmer gsait: Wer nix wird, wird Wirt odr Diplom-Betriebswirt«, warf Trude ein und nickte.

Felix verdrehte die Augen. »Ach Oma, etz lass doch dia Sprichklopferei.«

»Felix hat eine Ausbildung zom Landschaftsgärtner gmacht ond nach 'm Studium die Firma von meim Mann übernommen«, erklärte Helga netterweise.

Ich nickte und nahm mir ebenfalls eine Brezel. Eigentlich aß ich ja lieber Brötchen zum Frühstück, aber hier hatte jeder eine Brezel auf dem Teller liegen, und ich wollte mir nicht nachsagen lassen, mich fremden Kulturen zu verschließen.

Da meinte Trude auf einmal unvermittelt zu Felix: »Ond noch 'm Frihstick gohscht na und zoigscht dr Jädde d' Gegend.«

Felix starrte seine Oma einen Moment sprachlos an. »Wie stellst du dir das vor, Oma? Ich hab keine Zeit, um der Jette die Gegend zu zeigen, ich muss doch arbeiten.«

Irgendwie war das ja wohl alles andere als schmeichelhaft. Klar, wir kannten uns erst seit ein paar Minuten, und ich hatte auch keine große Lust, den ganzen Tag mit Felix zu verbringen. Aber musste er das so überdeutlich zeigen?

»Ah wah, du bisch doch selbschständig. Ond dr Schorsch wird dr Lada scho schmeißa.«

»Das ist wirklich nicht nötig«, warf ich ein, um die Wogen zu glätten. Außerdem wollte ich nicht, dass Felix mich nur aus

Mitleid begleitete und dann womöglich die ganze Zeit schlecht drauf war.

»Des basst scho, Kend. Dr Felix macht des gern.«

»Ich geb ja der Mutter nur ungern recht, aber es stimmt scho«, sagte Helga nun zu ihrem Sohn. »Du solltest die Jette ein bisschen rumführen. Zeig ihr Herbertingen und Sulga, damit sie weiß, wo sie einkaufen kann.«

Felix nickte ergeben. »Okay, dann ruf ich gleich nachher den Schorsch an und sag ihm, dass es heute später wird.«

»Können wir?«, fragte Felix, der im Türrahmen zu meinem Zimmer stand. Oder seinem Zimmer, je nachdem, wie man es betrachtete.

Ich saß auf dem Bett, mit Amalie auf dem Schoß. Es beruhigte mich immer, eins meiner Tierchen zu streicheln. »Hör zu, wenn du nicht willst oder keine Zeit hast, ist das schon okay«, sagte ich. »Ich komm auch allein zurecht.«

»Passt schon, der Schorsch kommt ebenfalls ne Weile allein zurecht.« Er kam ins Zimmer und ging vor dem Meerschweinchenkäfig in die Hocke. »Darf ich?«

Ich nickte und sah verwundert zu, wie Felix Abigail gekonnt aus dem Käfig hob. Als er sie streichelte, fing sie sofort an zu knattern, so wie sie es auch bei mir immer tat. Treulose Tomate. »Woher kennst du dich mit Meerschweinchen aus?«

»Ich war auch mal klein und hatte Haustiere. Außerdem sind wir hier auf dem Land. Da lernt man, mit Tieren umzugehen.« Er streichelte Abigail eine Weile und setzte sie dann zurück.

Auch ich setzte Amalie zurück in den Käfig. »Ist es okay, wenn wir Mayo mitnehmen?«

»Klar, ich hab nix gegen Hunde.«

Ich befestigte die Leine an Mayos Halsband und folgte Felix, der bereits vorgegangen war. Er stand mit Trude im Hausflur an der Tür, und sie drückte ihm gerade einen Geldschein in die Hand.

»Do, lädscht des Mädle zom Eis essa ei.«

»Ach Oma, wie oft soll ich dir noch sagen, dass du mir kein Geld zu geben brauchst? Ich verdien mittlerweile selbst, weißt du?«

»I ben doch it bled, aber du hosch nehtiger wiani. I ben jo scho bald nemme.«

Felix lachte und gab Trude ein Küsschen auf die Wange. »Du überlebst uns noch alle, Oma.«

Irgendwie süß, musste ich zugeben.

»Wollen wir?«, fragte Felix, der mich entdeckt hatte.

»Gern. Tschüss, Trude. Bis nachher.«

»Viel Spaß, mei Kend. Ond du, Bua, fehrscht vorsichtig, ga?«

»Ich fahr immer vorsichtig, Oma«, antwortete Felix grinsend. »Aber bevor wir's Auto nehmen, laufen wir noch ein bisschen durch den Ort.«

»Isch reacht. Ade.«

Wir winkten Trude noch einmal zu und liefen los.

»Wir sehen uns jetzt Downtown Herbertingen an«, meinte Felix und lachte. »Ein alter Schulfreund hat unseren Ortskern immer so genannt.«

»Okay, ich bin gespannt.«

Schon jetzt war es ziemlich warm, und dabei war es noch relativ früh. Das würde mit Sicherheit ein richtig heißer Sommertag werden. Eine Weile gingen wir schweigend nebeneinander her. Dann meinte Felix: »Also, was führt dich jetzt eigentlich nach Herbertingen?«

Ich überlegte einen Moment, bevor ich antwortete. Große Lust, ausgerechnet Felix mein Herz auszuschütten, hatte ich nicht. »Das war mehr oder weniger purer Zufall. Eine Tante von mir hat mal irgendwo in Schwaben gewohnt, und da ich es in Essen nicht mehr ausgehalten hab, hab ich gedacht, warum nicht gleich ganz weit weg?«

Felix nickte. »Und wie lang willst du bleiben?«

»Weiß noch nicht. So schnell geh ich auf jeden Fall nicht nach Essen zurück.«

»Warum denn nicht? Hast du da keine Familie mehr oder Freunde, die dich vermissen?«

Ich zuckte die Achseln. »Meine beste Freundin wohnt halt noch dort, aber das ist mir zu wenig. Ich fang lieber noch mal ganz von vorn an.«

Jetzt, wo ich es aus meinem eigenen Mund hörte, wusste ich, dass es die Wahrheit war. Als ich gestern am Essener Bahnhof am Fahrkartenschalter gestanden hatte, hatte ich nur weg gewollt. Ich wollte einfach nur so weit wie möglich von Tom und Viktor entfernt sein, aber jetzt war mir klar, dass das nicht der einzige Grund gewesen sein konnte, warum ich mich in diesen Zug gesetzt hatte. Bisher hatte ich nicht viel aus meinem Leben gemacht, ich war nicht wirklich glücklich gewesen. Das wollte ich jetzt ändern. Und was wäre dazu besser geeignet, als noch einmal von vorne anzufangen?

Das hieß dann aber auch, dass ich mir dringend einen Job suchen musste. Ich hatte zwar ein bisschen was angespart, aber lange würde es nicht reichen. Und ich brauchte eine Wohnung. Ich konnte doch Trude und ihrer Familie nicht ewig auf der Tasche liegen. »Sag mal, wie sieht's denn hier eigentlich wohn- und jobtechnisch aus?«, fragte ich vorsichtig.

Felix sah mich überrascht an. »So ernst ist es dir also?«

Ich zuckte die Schultern. »Worauf soll ich denn noch warten? Und wahrscheinlich wird es ja auch ne Weile dauern, bis man was findet. Also Wohnung und Arbeit, mein ich.«

»Kommt drauf an. Als was hast du denn bisher gearbeitet?«

»Ich war Verkäuferin in einem Brautmodengeschäft. Eigentlich bin ich gelernte Schneiderin.«

»Ach herrje«, entfuhr es Felix, und ich sah, dass es ihm sofort leidtat. »Ich mein, ist die Jobsituation da im Ruhrgebiet besser?«

»Eben nicht, und wenn du schon so fragst, schätze ich, dass man auch hier nur schwer was in dem Bereich findet.« Ich seufzte. »Meine Mutter hat mich damals gleich gewarnt. Sie meinte, das ist ein toter Job, aber ich wollte ja nicht hören.

Ich hätt ja sogar am liebsten Modedesign studiert, aber Schneiderin hielt ich dann doch für bodenständiger. Tja, da hab ich mich wohl getäuscht.«

»In Sigmaringen gibt's ne Modeschule, die anscheinend bei den Modefirmen nen recht guten Ruf hat. Ist auch gar nicht weit weg von hier, vielleicht ne halbe Stunde. Aber es ist halt ne Privatschule. Kostet also ein bisschen was, wenn man da lernen will.«

Ich war schon hellhörig geworden, aber das würde ich mir sicher nicht leisten können. »Na ja, ich bin ja eh schon ein bisschen zu alt, um noch mal ganz von vorne anzufangen.«

»Sag das nicht. Außerdem wolltest du doch genau das: noch einmal ganz von vorn anfangen.«

Ich musste lachen. »Ja, das stimmt. Aber ich werd's mir trotzdem nicht leisten können, auch wenn's wirklich interessant klingt. Aber mal sehen, vielleicht können die ja noch ne Schneiderin gebrauchen.«

»Da wär ein Auto aber von Vorteil, und so wie das klang, hast du keins.«

»Nee, hab ich nicht. Geht's hier gar nicht ohne?«

»Kommt drauf an, wo du wohnen willst und wo du dann Arbeit findest. Es sind halt ein Haufen Käffer hier in der Gegend, mit Bus oder Bahn brauchst du da gar nicht erst anfangen.«

»Oh ja, wenn ich da bloß an meine Ankunft am Bahnhof denke …«

Felix blieb stehen und sah mich an. »So, das ist der Marktplatz. Unsere Stadtmitte, wenn du so willst.«

Ich sah mich um. Sollte das ein Witz sein? Wenn ja, fand ich das nicht besonders lustig. Auf dem Weg hierhin waren wir kaum an Geschäften vorbeigekommen. Es hatte einen Eine-Welt-Laden und eine Filiale eines Versicherers gegeben. Außerdem hatte ich ein türkisches Geschäft, einen Arzt, eine Apotheke und eine Bar oder etwas in der Art gesehen. Ich hatte geglaubt, das wären die Ausläufer der Innenstadt, aber wenn ich mich jetzt umsah, sah ich nichts. Das konnte es doch nicht gewesen sein! »Du willst mich veräppeln, oder?«

Felix zuckte die Achseln. »Leider nicht. In Herbertingen steppt halt nicht gerade der Bär.« Er zeigte auf ein leerstehendes Gebäude. »Da gab's mal nen Schlecker, die sind aber pleite gegangen, wie du sicher mitgekriegt hast. Die Straße runter haben wir noch eine Bank und nen Bäcker. Das war's.«

»Das ist jetzt nicht dein Ernst. Mehr gibt es hier nicht? Aber ich hab doch gestern auf dem Weg vom Bahnhof noch ein paar Geschäfte gesehen.«

Felix nickte. »Ja, da sind der Supermarkt, ein Baumarkt und noch ein paar Autohäuser. Im Ort ist einiges verteilt: ein paar Frisöre, die Friedhofsgärtnerei und ein Metzger. Wir haben sogar nen Dönerladen. Apropos, darauf hätt ich auch mal wieder Lust.« Er grinste.

Ich ignorierte den Kommentar und fragte mich nicht zum ersten Mal, wo ich hier nur gelandet war. »Aber richtige Geschäfte zum Shoppen gibt's hier doch auch, oder?« Ich sah ihn hoffnungsvoll an.

»Nicht hier.«

»Nicht in Herbertingen oder gar nicht?« Wenn es im Umkreis von einer halben Stunde kein Schuhgeschäft gab, würde ich mich noch heute in den nächsten Zug setzen und wieder zurück nach Essen fahren.

»Natürlich gibt es auch hier in der Gegend Geschäfte, was glaubst du denn? Jetzt sieh dir erst mal Bad Saulgau an. Die Stadt kannst du jetzt nicht mit Essen vergleichen, das ist klar, aber es ist immerhin die nächste und auch größte Stadt im Landkreis. Von hier sind's etwa zehn Minuten mit dem Auto.«

Ich atmete erleichtert auf. Na bitte, wenigstens etwas. Damit konnte ich leben. »Na, dann auf nach Bad Saulgau.«

»So, das war's«, meinte Felix. »Jetzt spendier ich dir noch das versprochene Eis, bevor ich mich dann doch mal an die Arbeit machen werde.«

Ich starrte Felix an und ignorierte den Kommentar mit dem Eis, auch wenn ich bis vor ein paar Minuten noch für ein Eis gestorben wäre. Es war wirklich verdammt heiß heute. »Wie, das war's?«

Wir standen auf dem Marktplatz in Bad Saulgau. Es war in der Tat ein schnuckliges Städtchen, das musste ich zugeben. Der Weg hierhin inmitten von Feldern war traumhaft schön gewesen, und Bad Saulgau hatte auf den ersten Blick ganz vielversprechend ausgesehen. Die Fachwerkhäuser und vielen Blumen gefielen mir. Ich hatte sogar einen Tchibo entdeckt, eine große Drogerie, ein Schuhgeschäft und zwei Buchhandlungen. Im Vergleich zu Herbertingen konnte man hier wenigstens einiges besorgen. Aber das konnte es doch noch nicht gewesen sein. Ich hatte keinen H&M gesehen, Thalia, Hunkemöller, Kaufhof oder irgendetwas dieser Art. Ein Lebenszeichen, etwas, das Zivilisation bedeutete.

Felix verkniff sich ein Lachen. »Nein, wir sind einmal durch die ganze Innenstadt durch.«

»Aber du hast doch gesagt, hier gibt's Geschäfte!«

»Gibt es doch auch, du musst dich nur umsehen.«

Ich schnaubte. »Das ist ein schlechter Scherz. Du bist doch auch schon in Köln gewesen. Da haben ja selbst die einzelnen Stadtteile mehr Einkaufsmöglichkeiten zu bieten als das Kaff hier.«

Nun musste Felix doch lachen. »Jette, wir sind hier in Oberschwaben, mitten auf dem Land. Da darfst du keine großen Innenstädte wie im Ruhrgebiet erwarten. Und von Herbertingen aus haben wir es noch vergleichsweise gut. Man ist relativ schnell in Bad Saulgau, sogar mit dem Fahrrad kommt man gut her. Hier kriegt man alles, was man halt so braucht.«

»Und wenn ich mehr brauche?« Ich wusste, dass ich mich wie ein Junkie anhörte. Eigentlich war ich gar nicht der Typ, der regelmäßig zum Shoppen ging. Aber hin und wieder brauchte man ja schon mal was, und dann war es gut zu wissen, dass es die Geschäfte in der Nähe gab.

»Wenn du ne ausgedehnte Shopping-Tour machen willst, musst du nach Ravensburg oder Ulm fahren. Halbe Stunde bis Stunde. Stuttgart ist auch ne Möglichkeit, aber das ist schon wieder ein bisschen weiter weg.«

»Oh ja, ich bin doch gestern mit dem Zug durchgefahren. Das ist Lichtjahre entfernt. Was ist denn mit München, Augsburg oder Nürnberg?«

Felix sah mich etwas irritiert an. »München? Ist ja eigentlich auch nur ein großes Dorf, und da bist du schneller in Stuttgart. Etwa zwei Stunden, so weit ist's also gar nicht weg.«

Nicht weit weg? Die schienen hier ein etwas anderes Verhältnis zu Entfernungen zu haben. Da war man ja von Essen aus schon mitten in Holland. Und ich hatte kein Auto, das wusste er doch. Am liebsten hätte ich geschrien oder geheult oder sonst irgendwas. Das durfte doch alles nicht wahr sein. Wie hatte ich nur so blöd sein können, einfach in eine fremde Umgebung zu ziehen, ohne mich vorher zu informieren? Es hätte so viele Möglichkeiten gegeben: Paris, London, Mailand. Und ich musste ausgerechnet im verschlafensten Kaff der Welt landen. Ich ließ mich auf eine freie Bank fallen. Mayo setzte sich vor mich und sah mich voller Mitleid an.

Felix blieb vor der Bank stehen. »Wir sollten noch in den Tierladen, bevor die über Mittag zumachen.«

Ich sah ihn mit großen Augen an. »Wie jetzt, Mittagspause? Jetzt sag bloß noch, die Geschäfte hier schließen bereits am Samstagmittag!«

Felix grinste. »Na ja, der Großteil schon.«

Ich stöhnte. »Oh Gott, wär ich doch nur nicht nach Bayern gekommen!«

Felix setzte sich neben mich, sein Grinsen wirkte mit einem Mal etwas schief. »Du weißt aber schon, dass wir hier nicht in Bayern, sondern im Schwabenland sind, oder?«

Genervt verdrehte ich die Augen. »Ja, schon klar. Die Schwaben wollen keine Bayern sein, die Bayern keine Deutschen … irgendwann ist auch mal gut.« Ich schüttelte den

Kopf. »Und ich dachte, nur die ältere Generation hätte damit Probleme.«

Felix schüttelte ebenfalls den Kopf, wobei er mich ungläubig ansah, doch dann brach er auf einmal in lautes Gelächter aus. Er musste so lachen, dass es ihn schüttelte und sich schon einige Passanten zu uns umdrehten. Ich hätte ja gerne mitgelacht, aber ich fand das gar nicht komisch, dass Felix sich dermaßen über mich lustig machte. Das gehörte sich einfach nicht.

»Hörst du jetzt bitte auf zu lachen? So witzig war das ja nun auch wieder nicht.«

»Oh doch«, japste er. Es dauerte noch eine ganze Weile, bis er sich ein wenig beruhigt hatte. Dann sah er mich mit Lachtränen in den Augen an. »Jette, wir sind hier nicht in Bayern. Wir sind im baden-württembergischen Teil von Schwaben.«

»Wie jetzt?«

Er nickte. Der wollte mich veräppeln, oder? Aber wenn er mich hätte auf den Arm nehmen wollen, hätte er nicht so gelacht und würde mich jetzt nicht so ansehen. Oh Gott, ich würde am liebsten im Boden versinken. Ich spürte, wie ich knallrot wurde. Mein Gesicht brannte noch mehr, als es das von der Hitze ohnehin schon tat. Ich konnte mich nicht erinnern, dass ich mich jemals so blamiert hatte. Hätte ich doch nur im Erdkundeunterricht besser aufgepasst!

Wie zum Geier war ich denn bloß auf die Idee gekommen, ich wäre in Bayern gelandet? Ich dachte an Tante Erna zurück. Die hatten meine Eltern und ich mal in Schwaben besucht, als ich noch ganz klein war. Sie war schon vor vielen Jahren gestorben. Ich wusste nur, dass meine Mutter damals immer irgendwas von Bayern gefaselt hatte, wenn die Rede von Tante Erna gewesen war. Oh je, da musste ich wohl irgendwas durcheinandergeworfen haben. Ich wich Felix' Blick aus und vergrub das rote Gesicht in meinen Händen. »Oh Gott«, stammelte ich immer wieder.

»Na komm, so schlimm ist das Ganze nun auch wieder nicht«, meinte Felix. »Kann ja mal vorkommen.« Er grinste.

Ich sah wieder auf. »Du musst mich für total verblödet halten, aber das bin ich nicht.«

»Ich halt dich nicht für blöd. Aber ich muss sagen, das Ganze bestätigt doch meine Meinung vom Niveau des NRW-Abis.«

Das war ja wohl die Höhe. »Jetzt mal halblang, ja? Ich hab da nur was mit meiner Tante Erna durcheinandergebracht, die vor vielen Jahren im bayerischen Schwaben gelebt hat. Das kann doch mal passieren. Und außerdem klingt euer grausiger Dialekt genauso wie Bayerisch.«

Felix wurde sofort wieder ernst. »Stimmt doch gar nicht.«

»Stimmt wohl.«

»Egal«, winkte Felix ab und stand auf. »Wir kaufen jetzt erst mal schnell das Zeug für die Tiere, und dann zeig ich dir zu Hause im Atlas, wo du hier genau gelandet bist.«

»Hattest du nicht gerade was von Arbeit gesagt?« Für meinen Geschmack war das heute genug Demütigung gewesen.

Doch Felix grinste schon wieder. »So viel Zeit hab ich noch.«

Felix holte eine Dose Kaffeepulver aus einem Schrank und stellte ihn auf die Arbeitsplatte. »So, du machst uns einen Eiskaffee, während ich den Atlas hole.«

Und schon war er weg. Er schien das Ganze immer noch ungemein amüsant zu finden, während es mir nach wie vor unsagbar peinlich war. Hoffentlich würde er es nicht überall herumposaunen. Wie stünde ich denn dann da? Daran wollte ich lieber nicht denken. Ich suchte Milch, zwei Gläser und einen Löffel aus den verschiedenen Schränken und Schubladen der Küche zusammen und mixte den Kaffee. Noch bevor ich es mir auf der Eckbank gemütlich machen konnte, kam Felix mit einem blauen Atlas unter dem Arm zurück.

»Also, dann wollen wir mal«, meinte er grinsend.

Ich verkniff mir, »Jawohl, Herr Lehrer« zu sagen und setzte mich neben Felix auf die Eckbank. Irgendwie fand ich die Sache immer noch ziemlich demütigend. Gut, dann hatte ich mich eben geirrt. Musste er mir deshalb gleich Erdkundeunterricht geben? Andererseits wollte ich ja dann doch ganz gerne wissen, in welchem Teil von Deutschland ich nun eigentlich festsaß.

Felix nahm einen großen Schluck Eiskaffee und schlug den Atlas auf Seite achtzehn auf. »Du kommst von hier«, sagte er und zeigte dabei auf eine Ansammlung roter Punkte und Kreise. »Und jetzt bist du hier.« Er zeichnete mit dem Zeigefinger erst den Verlauf des Rheins und dann des Neckars nach. Zwischendrin musste er die Seite umblättern. Schließlich zeigte er auf einen bestimmten Punkt. »Da liegt Herbertingen, mitten in Oberschwaben.«

Ich beugte mich weiter nach vorne, um besser sehen zu können. Zuerst war ich etwas verwirrt. Da, wo ich herkam, war mehr oder weniger alles grün. Flaches Land. Wo ich jetzt war, war es braun. Das erklärte natürlich die ganzen Berge, die ich während der Zugfahrt gesehen hatte. Das Braun irritierte mich kurz, doch dann sah ich noch einmal genauer hin. Außer den Bergen war da nichts. Weit und breit nicht ein roter Punkt. Die einzigen Städte, die ansatzweise nach Leben aussahen, waren Stuttgart und München. Und die waren meilenweit entfernt. »Da ist ja nichts«, sagte ich.

»Na ja, nichts würde ich nicht sagen. Im Schwabenland gibt's halt hauptsächlich viele kleine Orte.«

Ich versuchte, Herbertingen auf der Karte zu finden. Wo hatte Felix genau hingezeigt? Aber ich konnte es nirgends sehen. »Wo sind wir jetzt noch mal?«

»Ziemlich genau hier.« Felix deutete erneut auf den Punkt mitten im Nirgendwo.

»Vielleicht brauch ich ne Brille, aber ich sehe nirgends Herbertingen stehen.«

»Das liegt daran, dass der Ort zu klein ist, um im Atlas aufzutauchen. Aber theoretisch liegt's hier.«

Ich ließ mich mit dem Rücken gegen die Lehne fallen und starrte Felix eine Weile an. »Zu klein, um eingezeichnet zu werden? Sag, dass das nicht wahr ist.«

Felix zuckte nur mit den Schultern und erwiderte nichts.

Mir schwante bereits Fürchterliches, dennoch fragte ich zaghaft: »Wie viele Menschen leben denn hier genau?«

Felix sah mich an. »In Herbertingen? Ein bisschen mehr als dreitausend. Zusammen mit den Teilorten sind's vielleicht noch mal tausend obendrauf.«

Doch ich hörte schon gar nicht mehr zu. Dreitausend Einwohner? So viele Menschen lebten wahrscheinlich allein in der Straße, in der ich in Essen gewohnt hatte. Dass es so was überhaupt gab. Und wieso hatte ich ausgerechnet hier landen müssen? Sicher, ich hatte gewusst, dass es hier viel Landschaft und Natur und all so was gab, aber das war mir dann doch ein bisschen zu viel des Guten. Was sollte ich denn jetzt nur machen? Wirklich hier bleiben? Schließlich war ich gestern erst angekommen, ich hatte noch alle Optionen. Aber ob ich noch mal so viel Glück haben würde wie hier mit Trude, war zweifelhaft. Ein Hotel war auf die Dauer zu teuer, für eine Jugendherberge war ich zu alt, und eine Wohnung würde ich mit Sicherheit, egal wo, nicht so schnell finden.

»Was denkst du?«, fragte Felix.

Ich antwortete nicht. Sollte ich vielleicht doch zurück nach Essen? Allein bei dem Gedanken daran spürte ich die Gänsehaut auf meinen Armen. Also wohl eher nicht, auch wenn mir Maja fehlte. Aber wo sollte ich sonst hin? Ich hatte doch niemanden mehr außer Maja.

Okay, da war noch meine Mutter, aber mit der verstand ich mich nicht besonders, seit sie vor sechs Jahren nach der Scheidung von meinem Vater einfach abgehauen war. Sie war … nun ja, ziemlich speziell, und außerdem war sie auch gar nicht mehr in Deutschland. Sie lebte jetzt auf Ibiza und war mit irgend so einem spanischen Guru namens Juan (wie sollte er auch sonst heißen?) zusammen, der deutlich jünger war als sie. Wir telefonierten vielleicht einmal im Monat, wenn's hochkam.

Ihr hatte ich noch gar nichts von meiner Trennung von Tom erzählt. So eilig hatte ich es aber auch nicht damit, um ehrlich zu sein. Sie war im Stande, mir die Schuld an dem ganzen Desaster zu geben, und dazu war ich noch nicht bereit. Sie hatte sich immer besonders gut mit Tom verstanden. Da fiel mir ein, dass sie Tom das ein oder andere Mal eine Gesichtscreme oder Bodylotion empfohlen hatte. Warum war mir das eigentlich nicht vorher merkwürdig vorgekommen? Ich war einfach davon ausgegangen, dass Tom zu den metrosexuellen Männern gehörte.

Mein Vater lebte leider schon seit fünf Jahren nicht mehr, und andere Verwandte hatte ich kaum. Zumindest gab es da niemanden, der mir wichtig war. Auf Tom und Viktor wollte ich mich nicht mehr verlassen, dafür hatten sie mir zu sehr wehgetan. Mit einem Mal fühlte ich mich so einsam wie noch nie zuvor. Die Erkenntnis traf mich wie ein Schlag: Ich war ganz allein. Außer Mayo, Amalie und Abigail und Maja, die einige hundert Kilometer entfernt war, hatte ich niemanden mehr. Ich wünschte, mein Vater würde noch leben. Zu ihm hätte ich gehen können. Ich spürte den Kloß in meinem Hals und kurz darauf die brennenden Augen. Oh Gott, ich wollte nicht vor Felix heulen, doch es war bereits zu spät.

»Alles okay?«, fragte er vorsichtig.

Ich nickte und drehte den Kopf ein bisschen zur Seite, um die Tränen aus den Augen zu wischen. Dann sah ich ihn mit aufgesetztem Lächeln an. »Geht schon wieder.«

»Kann ich irgendwas für dich tun?«

Was sollte ich darauf sagen?

»Glaub mir, hier ist es gar nicht so schlimm, wie's auf den ersten Blick aussieht.« Felix zeigte noch einmal auf die Karte. »Siehst du, man ist super schnell im Allgäu, in Österreich oder der Schweiz. Und den Bodensee wirst du sicher lieben. Okay, da gibt's vielleicht keine Millionenstädte, aber es ist eine der schönsten Regionen, die wir hier in Oberschwaben haben.«

»Glaub ich dir ja. Aber es sieht auch nicht so aus, als ob das um die Ecke liegt.«

»Na ja, ne Stunde braucht man schon fast, aber von Essen nach Köln dauert's doch auch so lang.«

Da hatte er recht, aber das war auch nicht der Punkt. »Weißt du, darum geht es eigentlich gar nicht«, antwortete ich leise. »Mir ist nur gerade klar geworden, dass ich ziemlich alleine bin. Egal, ob ich in Herbertingen mit dreitausend Einwohnern oder in München mit einer Million Einwohnern sitze.« Ich lächelte traurig.

»Du bist nicht allein«, sagte er ebenfalls leise und legte kurz die Hand auf meinen Arm, doch dann zog er sie wieder weg und lächelte mich an. »Du hast einen Hund und zwei Meerschweinchen. Und Trude hat dich auch schon in ihr Herz geschlossen, das weiß ich. Mit ihr wirst du noch viel Spaß haben, glaub mir.«

Ich dachte an Trudes Temperament. »Ja, wahrscheinlich schon.«

»Und billiger als in München ist es in Herbertingen allemal.«

Ich musste lachen, auch wenn es ein bisschen traurig klang. »Willst du mich etwa überzeugen, hierzubleiben?«

»Vielleicht.« Er grinste. »Aber jetzt mal ehrlich, ich fänd's schön, wenn du Oberschwaben noch ne Chance gibst. Klar bist du enttäuscht, das versteh ich. Du hast ja auch was ganz anderes erwartet. Und der Unterschied zum Ruhrgebiet ist ziemlich krass. Aber ich bin sicher, dass es dir hier auch gefallen kann.« Er machte eine kurze Pause. »Ich kann mir in der nächsten Zeit ein paar Tage freinehmen, dann zeig ich dir, was wir hier so zu bieten haben. Abgemacht?« Er hielt mir die Hand hin.

»Warum machst du das?«, wollte ich wissen.

Er zuckte mit den Schultern. »Ist das nicht schlussendlich egal?«

Ja, wahrscheinlich war es das. Auch wenn ich nicht wollte, dass er nur aus Mitleid den Fremdenführer für mich spielte. So schätzte ich ihn aber eigentlich nicht ein.

»Also, abgemacht?« Er hielt mir immer noch die Hand entgegen.

Ich überlegte einen kurzen Moment. Warum eigentlich nicht? Was hatte ich schon zu verlieren? Ich konnte es zumindest versuchen. Hier hatte ich wenigstens schon mal ein Dach über dem Kopf und ein bisschen Anschluss. Und wenn es nichts war, standen mir nach wie vor alle Türen offen. »Also gut«, sagte ich und schlug ein. »Abgemacht.«

Kapitel 3

Ich hatte noch mal darüber nachgedacht und war nach wie vor überzeugt, dass man mir keine Vorwürfe machen konnte. Ob nun bayerisches oder baden-württembergisches Schwaben, das konnte doch jeder mal verwechseln. Wozu brauchte man auch zwei verschiedene Schwaben? Und dass ich nach meiner Ankunft nicht gleich darauf gekommen war, dass ich nicht in Bayern war … Nun, da hatten die Oberschwaben selbst Schuld. Wenn sie auch so komisch sprachen, dass sie sich nur untereinander verstanden.

Wenigstens konnte Felix hochdeutsch. Zugegeben, auch er hatte einen kleinen Akzent. Das ließ sich wohl nicht vermeiden, aber immerhin konnte ich mich mit ihm richtig unterhalten. Da wir in den kommenden Tagen tatsächlich einiges zusammen unternahmen, war das ganz hilfreich.

Am Samstag waren wir in Ravensburg. Die Stadt gefiel mir wirklich gut, auch wenn man sie von der Innenstadt her natürlich nicht mit Essen vergleichen konnte. Aber mit den verwinkelten Gassen und den alten Häusern hatte die Stadt Charme. Es gab viele Türme, die von überall her aus dem Stadtbild herausragten. Felix erzählte mir, dass Ravensburg auch die »Stadt der Türme und Tore« genannt wurde. Und ich war wirklich überrascht, dass ich dank der Puzzles und Spiele tatsächlich schon mal von Ravensburg gehört hatte. Auch wenn ich das nie in Verbindung gebracht hätte.

Okay, zwar gab es auch in Ravensburg keinen H & M oder Thalia, aber dafür andere große Geschäfte. Ravensburg war laut Felix die Einkaufsstadt Oberschwabens. Hier konnte man wirklich ganz gut shoppen gehen, das musste ich zugeben. Und das Internet gab es ja schließlich auch noch.

Felix war allerdings weniger an den Geschäften interessiert. Er spielte den Fremdenführer und erzählte mir alles Wissenswerte über die Stadt. »Das hier ist der Marienplatz«, sagte er und machte eine alles umgreifende Geste.

Ich sah mich um. Wie ein Platz wirkte das nun nicht gerade, eher wie eine normale Straße, die von Geschäften gesäumt war und durch die haufenweise Busse fuhren. Aber ich wollte mich nicht beschweren, wenigstens gab es hier so etwas – im Gegensatz zu Herbertingen. Etwas weiter weg entdeckte ich eine Art Brunnen, an dem Kinder und Hunde spielten. Mayo schien großes Interesse an dem Brunnen zu verspüren.

»Der Blaserturm«, fuhr Felix fort. Ich drehte mich um und sah einen viereckigen weißen Turm, der in den blauen Himmel ragte. »Wenn du willst, können wir auch raufsteigen. Von dort oben hat man einen tollen Ausblick auf die Stadt.«

Mit Sicherheit, aber dafür war es mir heute zu warm. »Vielleicht ein andermal. Mir wär jetzt eher nach einem Eis.«

Felix grinste. »Na, dann komm.« Wir liefen ein Stückchen bergab. »Das ist übrigens der Stadtbach.« Er zeigte auf ein kleines Rinnsal, das eingelassen in der Erde und von einem Geländer umrandet mitten durch die Stadt floss.

»Sehr hübsch«, erwiderte ich ehrlich beeindruckt. »Sag mal, woher kennst du dich eigentlich so gut aus in Ravensburg?«

Er zuckte mit den Schultern. »So was weiß man halt als Einheimischer.«

Wir liefen weiter und machten schließlich an einer Eisdiele Halt. Dort war es proppenvoll, und als ich die ausgefallenen Eissorten in der Auslage sah, wurde mir klar, warum. Das Eis schmeckte auch genauso köstlich, wie es aussah.

Später zeigte mir Felix noch den Weißen Turm. »Das ist das Wahrzeichen der Stadt und wird von allen nur Mehlsack genannt.«

»Mehlsack? Komischer Name für einen Turm.«

»Tja, das liegt wohl an der Farbe und der Form, soweit ich weiß.«

Ich betrachtete den Turm etwas genauer. Er war weiß und rund und sah ziemlich schlicht aus. »Also, ich finde ja nicht, dass er wie ein Mehlsack aussieht, aber wenn ihr Einheimischen meint ...«

Felix wackelte vor meiner Nase mit dem rechten Zeigefinger, so wie es meine Oma früher immer gemacht hatte, wenn ich etwas angestellt hatte. »Werd bloß nicht frech.«

Grinsend erwiderte ich: »Ich und frech? Ich weiß nicht mal, wie man das buchstabiert.«

Am Sonntag holte Felix mich gleich nach dem Frühstück ab und fuhr mit mir Richtung Bodensee. Er wollte mir Meersburg zeigen, seiner Meinung nach einer der schönsten Orte am See. Die Einheimischen sprachen hier selten vom Bodensee. Genauso ließen sie gerne das Bad vor Saulgau weg, und Saulgau sagte ohnehin niemand außer mir. Unter den Einheimischen hieß es einfach nur Sulga. Die waren ziemlich maulfaul, wenn man es genau nahm. Wobei sie bei dem Dialekt ja eigentlich ein Kunststück vollbringen mussten.

Ich freute mich auf den Ausflug. Felix hatte schon so viel erzählt, dass ich ganz neugierig war und es kaum erwarten konnte, den See und das Alpenpanorama mit eigenen Augen zu sehen.

»Ein perfekter Tag, um an den See zu fahren«, meinte Felix gerade. »Da haben wir bestimmt gute Sicht auf die Schweiz.«

»Sicht auf die Schweiz? Das ist ja cool.« Ich war noch nie in der Schweiz gewesen.

Felix grinste zufrieden. »Das ist es. Wenn du Lust hast, könnten wir sogar mit dem Schiff rüberfahren, allerdings würd ich mir das für einen anderen Tag aufheben. Meersburg hat erst mal genug zu bieten. Oder was meinst du?«

»Du bist hier der Reiseführer. Ich vertrau da ganz deinem Urteil.« Ich sah aus dem Fenster. Es war wirklich ein herrlicher

Sommertag. Die Sonne strahlte, und am Himmel war keine einzige Wolke zu sehen. Ich war schon sehr gespannt. Natürlich hatte ich schon mal vom Bodensee gehört, aber viel wusste ich nicht. Wenn man einmal davon absah, was Felix mir bisher erzählt hatte.

Mayos leises Schnarchen riss mich aus meinen Gedanken. Der kleine Mops hatte es sich auf dem Rücksitz neben einer leeren Chipstüte gemütlich gemacht und schlummerte selig. Als ich mich zu ihm umdrehte, konnte ich mir ein Grinsen nicht verkneifen. Trotzdem wollte ich ihn gerade anstupsen, damit er Ruhe gab. Tom hatte es gehasst, wenn Mayo abends vor dem Fernseher zu schnarchen begonnen hatte. Doch Felix hielt mich zurück. Auch er grinste.

»Lass ihn doch, schlafende Hunde soll man nicht wecken.«

Mir wurde gleich noch ein bisschen wärmer. Ich hatte einfach was für Männer übrig, die Tiere mochten. Vor allem meine Tiere, das verstand sich ja von selbst. Ja, ich hatte anfangs behauptet, Felix sei so gar nicht mein Typ. Das stimmte aber nicht so ganz, wenn ich ehrlich war. Er war halt eher die männliche Sorte Mann, und der war ich bisher lieber aus dem Weg gegangen. Ich hatte immer geglaubt, zu viel Testosteron steigere das Risiko, betrogen zu werden. Diese Regel hatte ich jedoch in den letzten Tagen über den Haufen geworfen. Und nach dem Desaster mit Tom fühlte ich mich in der Nähe von so viel Männlichkeit eigentlich ganz wohl.

Plötzlich kamen mir wieder die Worte der alten Rosalie in den Sinn: »Such dir einen anderen und verbring mit ihm ein paar heiße Stunden«, hatte sie gesagt. Ich war immer noch nicht sicher, ob ich ihr in diesem Punkt recht geben sollte. Vielleicht sollte ich später mal Maja fragen. Wobei ich mir schon denken konnte, was sie sagen würde, also wohl doch besser nicht.

Felix schaltete einen Gang herunter, bevor er die nächste Kurve nahm, und ich kam nicht umhin, mir noch einmal seine Hände anzusehen. Sie waren groß und kräftig. Die Haut sah rau aus, und die Nägel waren sehr kurz gehalten. Hier und da meinte man fast, die Erde von der Gartenarbeit hätte sich in den Ritzen der Haut verewigt. Handschuhe trug Felix wahrscheinlich nicht bei der Arbeit. Seine Hände wirkten nicht ungepflegt, sondern einfach sehr männlich, und das war immer noch besser als perfekt manikürt. Ich überlegte. Vielleicht wäre es ja doch ein ganz nettes Gefühl, in den Genuss dieser Hände zu kommen … Oh Gott, hatte ich das gerade etwa wirklich gedacht? Und genau in diesem Augenblick sah mich Felix auch noch von der Seite an. Ich spürte, wie ich knallrot anlief.

»Alles okay?«, fragte er. »Wenn dir zu heiß ist, kann ich die Klimaanlage auch noch höher stellen.«

»Nein, nein, es geht schon«, beeilte ich mich zu sagen. Das durfte doch nicht wahr sein. Es war überhaupt nicht mein Ding, mich in ein neues Abenteuer zu stürzen, um über jemanden hinwegzukommen, und ich würde jetzt nicht damit anfangen. Felix war wirklich unglaublich nett, und ich hoffte, zwischen uns könnte sich so etwas wie Freundschaft entwickeln. Einen Freund konnte ich jetzt wesentlich besser gebrauchen als einen Liebhaber. Außerdem hatte ich Tom geliebt, liebte ihn immer noch. Und dieses Gefühl würde nicht einfach so verschwinden. Egal, was er getan hatte oder ich tun würde. Auch wenn ich wünschte, es wäre so. Ich seufzte.

Felix musterte mich noch einmal kurz von der Seite, stellte aber keine Fragen. Er war sehr aufmerksam, bedrängte einen aber nicht. Das gefiel mir an ihm. Bisher hatte ich mich noch niemandem in seiner Familie anvertraut, auch wenn ich in letzter Zeit immer öfter dachte, es könne nicht schaden, mich mal auszusprechen. Sicher, ich hatte Maja. Aber die war gute fünf Stunden weit weg, das war eben doch was anderes. Ich wusste bloß nicht, was die anderen dazu sagen würden. Es war dämlich, das konnte ich mir denken, aber irgendwie fühlte ich mich selbst als Versagerin, weil mein Ex-Freund mich mit einem Schwulen betrogen hatte. Als ob es nicht generell schon schlimm genug war, wenn der eigene Freund fremdging. Dann musste es auch noch ein Mann sein! Ich meine, was sagte das über mich aus?

Felix stupste mich von der Seite an. »Hey, du lebst aber schon noch, oder?«

»Ja, ja, alles bestens.«

»Jetzt hör mal auf, dir den Kopf zu zerbrechen. Schau dir lieber die herrliche Landschaft an. Siehst du, wir sind fast da.« Er zeigte an mir vorbei aus dem Fenster.

Ich folgte seinem Blick und vergaß tatsächlich sofort, woran ich gerade eben noch gedacht hatte. »Wow, das ist ja total schön.« Ich warf ihm schnell ein Lächeln zu und starrte dann wie gebannt nach draußen, um jedes Detail des traumhaften Ausblicks aufzunehmen. Am Horizont zeichnete sich der See in tiefem Blau ab. Einige Segelboote mit schneeweißen Segeln schaukelten darauf, und man konnte am anderen Ufer einzelne Orte ausmachen.

Felix lenkte seinen schwarzen Audi gekonnt über die serpentinenförmige Straße, die inmitten von Obstwiesen und Feldern näher Richtung See führte. Nun räusperte er sich. »Also, wenn du mal reden willst … jederzeit.«

Das war ja süß von ihm. »Ähm, ja. Danke.« Sehr geistreich, aber egal. Irgendwann würde ich vielleicht auf das Angebot zurückkommen, aber nicht jetzt. Jetzt war erst mal Schluss mit Grübeln. Es war so nett von Felix, mir seine freie Zeit zu opfern, und ich wollte diesen Ausflug verdammt noch mal genießen.

Es dauerte eine Weile, bis Felix einen Parkplatz fand. Er hatte bereits erwähnt, dass der Bodensee ein Touristenmagnet war, und noch dazu war es ein sonniger Sonntag. Trotzdem hatte ich nicht erwartet, dass es so voll sein würde. Nachdem wir ausgestiegen waren, setzte sich Felix eine Baseballmütze auf die strubbeligen, blonden Haare. Ich kramte meine Sonnenbrille aus der Tasche und schob sie mir auf die Nase. Mayo sah sich währenddessen neugierig um. Auf dem Parkplatz waren haufenweise andere Leute mit Hunden unterwegs.

»Können wir?«, fragte Felix.

Ich nickte. »Klar, von mir aus kann's losgehen.«

Wir hatten irgendwo am Hafen geparkt, und ich konnte es kaum erwarten, über die Straße auf die andere Seite zu gelangen, wo hinter einer Brüstung der See lag. Wir liefen über den Parkplatz und passten eine Lücke im Verkehr ab, um auf die andere Straßenseite zu kommen. Dann standen wir auch schon an der Brüstung und hatten freien Blick auf den Bodensee. Ich verliebte mich sofort und wusste, dass ich wiederkommen würde. Der Anblick war unbeschreiblich schön. Jetzt war mir klar, warum der See die Touristen in Scharen anlockte. Das Wasser glitzerte in der Sonne, und man hatte einen herrlichen Blick auf die umliegenden Orte. Nur die Alpen waren leider nicht zu sehen.

»Hattest du nicht gesagt, das Alpenpanorama sei so schön?«, fragte ich Felix, ohne den Blick vom See zu wenden.

»Ist es auch, aber leider haben wir ein bisschen Pech mit dem Wetter.«

Ich runzelte die Stirn und warf einen Blick zum wolkenlosen Himmel.

Felix lachte. »Es klingt komisch, ich weiß, aber wenn es zu heiß ist, wird's gleich diesig und die Alpen verschwinden hinter einem Dunstschleier.«

Ich zuckte die Schultern. »Egal, es ist auch so traumhaft schön hier.«

»Du wirst die Alpen schon noch sehen. Im Herbst oder Winter stehen die Chancen ganz gut dafür, dann kommen wir auf jeden Fall noch mal her.« Nach einer Weile deutete er an mir vorbei Richtung Osten und meinte: »Da drüben liegt die Insel Mainau. Die ist wegen der vielen Blumen vor allem im Frühling und Sommer sehenswert. Auf der gegenüberliegenden Seite ist Konstanz, wo übrigens meine Schwester mit Mann und Kindern lebt. Links daneben liegt Kreuzlingen, das ist dann schon die Schweiz.«

»Es ist wirklich schön hier.« Wer hätte das gedacht, wäre es mir fast herausgerutscht. »Warum lebt ihr nicht hier? Also nicht nur deine Schwester, sondern ihr andern auch, meine ich.

Nichts gegen Herbertingen, aber mit dem Bodensee kann der Ort nicht mithalten.«

Felix lachte. »Stimmt, aber würdest du wirklich hier wohnen wollen? Die Touristen gehen dir sicher irgendwann auf den Senkel.«

»Meinst du echt? Die Aussicht entschädigt doch bestimmt dafür.«

»Glaub mir, ich hab während meiner Ausbildung zum Landschaftsgärtner ne Zeitlang am See gelebt. Ich weiß, wovon ich rede.«

Neugierig betrachtete ich Felix. Es gab noch so viel über ihn zu wissen. In diesem Moment wurde mir zum ersten Mal bewusst, dass ich ihn wirklich gerne besser kennenlernen wollte. Für einen kurzen Moment schloss ich die Augen und atmete tief ein. Die Luft war hier irgendwie anders. So frisch und sauber. Jetzt, wo ich die Augen geschlossen hatte, hörte ich auch die Wellen gegen die Mauern unter uns klatschen und die Vögel, die kreischend durch die Luft flogen. Es fühlte sich fast ein bisschen so an, als ob wir am Meer wären. Die Sonne wärmte mein Gesicht, und zum ersten Mal, seit ich hier angekommen war, fühlte ich mich glücklich und frei.

Ich öffnete die Augen wieder und bemerkte, dass Felix mich lächelnd von der Seite beobachtete. Ich lächelte zurück. »Erzähl doch mal ein bisschen von dir. Warum hast du erst BWL studiert und bist dann in das Geschäft deines Vaters eingestiegen?«

Felix deutete mit dem Kopf nach links und sah mich fragend an. Ich nickte, und wir gingen weiter. »Es war von vornherein klar, dass ich später mal die Landschaftsgärtnerei meines Vaters übernehmen sollte«, begann Felix nach einer Weile. »Ich wollte das auch, aber mein alter Herr ist moderner, als er aussieht.«

Ich musste kichern. Sepp wirkte in der Tat alles andere als modern.

»Er war der Meinung, ich solle das Leben ruhig noch ein bisschen genießen und was von der weiten Welt sehen, bevor ich die Verantwortung für das Geschäft übernehme und mich für immer an Oberschwaben binde.«

»Das klingt aber wirklich sehr vernünftig. Hätte ich deinem Vater gar nicht zugetraut.«

Felix lächelte. »Ich auch nicht, und anfangs war ich sogar dagegen. Aber es war gut, es so zu machen. Ich hab erst noch meine Freiheit genossen. Hätte ich das nicht getan, wäre der Wunsch, mal was anderes zu sehen, wahrscheinlich schon irgendwann aufgekommen. Und das BWL-Wissen bringt mir natürlich auch was fürs Geschäft.«

Ich blieb stehen, als mein Blick auf ein Gebäude fiel, das über der Stadt thronte. Es sah aus wie eine Burg, hatte runde Türme an der Seite, und der Turm, der in der Mitte herausragte, hatte Giebel, die sich nach oben stufenartig zuspitzten.

»Das ist die Meersburg«, erklärte Felix und blieb ebenfalls neben mir stehen. »Wir können ja mal hochlaufen. Da oben ist auch das Neue Schloss, und man hat einen tollen Blick auf den See.«

»Gern«, antwortete ich.

Wir stiegen eine steile Straße hinauf, die an beiden Seiten von Geschäften und Restaurants gesäumt war. In den Restaurants herrschte bereits jetzt Hochbetrieb, und die meisten Geschäfte hatten sogar geöffnet. Es gab allerlei Souvenirs zu kaufen. An einer alten Wassermühle bogen wir rechts ab und stiegen ein paar schmale Stufen hinauf. Von hier aus hatte man wirklich einen traumhaften Blick über den Bodensee. Eine Brücke, vor der ein Mann in mittelalterlichem Kostüm stand, führte direkt zur Burg.

»Wenn du magst, können wir uns die Burg auch von innen ansehen.«

Ich warf einen Blick auf Mayo. »Vielleicht ein andermal. Hunde müssen wahrscheinlich draußen bleiben, und das kann ich Mayo nicht antun. Der arme Kerl denkt dann immer, ich will ihn aussetzen.«

Felix verkniff sich ein Grinsen und wandte sich nach links, um ein paar weitere Stufen hinaufzusteigen. Ich folgte ihm.

»Das ist das Neue Schloss.«

Ich warf einen Blick nach links, wo das Schloss in den Farben altrosa und weiß thronte. Davor befand sich eine Gartenanlage, durch die sich schmale Wege schlängelten. Hier und da standen Touristen und fotografierten sich gegenseitig. Viel faszinierender als das Schloss fand ich allerdings den Blick über den See, der sich einem auf der rechten Seite bot. Auch dort standen haufenweise Touristen mit Kameras, aber das ein oder andere freie Plätzchen gab es noch. Ich lief hinüber und lehnte mich gegen die halbhohe Mauer. Felix gesellte sich zu mir.

»Ich weiß, ich wiederhole mich, aber von diesem Anblick kann ich einfach nicht genug kriegen«, sagte ich. »Wann lerne ich eigentlich deine Schwester mal kennen?«

»Sicher bald. Nach Konstanz rüberzufahren, ist ein eigener Ausflug für sich, deshalb würde ich das doch lieber auf ein andres Mal verschieben.« Eine der Bänke, die vor der Gartenanlage ordentlich in Reih und Glied standen, wurde frei, und Felix deutete mit dem Kopf dorthin. »Willst du dich einen Moment setzen?«

Ich nickte. Schweigend betrachteten wir eine Weile die schöne Aussicht, während Mayo ganz nah neben meinen Füßen saß und die Touristen im Auge behielt.

Felix lachte irgendwann und zeigte auf Mayo. »Dein Hund ist ganz schön verweichlicht, kann das sein?«

Hatte der jetzt etwa meinen Hund als Weichei bezeichnet? Das war ja wohl die Höhe. Was war das überhaupt für eine Frage? Zweifelte er etwa an meinen Erziehungsmethoden? Statt einer Antwort bekam Felix nur ein Schulterzucken.

»Das sollte keine Beleidigung sein, Jette. Ich finde bloß, dein Mops ist so ganz anders als andere Hunde.«

Ja, er war ja auch was ganz Besonderes im Vergleich zu den Promenadenmischungen und überzüchteten Rassehunden, die sonst so herumliefen. »Mayo ist eben sensibel«, erwiderte ich.

»Da ist ja auch nichts dabei. Ich dachte nur, der Kleine hätte vielleicht ein bisschen mehr Spaß, wenn er weniger ängstlich wäre.«

Ich dachte einen Moment darüber nach. Ja, ängstlich war er schon, das konnte ich nicht abstreiten. Und vielleicht ließ er sich dadurch tatsächlich so manchen Spaß entgehen. Ich hatte zum Beispiel noch nie gesehen, dass er mit anderen Hunden herumtollte, freudig bellend Tauben verfolgte oder ganz aufgeregt Spuren verfolgte. Wieder zuckte ich die Schultern. »Na ja, vielleicht hast du ja recht.«

»Keine Sorge, das kriegen wir schon hin. Aus dir machen wir noch einen richtigen Landhund, nicht wahr, Mayo?«

Mayo sah Felix irritiert an, und ich musste lachen. Auch Felix war ich nicht mehr böse. Er meinte es ja sicher nur gut. »Darf ich dich zu einem Eis einladen?«, fragte ich ihn. »Als kleines Dankeschön, dass du mir die Gegend zeigst.«

»Da sag ich nicht nein, auch wenn ich das gerne mache. Lass uns vorher noch durch die Altstadt bummeln, bevor wir wieder zum Ufer runtergehen.«

Und so machten wir es. Ich kaufte mir noch ein Aquarell mit Meersburg-Motiv im Postkarten-Format, als Andenken für meine neue Wohnung, die ich hoffentlich bald finden würde. Dann besorgte ich Felix und mir ein Eis und Mayo einen großen Becher mit Wasser. Die Bänke entlang der Uferpromenade waren allesamt besetzt, also spazierten wir gemütlich über die volle Promenade. Rechter Hand lag der See, linker Hand reihten sich Restaurants, Cafés und Hotels fast nahtlos aneinander. Schließlich gelangten wir zum Hafen. Eine lange Mole führte mitten in den See. Überall standen Bänke, und am Ende der Mole ragte eine eiserne Skulptur in den Himmel. Auf halber Höhe befand sich eine Kugel, auf der ein Mensch stand, und ganz obenauf saß ein Vogel, der seine Flügel ausgebreitet hatte und so aussah, als würde er jeden Moment abheben. Auf der Bank, die rings um die Skulptur herumführte, saßen einige Menschen. Sie aßen wie wir ein Eis, unterhielten sich oder streckten ihr Gesicht einfach der Sonne entgegen. Drei Kinder rannten immer wieder um die Skulptur herum.

Felix und ich setzten uns auf eine der freien Bänke, die direkt am Wasser standen, und beobachteten das rege Treiben. Segelboote schaukelten entlang der Mole auf dem Wasser, große Schiffe, die nach Friedrichshafen, Überlingen oder Konstanz fuhren, legten an und ab, und mittendrin trieben kleine Tretboote.

»Gibt es hier eigentlich zwei Häfen?«, wollte ich wissen.

Felix schüttelte den Kopf. »Das hier ist der Hafen. Da, wo wir geparkt haben, ist nur der Fährhafen. Dort kann man mit dem Auto über den See. Das geht in der Regel schneller, als wenn man erst um den ganzen See herumfährt.«

»Klingt logisch.« Nach einer Pause fragte ich: »Sag mal, warum hast du eigentlich nicht bei deinem Vater gelernt, sondern hier am Bodensee?«

Felix steckte sich den Rest seiner Eiswaffel in den Mund und leckte sich einen Krümel aus dem Mundwinkel, bevor er antwortete. »Das hat zwei Gründe. Zum einen mag ich den See ebenso gerne wie du, und die Gelegenheit war perfekt, um hier mal ein bisschen mehr Zeit verbringen zu können. Außerdem ist das im Handwerk so üblich. So kann man sich neue Ideen holen, um das eingefahrene Familienunternehmen ein bisschen aufzupeppen.«

»Verstehe. Und warum bist du nicht am See geblieben? Das kann doch nicht nur an den Touristen liegen, und immerhin wohnt deine Schwester auch hier.«

»Ja, das schon, aber es ging nicht anders. Der Rest meiner Familie lebt nun mal eine Stunde nördlich von hier, und mein Vater hat sich seinen Kundenstamm in der Herbertinger Umgebung aufgebaut. Es ist einfach zu weit, um diese Strecke jeden Tag zu fahren.«

Ich seufzte. »Wirklich schade.«

»Du scheinst dich wirklich verliebt zu haben, was?« Felix grinste mich an.

Ich nickte. »Ich könnte den ganzen Tag hier sitzen und hinaus auf den See schauen.«

»Dann würdest du aber einiges verpassen«, meinte Felix. »Ich dachte, wir könnten noch ein bisschen laufen oder ne Runde Tretboot fahren. Sofern Mayo das mitmacht.«

Ich musste Felix einfach anstrahlen. Der Ausflug wurde immer schöner. »Ach was, wenn Mayo die Fahrt im Schaukelzug von Ulm überstanden hat, dann wird er auch ein bisschen Tretbootfahren verkraften.«

Felix stand auf und reichte mir die Hand. »Na, dann los.«

»Weißt du schon, was du nimmst?« Felix sah mich über den Rand seiner Speisekarte hinweg an.

Es war bereits später Nachmittag. Das Tretbootfahren hatte uns ganz schön hungrig gemacht und war zudem tierisch anstrengend gewesen. Deshalb hatten wir es uns an einem der wenigen freien Tische eines Restaurants, natürlich mit Seeblick, gemütlich gemacht.

Ich sah ebenfalls von meiner Speisekarte auf. »Keine Ahnung. Ich hätte gern irgendwas Typisches. Kannst du was empfehlen?«

»Wenn du was Typisches vom Bodensee willst und Fisch magst, könnte ich dir Felchen empfehlen.«

Ich schlug die Karte zu und nahm einen großen Schluck meines Apfelschorles. »Klingt gut, dann nehm ich das.«

Als der Kellner kam, bestellte Felix zwei Mal Felchen mit Salzkartoffeln und Salat für uns.

»Könnte ich bitte noch eine Schüssel für den Hund haben?«, fragte ich und zog eine Dose Hundefutter aus meiner Tasche.

Der Kellner lachte. »Gerne, ich bring sie gleich.«

Auch Felix musste lachen. »Du bist einfach unglaublich.«

Ich zuckte mit den Schultern und stellte die Dose auf den Tisch. »Was soll ich machen? Ich hab mir schon gedacht, dass unser Ausflug etwas länger dauert, und Mayo soll schließlich auch nicht leben wie ein Hund. Er hat einen sehr empfindlichen Magen und braucht sein Fressen zu festen Uhrzeiten, ansonsten bekommt er …« Ich senkte meine Stimme und beugte mich über den Tisch. »Na ja, Blähungen halt.«

Felix lachte wieder. »Verstehe, das wollen wir natürlich nicht.«

»Glaub mir, das willst du wirklich nicht. Immerhin sind wir nachher noch mit dem Hund eine Stunde lang im Auto eingesperrt.«

Felix nahm grinsend die Baseballmütze vom Kopf und verschränkte die Arme vor der Brust. »Gefällt es dir denn wenigstens?«

Was für eine Frage! So einen perfekten Tag hatte ich bisher nur selten erlebt. Ich nickte. »Es ist einfach nur herrlich.«

»Vermute ich dann richtig, dass du hierbleibst? Also in Oberschwaben, mein ich?«

Ich musste lachen. »Vorerst schon. Ich muss halt schauen, ob ich Arbeit finde und ne Wohnung. Ich kann Trude und deinen Eltern ja nicht ewig auf den Geist gehen.«

»Das tust du nicht, glaub mir. Aber ich versteh natürlich, dass du was Eigenes willst. Ich hör mich auf jeden Fall mal um. An was für Arbeit hast du denn gedacht?«

»Das ist ja das Problem, ich hab keine Ahnung.« Ich seufzte und nahm noch einen Schluck Apfelschorle. »Als Schneiderin werd ich wohl nichts finden, also dachte ich, ich könnte mich vielleicht vorerst als Verkäuferin durchschlagen. Du weißt schon, um erst mal meine Kosten zu decken, und dann sehen wir weiter.«

»Eine alte Schulfreundin von mir leitet eine Boutique in Saulgau. Ich werd mal sehen, was ich für dich tun kann.«

»Das wär echt toll.«

»Kein Problem. Ich kann dir aber nichts versprechen.«

Ich winkte ab. »Das macht nichts. Es ist wenigstens schon mal ne Perspektive.«

Der Kellner kam wieder an unseren Tisch und überreichte mir grinsend eine Schüssel. Ich bedankte mich und öffnete die Dose. Während ich das Futter in die Schüssel füllte, meinte Felix: »Falls du als Verkäuferin nicht gleich was finden solltest, kannst du vielleicht auch erst mal zur Zeitung gehen. Soweit ich weiß, brauchen die immer freie Mitarbeiter.«

Ich dachte einen Moment darüber nach. »Keine schlechte Idee. Deutsch mochte ich eigentlich immer ganz gerne, und ich hab in der Schule einige Zeit bei der Schülerzeitung mitgemacht. War ganz lustig damals. Fotoreportagen waren mir am liebsten, und meine Kamera hab ich auch fast immer dabei. Ich hab sogar schon mal ein paar Bilder verkauft«, sagte ich nicht ohne Stolz.

Wahrscheinlich hatte ich ja auch nicht allzu viele Möglichkeiten. Ich war immerhin schon Ende zwanzig und versprach mir von meinem neuen Leben schon ein bisschen mehr, als einfach nur Zeitungen auszutragen. Auch wenn ich notfalls sogar das machen würde. Lieber wäre es mir natürlich, selbst für die Zeitung zu schreiben. Ansonsten blieb immer noch die Möglichkeit, in der Gastronomie als Aushilfe anzufangen. In diesem Bereich hatte ich zwar überhaupt keine Erfahrung, aber das würde ich schon lernen. So schwer konnte es ja nicht sein, und als Quereinsteiger durfte ich nicht wählerisch sein. Hauptsache, ich verdiente erst mal ein bisschen Geld.

»Wer nimmt noch nen Schluck?«, fragte Felix und hielt eine Weinflasche in die Höhe.

»Ein kleines bisschen noch«, antwortete ich und hielt ihm mein Glas hin. Es war schon spät am Abend, und wir saßen nun alle gemeinsam im Wohnzimmer und tranken Meersburger Rotwein, den Felix und ich mitgebracht hatten. Ich hatte eine ganze Kiste gekauft, als kleines Dankeschön für Felix' Familie. Und nachdem Felix mir sogar den Weinberg gezeigt hatte, von dem dieser Wein stammte, hatte ich einfach nicht widerstehen können. Wir waren noch den ganzen restlichen Nachmittag am See geblieben, und es war schön, den Ausflug gemeinsam ausklingen zu lassen.

Felix goss mir noch etwas Wein ins Glas und sah dann die anderen an.

»Für mi ita, i gang etz ens Bett«, sagte Sepp.

Das war wohl der längste Satz, den ich bisher aus seinem Mund gehört hatte. Der Alkohol hatte anscheinend eine auflockernde Wirkung auf ihn.

»I pack's dann auch«, meinte Helga und erhob sich gemeinsam mit ihrem Mann. Sie schwankte ein klein wenig und hielt sich an Sepps Arm fest. Auch ich spürte den Wein bereits. Lediglich Felix und Trude schien der Alkohol überhaupt nichts auszumachen. »Guats Nächtle.«

Nachdem die beiden verschwunden waren, wandte sich Felix an Trude. »Was is mit dir, Oma? Nimmst noch was?«

Die nickte und reichte ihrem Enkel das Weinglas. »Emmer her drmit.« Nachdem Felix ihr das volle Glas zurückgegeben hatte, nahm Trude einen kräftigen Schluck. Es war wirklich erstaunlich, was so eine zierliche Person wie sie vertrug. Noch dazu in dem Alter. Dann sah sie mich an. »So, ond etz verzellscht amol a bissale äbbes. Was hot er dau?«

Ich wusste nicht, woran es lag, aber ohne zu überlegen, antwortete ich: »Betrogen hat er mich, mit Viktor. Das hat er gemacht. In unserer Küche, die ich übrigens erst am Tag zuvor geputzt hatte.«

Felix unterdrückte nur mit Mühe ein Lachen, und Trude schüttelte den Kopf, während sie missbilligende Geräusche von sich gab. »Ha noi, wo geits au so was. Koin Anstand am Ranza, dea Kerle. Wer isch denn iberhaupt dea Viktor?«

»Mein bester Freund. Schwul, versteht sich.«

Nun musste Felix wirklich lachen, und wenn ich nicht ein Schlückchen Wein zu viel gehabt hätte, wär ich echt sauer auf ihn gewesen. So aber musste ich mitlachen, auch wenn ich das Ganze nach wie vor nicht lustig fand.

»Ich bin früher als geplant nach Hause gekommen«, fuhr ich nach einer Weile unaufgefordert fort. »War vorher noch schnell was einkaufen. Tom und ich hatten es uns eigentlich gemütlich machen wollen. Er ist Lehrer und musste wie ich mittwochs nur den halben Tag arbeiten.« Mir wurde mit einem Mal klar, dass das Ganze nicht gut ausgehen würde, aber ich konnte einfach nicht aufhören, zu reden. Felix lachte nun nicht mehr. Er und Trude sahen mich mit großen Augen an. »Ich komme also in die Wohnung und gehe direkt in die Küche, um die Einkäufe auszupacken. Und da stehen sie, Tom und Viktor, mit dem Rücken zu mir an der Arbeitsplatte. Vor Schreck hab ich die Tüte fallen lassen.« Tränen traten mir in die Augen, als ich an diesen Moment zurückdachte. Seitdem war noch nicht mal eine Woche vergangen. »Das Glas mit der Tomatensoße ist aufgeplatzt, und der arme Mayo hat ein paar Spritzer abgekriegt. Ganz verwirrt hat er mich angesehen, ebenso wie Tom und Viktor.« Ich weinte bereits, konnte aber immer noch nicht aufhören, zu erzählen. »Ich hab Mayo genommen und bin einfach abgehauen. Hab mich auf der gegenüberliegenden Seite des Hauses versteckt, bis ich die beiden herauskommen sah. Dann bin ich wieder rein, hab meine Sachen gepackt und bin zum Bahnhof, um mich in den nächsten Zug zu setzen.« Ich musste schluchzen und hielt mir die Hand vor den Mund. »Tschuldigung.«

Einen Moment war es ganz still, nur mein Schluchzen war zu hören. Dann rutschte Trude ein bisschen näher an mich heran und tätschelte mir den Arm. »Isch scho reacht, Kend. Etz heinascht a wengale, ond nach gohts dr glei besser.«

Da war ich mir nicht so sicher. Wahrscheinlich wäre mir das Ganze später furchtbar peinlich. Im Moment war mir das jedoch ziemlich egal.

Felix sah mich etwas unbehaglich an. Ich hatte mich mittlerweile wieder halbwegs beruhigt. »Das tut mir echt leid«, murmelte er. Ohne, dass er es sagen musste, wusste ich, dass er sowohl Toms Verhalten als auch die Tatsache meinte, dass er vorher kurz gelacht hatte.

Ich nickte. »Ist schon okay, Felix. Ich komm drüber weg.« Und in diesem Moment wusste ich, dass es stimmte. Auch wenn es sicher noch eine Weile dauern würde.

»So isch reacht«, wiederholte Trude und nickte ebenfalls.

Als mich Mayo am nächsten Morgen mit seinem penetranten Schnarchen weckte, tat mir alles weh. Mein Kopf brummte, und mir war ein kleines bisschen übel. Als ich aufstehen wollte, kam ich kaum aus dem Bett. Meine Beine knickten ein, also setzte ich mich erst mal wieder hin.

Ich malte mir bereits die schlimmsten Dinge aus – das war leider so eine blöde Angewohnheit von mir, die ich nicht immer unterdrücken konnte. Vielleicht hatte ich einen Gehirntumor? Ein wenig schwindelig war mir nämlich auch. Oder Blutkrebs. Schmerzende Beine und blaue Flecken waren Symptome dafür, das wusste ich. Schnell untersuchte ich meine Beine nach blauen Flecken. Nichts zu sehen, Gott sei Dank, aber das musste ja leider nichts heißen.

Doch da fiel mir der gestrige Tag wieder ein: langes Laufen, Tretbootfahren und die halbe Flasche Rotwein, die auf mein Konto ging. Da hatte ich mir wohl einen ordentlichen Kater geholt, oder besser gesagt zwei.

Halbwegs beruhigt schlurfte ich ins Badezimmer. Als mein Blick eher unfreiwillig in den Spiegel über dem Waschbecken fiel, erschrak ich. So schlecht wie ich mich fühlte, sah ich auch aus. Die feinen Haare hingen wie Strippen über meinen Schultern. Meine braunen Augen waren glasig und etwas gerötet. Und während ich um die Nase herum ziemlich blass aussah, hatte ich mir an Schultern, Dekolleté und Armen einen Sonnenbrand geholt. Da half nur noch eine Dusche und Make-up, wenn überhaupt.

Nach der Dusche fühlte ich mich allerdings auch nicht viel besser. Ich warf einen erneuten Blick in den Spiegel, hob eine Haarsträhne hoch und ließ sie wieder fallen. Gut, die Haare waren jetzt nicht mehr fettig und rochen angenehm nach Pfirsich, aber das war's auch schon. Die Frisur war ziemlich rausgewachsen, und so langsam konnte ich sie auch nicht mehr sehen. Ich sollte mir wohl einen Frisörtermin holen und am besten mal was Neues ausprobieren. In Büchern und Filmen taten das die Frauen fast immer, nachdem sie ein neues Leben angefangen hatten. Vielleicht half es ja wirklich was.

Aber heute war Montag, da hatten die Frisöre in der Regel geschlossen, und das war wahrscheinlich auch hier auf dem Land nicht anders. Also würde ich im Internet nach Wohnungen und Jobs suchen und später nach Bad Saulgau fahren und mich mal in den Geschäften umhören. Vielleicht brauchte ja jemand eine Verkäuferin. Es wurde Zeit, dass ich mein Leben endlich wieder in die Hand nahm.

»So, dann mal zu dir«, meinte die Frisörin namens Nicole strahlend, nachdem sie bei ihrem letzten Kunden kassiert hatte, und wandte sich mir zu.

Ich fand sie auf Anhieb sympathisch, zumal sie ja auch sofort das »Du« anschlug, was mir in der Regel eh lieber war als die förmlichere Variante.

Nicole hatte dunkle, kurze Haare, die Spitzen hingegen waren rot. Ihr stand es, für mich wünschte ich mir aber doch etwas »Normaleres«.

Nun fuhr sie einmal durch meine Haare und sah mich dann im Spiegel an. »Du wolltest dich beraten lassen, wenn ich's richtig im Kopf hab. Hast du denn schon eine ungefähre Vorstellung?«

Ich schüttelte den Kopf. »Ich dachte, ich lass mich selbst mal überraschen. Es darf auch gerne was ganz anderes sein, solange es zu meinem Typ passt«, fügte ich vorsichtig hinzu. Nicht, dass ich als Experiment angesehen wurde und auch noch Strähnchen in verschiedenen Farben bekam.

»Deine Haare sind ziemlich fein, deshalb würde ich sie etwas kürzer schneiden«, sie zeigte in Höhe meines Schlüsselbeins, »und vom Kinn an stufen.« Ich nickte. »Vielleicht noch ein kleiner Pony, was meinst du?«

»Wenn du denkst, dass mir das steht. Ich vertrau da ganz deinem Fachwissen.«

Nicole nickte. »Das würde dir mit Sicherheit stehen. Und wie sieht's mit einer anderen Farbe aus?«

»Theoretisch gern. An dem Straßenköterblond häng ich nicht besonders.«

Nicole lachte. »Ich zeig dir mal ein paar Töne. Willst du was trinken? Wasser, Kaffee?«

»Ein Wasser nehm ich gern.«

Sie verschwand durch einen Perlenvorhang in einen anderen Raum und kam kurz darauf mit einem Glas und einer Farbpalette wieder. Ich nahm einen Schluck und wandte mich dann den verschlungenen Haarsträhnen zu, die auf der Palette klebten.

»Ich würde bei dir eher im blonden Bereich bleiben«, meinte Nicole und zeigte auf die linke Hälfte der unteren Reihe. »Diese Töne hier würden alle gut zu dir passen.«

Ich verliebte mich sofort in die Nuance namens »Honig« und zeigte darauf.

»Gute Wahl«, meinte Nicole lächelnd. »Wenn du willst, können wir auch noch ein paar Strähnchen machen.« Ich wollte schon abwinken, doch Nicole unterbrach mich: »Keine Panik, es wären mehr so goldene Reflexe. Einzeln sieht man sie kaum, sie wirken nur im Ganzen. Warte, ich zeig's dir mal.« Sie holte ein Buch, das auf einem runden Tisch im Eingangsbereich lag, und deutete auf ein Bild. »Siehst du? Das würde dir mit Sicherheit super stehen.«

Da musste ich ihr recht geben. Zwar hatte die Frau auf dem Bild einen kurzen Bob, aber ich konnte mir durchaus vorstellen, wie es an mir mit längeren Haaren aussehen würde. Das Haar schimmerte an vereinzelten Stellen etwas heller, aber blockartige Strähnchen sah man in der Tat nicht. »Super, das machen wir«, entschied ich spontan. »Sofern du so viel Zeit hast.«

»Aber sicher. Bei Beratungswünschen planen wir immer etwas mehr Zeit ein.« Sie legte mir einen schwarzen Umhang um, der angenehm nach Shampoo roch, und führte mich zum Waschbecken. »Und du bist neu hier, Jette? Es war doch Jette, oder?«

Ich nickte. »Beides richtig.«

»Was führt dich denn ausgerechnet nach Herbertingen?«, wollte sie wissen, während sie warmes Wasser über meine Haare laufen ließ.

Ich seufzte. »Das ist eine längere Geschichte.«

Nicole lachte und verteilte das nach Pampelmuse und Rosen riechende Shampoo in meinen Haaren. »Du, wir haben Zeit.«

Kapitel 4

»Wow, du siehst … anders aus«, meinte Felix, nachdem er mich einen kurzen Moment sprachlos betrachtet hatte.

»Wär ja auch schlimm, wenn nicht. Nach dem, was ich beim Frisör an Geld hab liegen lassen.« Ich grinste zufrieden. Jeder Cent hatte sich gelohnt, denn die neue Frisur war wirklich toll geworden. Und ich musste zugeben, dass da was dran war, also daran, dass viele Frauen sich für einen neuen Lebensabschnitt gern eine neue Frisur machen ließen – mir ging es genauso. Ich war dieselbe wie vorher, aber doch fühlte ich mich irgendwie anders. Fast ein bisschen sexy, das erste Mal in meinem Leben. Und das war ein gutes Gefühl.

Ich trat zur Seite und ließ Felix herein. Es war Donnerstagmorgen, und Felix kam zum Frühstück. Das tat er jeden Donnerstag, wie ich mittlerweile erfahren hatte. Ich fand, das war eine sehr nette Tradition.

»Steht dir auf jeden Fall ziemlich gut«, sagte Felix nun, während er mir in die Küche folgte, wo die anderen schon warteten.

»Danke.«

»Morgen«, begrüßte Felix seine Familie und schwenkte die Tüte mit den frischen Brezeln. Der Tisch war bereits gedeckt, und es roch nach Kaffee.

»D' Jädde sieht guat aus, odr was moinscht?«, fragte Trude sogleich.

Nun wurde ich doch allmählich rot. Ich stand nicht gerne im Mittelpunkt, wenn es sich vermeiden ließ. Auf der Eckbank hatte ich mittlerweile einen Stammplatz. Dort ließ ich mich nun fallen und griff nach meiner Kaffeetasse.

Felix nickte. »Ja, die neue Frisur steht ihr gut«, wiederholte er, während er die Brezeln in einen Korb füllte und sich dann zu uns anderen an den Tisch setzte.

Eine Weile aßen wir schweigend, dann meinte Helga: »Und ihr wollt also gleich noch nach Sulga?«

Wieder nickte Felix. »Mal schauen, was die Barbara sagt. Einen guten Eindruck wirst du sicher machen«, fügte Felix hinzu und grinste mich an.

Ich grinste zurück und biss herzhaft in meine Butterbrezel. Daran, dass es hier zum Frühstück eher selten Brötchen gab, hatte ich mich fast schon gewöhnt. Nur Trude aß gerne mal Toastbrot zum Frühstück.

Barbara war die Freundin von Felix, die in Bad Saulgau die Boutique leitete, und sie hatte sich dazu bereit erklärt, sich heute mal mit mir zu treffen. Auch wenn sie gerade eigentlich niemanden suchte. Trotzdem war sie mehr oder weniger meine letzte Hoffnung. In Bad Saulgau hatte ich Anfang der Woche so gut wie jedes Geschäft abgeklappert und leider kein Glück gehabt. Der Anruf bei der Modefachschule hatte ebensowenig gebracht. Die zweimonatigen Sommerferien standen kurz vor der Tür, da brauchten die keine neuen Lehrer, und als einfache Schneiderin hätte ich ohnehin nicht unterrichten dürfen. Und auch mit den Stellenanzeigen im Internet war ich nicht weitergekommen. Überhaupt hatte es nur wenige Stellen gegeben, die in Frage gekommen waren.

»Ich wünsch dir auf jeden Fall viel Glück«, meinte Helga nun zu mir.

»Danke, das kann ich gebrauchen.«

»Ond da Schorsch?«, fragte Sepp, der in den letzten Tagen angefangen hatte, etwas mehr zu sagen. Anscheinend hatte er sich so langsam an meine Anwesenheit gewöhnt. »Konnt dea alloi zreacht?«

»Sicher kommt der allein klar. Es ist gerade etwas ruhiger, und außerdem schau ich nachher noch bei ihm vorbei.«

Trude nahm sich eine weitere Scheibe Toastbrot und sah dann mich an. »Geischt mr bitte 's Gsälz?«

»Das was?« Während ich sie verständnislos anstarrte, fingen die anderen zu lachen an. Sogar Sepp lachte. Es war das erste Mal, seit ich da war.

»Die Marmelade«, erklärte Felix.

Ah ja, die Marmelade. Kopfschüttelnd griff ich nach dem Glas und reichte es Trude.

»Jo, do mosch no einiges lerna«, sagte Trude.

»Wir können dir ja nachher ein Wörterbuch Schwäbisch-Deutsch besorgen«, schlug Felix vor.

Sehr witzig. Dabei war mein Verständnis im Laufe der letzten Tage tatsächlich ein bisschen besser geworden. Zumindest musste ich nicht mehr bei jedem einzelnen Satz nachhaken. Aber woher sollte ich auch wissen, was »Gsälz« sein sollte? Was war das überhaupt für ein komisches Wort? Es war ja schon schlimm genug, dass die Schwaben so gut wie alles irgendwie anders – vor allem unverständlich – aussprachen, aber dann auch noch eigene Wörter zu erfinden … das ging für meinen Geschmack wirklich zu weit.

Nach dem Frühstück machten Felix und ich uns auf den Weg nach Bad Saulgau. Ich fand es wirklich nett von ihm, mich zu begleiten. Außerdem hatte er sich den halben Tag freigenommen und wollte mir nachher noch Sigmaringen zeigen. Er meinte zwar gleich vorneweg, dass die Stadt auch nicht größer als Bad Saulgau sei, aber immerhin war der ganze Landkreis nach ihr benannt. Und wenn man nicht allzu weit fahren wollte, hatte man in der Gegend halt nicht so viele Möglichkeiten, aber das war okay.

»Also dann, nach dir«, meinte Felix und hielt mir die Tür der Boutique auf.

Eine große, schlanke Frau mit braunen Locken hob kurz die Hand zum Gruß und bedeutete uns, uns noch ein bisschen umzuschauen. Sie war gerade mit einer Kundin beschäftigt.

»Das ist Barbara«, stellte Felix sie mir unnötigerweise vor.

Bevor ich etwas erwidern konnte, kam eine zweite Frau mit rosigen Wangen und blonden Haaren auf uns zu und strahlte uns an, während sie die Hände in den Rücken stemmte und ihren Bauch nach vorne streckte. Sie war schätzungsweise im fünften Monat schwanger und sah unglaublich glücklich aus. Ich beneidete sie fast ein wenig, auch wenn ich momentan eigentlich gar nicht das Bedürfnis nach einem Baby verspürte.

»Hallo Felix. Kann ich was für euch tun?«

»Hi, Lisa. Danke, aber wir sind mit Barbara verabredet.« Er stellte uns kurz vor, dann fragte er mit einem Blick auf ihren Bauch: »Und wie geht's dir so?«

»Wie soll's mir schon gehen? Ich seh meine Füße schon jetzt nicht mehr und fühl mich wie ein Walross, aber sonst ist alles bestens.« Lisas leuchtende grüne Augen und das Lächeln auf ihren Lippen verrieten mir sofort, dass sie nur spaßte.

»Und was ist mit Markus?«

»Mein Mann«, erklärte sie mir und hob die rechte Hand, an deren Ringfinger ein schlichter, gelbgoldener Ehering funkelte. »Der macht mich langsam wahnsinnig mit seiner Fürsorge. Ich bin froh, wenn das Baby erst mal da ist. Dann krieg ich wenigstens nicht mehr alles alleine ab.« Sie lachte.

»Wann ist es denn so weit?«, fragte ich vorsichtig, um mich in das Gespräch einzuklinken.

Lisa schien mir die persönliche Frage aber nicht übel zu nehmen. Eher im Gegenteil. »In drei Monaten.«

»Junge oder Mädchen?« Die Frage kam wie von selbst, daran musste das zweite X-Chromosom schuld sein.

»Mädchen«, antwortete Lisa und strich sich stolz über den Bauch. »Wir wollen sie Zoe nennen.«

»Ein hübscher Name.«

»Wart nur ab, bis du den zweiten Namen erfährst«, mischte sich Barbara ein, die auf einmal neben uns stand. Eine Wolke von Jasmin umgab sie und stieg mir sofort in die Nase. »Hi, Felix.« Sie legte ihm eine perfekt manikürte Hand mit rosa Nagellack auf die Schulter und hauchte ihm ein Küsschen auf die Wange.

Ich wusste sofort, dass die beiden mal zusammen gewesen waren. Keine Ahnung, warum, aber der Gedanke gefiel mir nicht. Außerdem war mir Barbara auf Anhieb unsympathisch.

»Und du musst Jette sein.« Sie wandte sich mir zu und streckte mir die Hand entgegen. In ihren hochhackigen Pumps mit Pfennigabsatz – oder hieß das jetzt Centabsatz? – überragte sie mich um fast einen ganzen Kopf. »Nett, dich kennenzulernen.«

»Gleichfalls«, antwortete ich einfallslos. Irgendwie fühlte ich mich in Barbaras Nähe total unperfekt.

»Wollen wir gerade in mein Büro gehen? Da haben wir mehr Ruhe.«

»Moment, vorher will ich noch wissen, was es mit dem zweiten Namen auf sich hat«, meinte Felix und sah erst Barbara und dann Lisa neugierig an.

Lisa verdrehte die immer noch strahlenden Augen. »Sie soll Zoe Hedwig heißen. Das war der Name von Markus' Großmutter, und die war ihm nun mal sehr wichtig.«

Zugegeben, die Kombination klang grausig. Trotzdem meinte ich: »Das muss ja niemand wissen. Es steht halt in der Geburtsurkunde, und dann interessiert sich niemand mehr dafür.«

Lisa nickte mir dankbar zu, während Barbara meinte: »Ja, bis das arme Ding mal heiratet. Also, dann kommt mit. Lisa, du hältst hier so lang die Stellung.«

Felix und ich folgten Barbara durch den Laden in das Büro im hinteren Bereich. Ich kannte Barbara ja gar nicht, hatte aber ein praktisch und modern eingerichtetes Büro ohne jegliche persönliche Note erwartet. Umso überraschter war ich, als ich das gemütliche Mischmasch erblickte. Der Schreibtisch war antik und alles andere als aufgeräumt. Vor den Fenstern hingen weiß-gelbe Vorhänge, und auch die Wände waren gelb gestrichen. Zudem gab es eine Sitzecke mit bunten Kissen.

Barbara setzte sich auf das große, alte Sofa und bedeutete uns, ebenfalls Platz zu nehmen. »Felix hat erzählt, du bist gelernte Schneiderin?«

Ich nickte und zermarterte mir das Hirn, was ich sonst noch sagen könnte. »Ja, richtig. Ich hab meine Sachen schon immer gern selbst gemacht.«

»Ist das Kleid auch von dir?«

Ich sah an mir herab auf das leichte, weiße Sommerkleid, das über und über mit pinkfarbenen Pfingstrosen bedruckt war. »Ja, das hab ich auch selbst gemacht«, antwortete ich und machte mich auf das Schlimmste gefasst.

Doch Barbara überraschte mich, indem sie – übrigens wie Felix – anerkennend nickte. »Hübsch, gefällt mir gut.«

»Danke.«

»Und du hast Erfahrung im Verkauf und in der Beratung?«

»Ich hab fast zwei Jahre lang in einem Brautmodengeschäft gearbeitet.«

Barbara lächelte. »Perfekt, dann solltest du in unserer Boutique ja theoretisch keine Probleme haben. Oh, Entschuldigung. Wollt ihr was trinken?«

»Falls du hast, nehm ich gern ne Cola«, erwiderte Felix.

»Da würd ich mich anschließen.«

»Kommt sofort.«

Ich musste zugeben, dass Barbara auf den zweiten Blick doch um einiges sympathischer wirkte. Nun kam sie zurück und stellte drei Flaschen Cola light auf den Tisch.

»Also, Jette. Felix hat dir sicher erzählt, dass wir gerade eigentlich niemanden suchen. Ich hab zwei feste Mitarbeiterinnen, und mehr geht leider nicht.« Mich verließ bereits die Hoffnung, doch da meinte sie: »Allerdings ist Lisa ja ein bisschen schwanger, wie du gesehen hast, und fällt in ein paar Wochen für einige Zeit aus. Wir haben bisher noch keinen Ersatz, und es wäre auch nur vertretungs- beziehungsweise stundenweise, aber wenn du so lange warten kannst und Lust hast …« Sie ließ den Satz offen.

Ich konnte mein Glück kaum fassen. Okay, es würde nicht von Dauer sein und bis dahin würde ich auch noch ein paar Wochen überbrücken müssen, aber immerhin. Es war ein Anfang. »Das wär toll, Barbara. Dank dir!«

»Dann willkommen im Team.« Wir stießen mit unseren Colaflaschen an, dann meinte Barbara: »Die Einzelheiten können wir ja später noch klären. Schreib mir einfach mal deine Nummer auf, und dann meld ich mich, sobald es ernst wird.«

»Perfekt.«

Nachdem Felix und ich die Boutique verlassen hatten, fiel ich ihm spontan um den Hals. »Danke, Felix. Das hab ich nur dir zu verdanken.«

»Keine Ursache«, erwiderte er fast ein bisschen verlegen.

Mayo, den ich draußen angebunden hatte, sprang aufgeregt um unsere Beine herum. Ich band ihn wieder los und wuschelte ihm durchs kurze, grau-weiße Fell, als Felix' Handy klingelte.

»Hi, Schorsch, alles klar?«, meldete er sich nach einem kurzen Blick aufs Display. Einen Moment hörte er aufmerksam zu, dann meinte er: »Jetzt mal ganz ruhig, das ist doch kein Problem … Ja, das lässt sich schon machen. Wär doch Schwachsinn, wenn du extra herkommst … Ja, ist sie. Also dann bis gleich.« Er steckte das Handy wieder ein und sah mich an.

Ich hockte immer noch neben Mayo, stand jetzt aber auf. »Du, wenn du arbeiten musst, ist das überhaupt kein Ding. Sigmaringen läuft uns ja nicht weg.«

»Es gab Probleme mit einer Lieferung, der Schorsch braucht aber das Material so schnell wie möglich. Wenn das also für dich okay ist, besorgen wir es gerade hier im Baumarkt und bringen's ihm vorbei. Liegt sowieso auf dem Weg nach Sigmaringen.«

»Okay, meinetwegen gern.«

»Supi, der Schorsch ist nämlich schon ganz scharf drauf, dich endlich mal kennenzulernen. Wir müssen aber schnell das Auto wechseln, ich brauch den Pick-up.«

»Und das ist auch wirklich okay so? Ich wär dir echt nicht böse, wenn du arbeiten musst und wir unseren Ausflug verschieben.«

»Weiß ich doch.«

Wir liefen zum Parkplatz und waren schon wenige Minuten später an Felix' Wohnung angekommen. Neugierig blickte ich mich um. Sah nach einer ziemlich feinen Gegend aus. Wie Felix wohl wohnte?

In diesem Moment deutete er zu seiner Haustür. »Ich muss grad den anderen Schlüssel holen. Wartest du oder willst du kurz mitkommen?«

Die Gelegenheit ließ ich mir nicht entgehen. »Ach, wenn du's schon anbietest, würd ich dich begleiten.«

»Kein Problem. Solang du erstens keine perfekt aufgeräumte Wohnung erwartest und zweitens meiner Mutter nichts von dem Chaos erzählst.«

Lachend erwiderte ich: »Ich kann schweigen wie ein Grab, wenn's sein muss.«

Mayo und ich folgten Felix durch den geräumigen Hausflur in den zweiten Stock. Und dann wurde ich zum zweiten Mal an diesem Tag überrascht, als Felix aufgeschlossen hatte und ich vorsichtig seinen Flur betrat. Genau wie bei Barbaras Büro bekam ich etwas ganz anderes zu sehen, als ich erwartet hatte. Auch wenn ich gar nicht genau sagen konnte, wie ich mir Felix' Wohnung eigentlich vorgestellt hatte. So jedenfalls nicht.

Der Flur war ziemlich eng und dunkel, und auch die Küche auf der linken Seite war relativ klein. Mir schlug gleich der Duft von Ravioli entgegen. Die hatte es anscheinend gestern gegeben. Jedenfalls waren in dem Topf auf dem Herd noch ein paar Reste. Außerdem stand die Spüle voller dreckigem Geschirr, und auf dem kleinen Esstisch lagen noch Brotkrümel verstreut. Ansonsten war die Küche ganz hübsch. Vor allem die schicke Kaffeemaschine gefiel mir, mit der man bestimmt leckeren Cappuccino machen konnte.

Felix tauchte hinter mir in der Tür auf und klimperte mit seinen Schlüsseln. »Willst du noch kurz die anderen Zimmer sehen, bevor wir gehen?«

»Klar, wenn ich schon mal da bin.«

Felix grinste. »Neugierig sind wir wohl gar nicht.«

Ich schüttelte den Kopf und meinte »Nö«, musste aber selbst lachen.

Felix führte mich den Flur entlang. Neben der Küche war das Badezimmer, das ebenfalls ziemlich klein war, dafür aber ordentlich. Es lag lediglich ein nasses Handtuch auf dem Boden.

Dann öffnete Felix die Tür auf der gegenüberliegenden Seite. »Voilà, das Schlafzimmer.«

Ich war überrascht, dass ich sein Schlafzimmer zu sehen bekam. Helga und Trude hatten es ja vermieden, mir diese Räume zu zeigen. War das jetzt ein Schwaben- oder ein Generationending? Vermutlich beides.

Ich schluckte und vermied es, Felix anzusehen, als ich neugierig an ihm vorbei ins Zimmer spähte und mein Blick sofort auf das große Bett fiel. Es war ungemacht und sah so aus, als ob sich Felix heute Morgen noch mit jemandem darin gewälzt hätte. Ich verdrängte den Gedanken, der mir irgendwie gar nicht gefiel, und konzentrierte mich stattdessen auf die restlichen Möbel. Außer einem relativ kleinen Kleiderschrank und einem vollen Bücherregal gab es allerdings nicht viel.

Das Wohnzimmer lag ganz am Ende des Flurs und war im Vergleich zu den anderen Zimmern ziemlich groß und vor allem hell. Staubkörner tanzten im Sonnenlicht, das durch drei Fenster fiel, und legten sich auf die altmodischen Möbel, die vorne und hinten nicht zusammenpassten.

»Hallo, schöne Frau«, wurde ich begrüßt, bevor ich mich näher umsehen konnte. Ich entdeckte den rot-grün gefiederten Papagei zwischen zwei Fenstern auf einer Holzstange, wo er hin und her schaukelte. Neben ihm hing ein großer, weißer Käfig mit offener Tür.

Der Papagei und ich beäugten uns neugierig, dann wandte ich mich Felix zu. »Interessante Sachen bringst du deinem Papagei da bei. Was kann er denn sonst noch so?« Ich näherte mich dem Vogel.

Der legte den Kopf schief und starrte mir wie Felix vor genau einer Woche unverhohlen in den Ausschnitt. »Hübsche Möpse«, krähte er und kicherte.

Das hörte sich so witzig an, dass ich ihm nicht böse sein konnte. Ich drehte mich zu Felix um. »Ich nehm nicht an, dass dein Vogel schielt und Mayo meint?«

Felix zuckte die Schultern. Er stand lässig gegen den Türrahmen gelehnt. Peinlich schien ihm das Ganze nicht zu sein.

»Tja, Anstand hat er jedenfalls nicht.«

»Koin Ahstand am Ranza«, krächzte der Papagei daraufhin.

Ich musste lachen, woraufhin der Papagei den Satz noch ein paar Mal wiederholte.

»Jetzt ist aber gut, Paulchen«, sagte Felix.

»Paulchen, Paulchen«, schrie der Vogel und plusterte sich auf.

In diesem Moment begann Mayo zu bellen, woraufhin Paulchen mir einen riesen Schrecken einjagte, indem er auf mich zugeflogen kam und sich auf meine Schulter setzte. Von weitem hatte das Vieh nicht so groß und bedrohlich ausgesehen. Mayo bellte noch lauter.

»Jetzt ist es aber wirklich genug«, rief Felix und kam auf uns zu. Er nahm Paulchen von meiner Schulter und brachte ihn zu seinem Käfig. »Du weißt wirklich nicht, wie man sich Damen gegenüber benimmt.«

»Kein Wunder«, entfuhr es mir, als ich zufällig sah, womit Paulchens Käfigboden ausgelegt war: mit halbnackten Frauen aus irgendeinem Männermagazin. »Wie der Herr, so 's G'scherr.«

Felix hob abwehrend die Hände. »Hey, keine voreiligen Schlüsse ziehen. Der Schorsch hat mit den Bildchen angefangen. Die beiden sind nämlich die besten Kumpels, musst du wissen.«

»Ach ja?«

»Ja. Der Schorsch passt immer auf Paulchen auf, wenn ich im Urlaub bin. Sofern wir nicht gerade zusammen unterwegs sind. Und der hat ihm auch heimlich den Satz mit den Möpsen beigebracht.«

»Hübsche Möpse«, krähte Paulchen wieder.

Felix verdrehte die Augen. »Und dann hat er auch noch angefangen, den Käfig mit den Postern auszulegen. Und da es Paulchen so gut gefallen hat, lass ich ihm die Freude. Hat ja sonst kaum Spaß, der arme Kerl. Ja, und den Satz mit dem Anstand« – »Koin Ahstand am Ranza«, plärrte Paulchen wieder, doch Felix ignorierte ihn – »hat er von Trude. Das sagt sie nämlich immer, nachdem er sie du weißt schon wie begrüßt hat.«

Ich nickte. »Ah ja, das erklärt so einiges. Und was hast du ihm beigebracht?«

»Von mir ist der Satz mit der schönen Frau.«

»So, so.« Nun sah ich mich noch etwas genauer im Wohnzimmer um. Das Sofa wirkte ziemlich durchgesessen, und die Möbel waren größtenteils Marke Gelsenkirchener Barock. In einer Ecke entdeckte ich eine gut eingerichtete Bar. Außerdem gab es einen Plattenspieler und eine beachtliche Plattensammlung. Am faszinierendsten fand ich jedoch die Bücher, von denen es hier noch mehr gab. Sie stapelten sich überall im Wohnzimmer, da in den Regalen oder Schränken nicht genug Platz war. Keine Ahnung, warum, aber irgendwie war ich überrascht, dass Felix so gerne zu lesen schien. »Du hast ganz schön viele Bücher.«

»Ja, das läppert sich so zusammen im Laufe der Jahre. Wollen wir dann mal los?«

Ich hätte nichts dagegen gehabt, mir alles noch etwas genauer anzusehen, nickte aber und folgte ihm mit Mayo zu seinem grünen Pick-up.

»Und, wie findest du die Wohnung?«, fragte Felix auf dem Weg zum Baumarkt.

»Ähm, ja, ist ganz hübsch«, erwiderte ich überrumpelt.

Felix lachte. »Also lügen ist schon mal nicht deine Stärke.«

»Nein, nein, versteh das nicht falsch. Ich wundere mich nur, dass deine Einrichtung so zusammengewürfelt ist.«

»Das Zeug stammt alles noch aus meinen Studentenbuden. Anfangs fehlte halt das Geld, und jetzt fehlt entweder die Zeit oder die Lust.«

»Verstehe.«

»Wie sieht's denn mit dir und ner Wohnung aus? Soll ich mich hier in Saulgau mal für dich umhören? Auf dem Land läuft oft vieles über Kontakte. Oder willst du lieber in Herbertingen bleiben?«

»Gott bewahre, bloß nicht. Da ist mir Saulgau um einiges lieber, zumal es mit der Boutique in der Nähe natürlich praktisch wär. Ich will dir aber nicht zu viel Mühe machen. Du hast sicher Besseres zu tun, als dich die ganze Zeit um mich und meinen Kram zu kümmern.«

»Mach dir darüber mal keinen Kopf, das passt schon.«

»Wenn du meinst. Aber sag mir Bescheid, wenn ich dir auf die Nerven gehe.«

»So wie jetzt, meinst du?«

Felix grinste mich an, und ich streckte ihm die Zunge raus. Wir verstanden uns immer besser, und ich war echt froh, hier so schnell einen guten Freund gefunden zu haben.

Im Baumarkt hatten wir schon bald alles erledigt, und nun waren wir unterwegs nach Sigmaringendorf, um Georg das Material zu bringen. Nach allem, was ich bereits über ihn wusste, war ich schon gespannt, wie er so war.

»Wie lange wart ihr eigentlich zusammen, du und Barbara?«, platzte es auf einmal aus mir heraus. Die ganze Zeit über war mir die Sache mit ihr und Felix nicht mehr aus dem Kopf gegangen.

Felix sah mich zugleich überrascht und fragend an. »Woher weißt du das?«

Ich zuckte mit den Schultern. »Intuition.«

Er schwieg einen Moment. »Ein paar Monate. Es hat einfach nicht funktioniert mit uns, wir waren zu verschieden. Als Freunde sind wir deutlich besser.«

»Kommt mir bekannt vor.« Tom und ich wären auch besser Freunde geblieben, dachte ich in letzter Zeit manchmal. Das hätte mir so manches erspart, und so richtig leidenschaftlich waren wir eigentlich nie miteinander gewesen. Ich glaube, ich war wirklich blind.

Ich habe mich zum Beispiel nie gefragt, warum Tom eigentlich beim Fernsehen nie Angelina Jolie oder ähnlich toll aussehende Frauen scharf fand. Nein, er bewunderte immer die Muskeln der Männer und all so was. Ich hatte gedacht, er wollte selber so aussehen, aber da hatte ich mich wohl gewaltig getäuscht. Trotzdem konnte ich die drei Jahre mit ihm nicht einfach so vergessen.

Den Rest des Weges hingen Felix und ich unseren eigenen Gedanken nach. Nur Mayos gleichmäßiges Atmen war zu hören. Er saß zwischen meinen Füßen und döste mal wieder vor sich hin. Ach ja, so ein Hundeleben hatte schon was für sich.

»Wir sind da«, meinte Felix schließlich und parkte den Pick-up in einer großen Hofeinfahrt hinter einer alten Ente in der Klassikerfarbe Giftgrün.

Georg – zumindest nahm ich an, dass er es war – hockte in einem Blumenbeet im Vorgarten und pflanzte verschiedene Blumensorten ein. Er sah besser aus, als ich erwartet hatte. Aufgrund der vielen Arbeit an der Sonne war er ordentlich braun. Wie Felix war er außerdem gut durchtrainiert. Da er obenrum nur ein weißes Feinripp-Unterhemd trug, war das nicht schwer zu erkennen.

Als er uns sah, legte er die apricotfarbene Rose, nach der er gerade gegriffen hatte, sofort beiseite und kam auf uns zu. »Hallo, schöne Frau.«

»Du verbringst eindeutig zu viel Zeit mit Paulchen«, murmelte Felix. Dann sagte er lauter: »Jette, das ist Georg Klein, mein Freund und Mitarbeiter.«

Georg ignorierte ihn und musterte mich ausgiebig, was mir irgendwie unangenehm war. Um ihn abzulenken, streckte ich ihm die Hand hin. »Hallo, Georg. Schön, dich auch mal kennenzulernen.«

Georg wischte sich seine mit Erde verdreckte Hand an der dunkelblauen Jeans ab, die nur unwesentlich sauberer war, bevor er sie mir ebenfalls hinstreckte. »Gleichfalls. Saischt aber Schorsch zua mer. So wia dr Clooney-Schorsch.« Er zwinkerte mir zu.

Ach du liebes bisschen! Ich verkniff mir lieber den Kommentar, dass George Clooney alleine durch die schwäbische Aussprache seines Namens deutlich an Sexyness verlor. Trotzdem musste ich grinsen. Georg war irgendwie witzig. Ob unfreiwillig oder nicht, da war ich mir noch nicht sicher.

»I sieh vielleicht it ganz so guat aus wie dr Clooney, aber emmerhin hoiß i schiergar gleich. Woischt, en dr Schual hond se emmer dr kloine Schorsch zua mer gsait. Klengt doch schiergar wie dr Clooney-Schorsch.« Er grinste.

Tja, was sollte ich darauf noch erwidern? »Sag mal, ist das deine Ente? Die ist echt cool. Früher wollte ich auch immer so ein Auto haben, aber die kriegt man ja heut kaum noch.«

Georg warf Felix einen bedeutungsvollen Blick zu. »Siehscht, i han scho emmer gsait, d' Fraua stond auf klei ond handlich.« Er stellte sich demonstrativ neben Felix.

Erst jetzt fiel mir auf, dass Georg ein paar Zentimeter kleiner war als Felix, und ich musste lachen. Der selbsternannte George Clooney hatte es faustdick hinter den Ohren, das war mir jetzt klar.

»I han dea Karra meim Opa abgschwätzt ond reschtauriert«, sagte Georg mit einem Kopfnicken zur Ente. Dann strich er sich mit dem Handrücken ein paar braune Haarsträhnen aus den blauen Augen. »So, noch lada mer mol ab, was?«

Ich hätte ja gerne geholfen, aber die prall mit Erde oder Rindenmulch gefüllten Säcke waren schwer und vertrugen sich wahrscheinlich nicht so gut mit meinem weißen Sommerkleid. Stattdessen betrachtete ich das Blumenbeet genauer, das wirklich hübsch werden würde. Mayo schnupperte ganz aufgeregt an der frischen Erde.

»Der will mal ordentlich buddeln«, meinte Felix. »Ist ihm nicht zu verdenken, allerdings nicht hier. Das Beet muss heut noch fertig werden.«

»Des wird's au«, meinte Georg. »Ond drnoch kenna mer feschta. Wia wär's, Jädde? Mir zwoi, heit obad? I hol di um siebane ab.«

Völlig überrumpelt starrte ich ihn an.

»Odr hosch scho äbbes anders vor?«

Sag ja! »Ähm, nein.« Mist, im Lügen war ich noch nie gut gewesen, wie Felix auch schon bemerkt hatte.

»Na dann isch abgmacht.«

Ich warf einen hilfesuchenden Blick zu Felix, doch der zuckte nur mit den Schultern.

Na super, da hatte ich mir ja was Schönes eingebrockt.

Ich versuchte Felix während unseres Bummels durch Sigmaringen die ganze Zeit zu überreden, Georg und mich zu begleiten. Leider ohne Erfolg. Angeblich hatte er schon was anderes vor. Keine Ahnung, ob das stimmte.

Felix spielte lieber mal wieder den Fremdenführer. Wir liefen einmal durch die Innenstadt (die war übrigens noch kleiner als die von Bad Saulgau) und über den Schlosshof. Das Schloss war wirklich schön. Egal, wo man sich in der Stadt befand – Schloss Sigmaringen dominierte überall das Stadtbild. Da Sigmaringen allerdings sonst nicht allzu viel zu bieten hatte, verbrachten wir die meiste Zeit auf dem Gelände der Gartenschau. Für Felix als Landschaftsgärtner war das natürlich ein Traum, aber auch Mayo und mir gefiel es hier richtig gut.

»Und ich kann dich wirklich nicht überreden, heute Abend mitzukommen?«, versuchte ich am Nachmittag noch einmal mein Glück, als wir auf der rechten Donauseite zurückspazierten.

»Wie gesagt, ich hab schon was anderes vor. Ansonsten gerne.«

»Schade.« Dann musste ich den Abend mit Georg wohl oder übel allein überstehen.

Trude war ziemlich überrascht, als sie Georg auf sein Klingeln hin die Tür öffnete. »Ja, Schorsch, was machscht denn du do?«

»D' Jädde abhola nadirlich«, erwiderte der selbstbewusst. Selbstbewusst war auch sein Outfit. Ich musste mir das Kichern verkneifen, als ich die Treppe mit Mayo im Schlepptau herunterkam. Das weiße Feinripp-Unterhemd hatte Georg gegen ein enges, weißes T-Shirt und eine schwarze Lederjacke getauscht. Auch die dunkle Jeans saß knackig eng. Und die schwarzen Schuhe glänzten mit der gegelten Haarpracht um die Wette. Alles in allem bestand eine gewisse Ähnlichkeit zu John Travolta in »Grease«.

»Hallo, schöne Frau«, begrüßte er mich erneut.

Dabei hatte ich mir extra was angezogen, was möglichst wenig sexy aussehen sollte. Aber wahrscheinlich war das Georgs Standardspruch. »Hallo Georg. Ähm, Schorsch, mein ich.« Das ging einem wirklich schwer über die Lippen. Ich wandte mich an Trude: »Schorsch wollte mich heut Abend unbedingt ausführen. Ich bin aber bestimmt nicht lang weg.«

»Jo, noch winsch i euch viel Spaß.«

»Den hommer bestimmt.«

Wenn Georg das meinte. »Wohin gehen wir denn?«, fragte ich auf dem Weg zum Auto.

»Du hosch freie Wahl.« Galant hielt er mir die Beifahrertür auf und ging dann einmal ums Auto herum, um sich selbst auf den Fahrersitz fallen zu lassen. »Wenn da Honger hosch, ganga mer äbbes essa. Ond suscht kenna mer auch oifach bloß äbbes trenka.«

»Wir haben schon gegessen, ne Apfelschorle oder so was reicht mir also.« Außerdem hoffte ich, dann schneller wieder nach Hause zu kommen. »Ich muss aber Mayo mitnehmen.«

»Dr Mops? Koi Problem.«

Georg startete die Ente. Dieses Mal konnte ich mir das Lachen nicht verkneifen, als die Musik anging. Passend zu Georgs Outfit lief »Greased Lightning« von John Travolta.

»Ond, witt heit Obad mei Sandy sei?«, meinte Georg und sah mich mit Hundeblick von der Seite an.

Ich schüttelte lachend den Kopf, was aber nicht nein bedeuten sollte. »Wenn du damit leben kannst, dass ich nicht wie Sandy aussehe. Dir steht das Danny-Outfit übrigens perfekt.«

»I han doch gwisst, dass da dea Film mahscht.«

»Einer meiner Lieblingsfilme, ich geb's zu. Kennst du ›Staying Alive‹? Du in John Travoltas weißem Aufzug zu Karneval, das wär sicher der Hit.«

»I wers mer merka. Übrigens hoißt des bei eis Fasnet ond it Karneval.«

»Ihr Schwaben mal wieder. Für mich bleibt's Karneval.« Ein kurzer Blick aus dem Fenster verriet mir, dass wir auf dem Weg nach Bad Saulgau waren. Die Strecke erkannte ich mittlerweile sofort. »Magst du eigentlich solche alten Lieder oder ist das nur für mich?«, fragte ich, während die Beach Boys »Surfin' USA« sangen.

»Des isch wenigschtens no Musik. Des Zuig von heit kahscht de Hasa geah. Alls es gleiche Gedudel. Dr Felix hehrt ibrigens au fascht bloß so alts Zuig.«

Überrascht sah ich Georg an. »Echt jetzt?«

Er nickte. »Halt etz it unbedingt d' Beach Boys, sondern meh so Rock-Klassiker.«

Das konnte ich mir schon eher vorstellen. Ja, das passte gut zu Felix, wie ich fand.

»Ond was hehrsch du so?«, wollte Georg wissen.

»Och, alles mögliche eigentlich. Oldies mag ich natürlich auch sehr gern. Ansonsten läuft bei mir von Norah Jones bis 3 Doors Down alles querbeet.«

»Du hehrsch 3 Doors Down?« Georg sah mich wirklich überrascht an.

Auch ich war überrascht. Normalerweise kannte die Band so gut wie niemand. »Meine absolute Lieblingsband. Dann kennst du die Musik also auch?«

»Mir hond so viel gemeinsam«, antwortete Georg bloß mit einem vielsagenden Blick. »Welches Lied mahscht denn am lieabschta?«

Da musste ich nicht lange überlegen, auch wenn ich mehrere Lieder wirklich mochte. »›By my side‹.«

Georg grinste und spielte an seinem CD-Player herum. Kurz darauf wummerte auch schon das kraftvolle Intro von »By my side« durch das Innere der kleinen Ente. Georg begann mitzusingen, und ich konnte einfach nicht anders als ebenfalls einzustimmen. Es klang zwar ziemlich falsch, aber wir hatten Spaß, und das war die Hauptsache. Georg war mir auf einmal unheimlich sympathisch. Vielleicht würde das ja doch ein netter Abend werden.

Mayo sah uns allerdings an, als ob wir beide verrückt geworden wären. Ich hatte schon öfter versucht, ihn zu überzeugen mitzusingen, aber irgendwie war er hoffnungslos unmusikalisch. Er jaulte nicht mal, wenn Feuerwehr- oder Polizeisirenen zu hören waren.

»Mir sottat zsamma auf Tour ganga«, meinte Georg schließlich.

»Ich glaub nicht, dass jemand Geld zahlen würde, um uns singen zu hören.«

»Des kahsch it wissa. Es Wichtigschte isch eh es Ausseha.«

Er stellte die Ente schwungvoll auf einem der vielen freien Parkplätze ab und führte mich über den Marktplatz zu einem Café, das ich schon öfter von draußen gesehen hatte. Drinnen war es ziemlich laut und voll, sodass wir uns draußen einen Platz suchten. Für Mayos und auch für meine Ohren war das definitiv besser. Außerdem war es in der Sonne noch halbwegs angenehm.

»D' Musik dohanna isch zwar scheiße, aber dofür send d' Cocktails guat.« Georg griff nach der Getränkekarte, die auf dem Tisch lag, und warf einen Blick hinein.

Ich beugte mich ein wenig zu ihm, um mitlesen zu können.

»Ond, was nemmsch? Du sottasch ’s Schussariedr probiera. Des isch ’s bescht Bier dohanna rom.«

»Bier ist eigentlich nicht so mein Fall. Ich glaub, ich probier mal einen Martini. Wollte ich schon immer, bin aber noch nie dazu gekommen. Was ist mit dir?«

»Sex on the beach nadirlich. Bleifrei, muss jo no fahra. Woischt, so äbbes drenkt dr Mann von Welt heitzutag.« Er wackelte bedeutungsvoll mit den Augenbrauen, was irgendwie lustig aussah. »Scho mal probiert?«

»Klar, war aber nicht so mein Fall.«

»Noch war’s dr falsch Kerle.«

»Ähm, ich dachte, du meinst den Cocktail.« Das war jetzt irgendwie peinlich, und ich spürte, wie ich rot wurde.

Georg lachte und ließ leider nicht locker. »Ond, hosch’s etz scho mal probiert?«

Ich schüttelte den Kopf. »Laut den Frauenzeitschriften gehört das zu den Dingen, die besser klingen, als sie sind.«

»Du glaubsch doch it, was dia schreibat?«

»Normalerweise les ich so was nicht mal, aber ich war neulich beim Frisör und hatte ein bisschen Zeit.«

In diesem Moment kam die Bedienung, und wir bestellten. Danach wechselte ich das Thema. Ich war nicht prüde oder so, aber ich musste auch nicht unbedingt mit Georg über mein Sexleben sprechen.

»Und wie war dein Date mit Georg?«, fragte Maja.

»Das war kein Date«, wiederholte ich zum x-ten Mal.

Ich konnte Maja förmlich grinsen hören. »Weiß er das auch?«

Eins zu null für sie. Ich verließ den sonnigen Balkon und ließ mich auf mein Bett fallen. »Wie dem auch sei, es war trotzdem nett. Was ich vorher wirklich nicht gedacht hätte.«

»Und was ist mit Felix?«

»Was soll mit Felix sein?«

»Na, ich dachte, du bist scharf auf ihn.«

Ich fuhr wieder hoch. »Hallo? Wie kommst du denn darauf?« Während unserer Telefonate hatte ich kein einziges Mal irgendwas in dieser Art erwähnt.

Doch Maja schnaubte nur. »Das pfeifen die Spatzen von den Dächern, meine liebe Jette.«

»Dann erschieß sie, es ist nämlich nicht wahr. Felix ist nett und hilft mir sehr, mich hier einzuleben. Mehr auch nicht.«

»Ja, ja, wenn du meinst.«

»Ja, ich meine.«

»Ich kann immer noch nicht glauben, dass du dich da unten jetzt echt häuslich einrichtest. Ich war mir sicher, dass du spätestens in ein paar Wochen vor meiner Tür stehst und um Asyl bittest.«

»Siehst du, so kann man sich täuschen.« Ich starrte einen Moment an das Sonnenspiel an der Decke, dann meinte ich: »Sag mal, Maja, kann ich dich was fragen?«

»Mensch, jetzt frag doch nicht so blöd!«

»Als ich mit dem Zug hierhergekommen bin, hab ich doch diese nette ältere Dame getroffen. Rosalie. Und die hat mehr oder weniger zu mir gesagt, man kommt am besten über Liebeskummer hinweg, wenn man ne Affäre anfängt.«

»Ha, also doch. Ich wusste doch, dass du scharf auf Felix bist. Oder vielleicht doch Georg?«

»Mann, Maja. Ich bin weder auf den einen noch auf den anderen scharf, okay? Ich wollte bloß wissen, was du davon hältst.«

Es dauerte eine Weile, bis Majas Antwort kam. »Hast du denn echt noch Liebeskummer? Mensch, Jette, Tom ist es doch gar nicht wert, nach allem, was er dir angetan hat.«

Ich seufzte und blinzelte die aufsteigenden Tränen fort. »Weiß ich doch, aber so einfach ist das nun mal nicht. Also, was meinst du?«

»Ich weiß nicht so recht. Willst du das denn wirklich?«

»Nein, eben nicht. So ne lockere Sache war noch nie was für mich, und ich will auch jetzt nicht damit anfangen. Wenn es mir aber helfen würde, um über Tom hinwegzukommen …«

»Du würdest dich danach nur schlecht fühlen, also lass es lieber.«

»Du hast sicher recht, danke.«

»Keine Ursache. Sag mal, nur so hypothetisch: Hattest du denn jemand Bestimmtes im Sinn? Felix oder Georg vielleicht?«

Ich stöhnte, musste aber schmunzeln. Maja schaffte es doch immer wieder, mich aufzumuntern. »Bis dann, Maja.«

Kapitel 5

»Haben Sie denn schon mal für eine Zeitung geschrieben?«, fragte der Chefredakteur der hier dominierenden Lokalzeitung »Schwabenpost« und sah mich neugierig an.

Diese Frage hatte ja irgendwann kommen müssen, auch wenn ich gehofft hatte, ich würde vielleicht darum herumkommen. Unruhig rutschte ich auf dem unbequemen Stuhl umher. »Ehrlich gesagt, nein. Wenn man einmal von der Schülerzeitung absieht. Aber ich war immer gut in Deutsch und habe mich im Gegensatz zu meinen Mitschülern nicht um Aufsätze gedrückt. Außerdem bin ich begeisterte Hobbyfotografin. Die eine oder andere Zeitung beziehungsweise Agentur hat auch schon Fotos von mir veröffentlicht.«

»Gute Deutschkenntnisse sind natürlich Voraussetzung, und gute Fotos brauchen wir natürlich auch immer.« Der Chefredakteur räusperte sich und kratzte sich nachdenklich am Kinn.

Ich hoffte nur, dass dieses Pseudo-Vorstellungsgespräch bald ein Ende nehmen würde. Seit einer Viertelstunde saß ich bereits in diesem muffigen, viel zu heißen Büro im Redaktionsgebäude in Bad Saulgau und versuchte, mich anzupreisen. Dabei wollte ich keine Festanstellung auf Lebenszeit, sondern bloß eine freie Mitarbeit auf Zeit.

»Freie Mitarbeiter können wir natürlich immer gebrauchen, aber wir wollen natürlich auch das Niveau unserer Zeitung halten. Schließlich haben wir im Schwabenland eine Monopol-Stellung, und das soll natürlich auch so bleiben.« Er lachte etwas gekünstelt, und der unangenehme Geruch von kaltem Zigarettenrauch schwappte zu mir herüber.

Ich begann, im Stillen mitzuzählen, wie oft er das Wort *natürlich* verwendete. Es war wirklich unglaublich. Und der wollte mir was von Deutschkenntnissen erzählen. Zugegeben, ich hatte noch nie einen Artikel für die Zeitung geschrieben, aber dass man zum Beispiel allzu häufige Wortwiederholungen vermeiden sollte, wusste selbst ich.

»Das verstehen Sie natürlich, ja?«, fragte er, als ich nicht antwortete.

»Natürlich.«

»Also, ich schlage vor, dass Sie erst einmal einen Artikel für uns schreiben, zur Probe natürlich. Wenn uns Ihr Schreibstil zusagt, bekommen Sie natürlich weitere Aufträge. Wär das für Sie okay?«

Ich nickte. »Das können wir gerne so machen.« Hauptsache, ich verdiente erst mal etwas Geld.

Der Chefredakteur nickte ebenfalls und zog eine blaue Mappe unter dem Papierstapel heraus, der vor ihm auf dem Tisch lag. Nachdem er sie aufgeschlagen und einige Blätter durchgesehen hatte, hielt er mir einen Ausdruck entgegen. »Hier ist Ihr erster Auftrag. Am Donnerstag ist bei Ihnen in Herbertingen ein Benefizkonzert. Da gehen Sie hin, machen ein paar Bilder und schreiben natürlich einen Text. Sagen wir sechzig Zeilen. Das Ganze schicken Sie mir dann bis Freitagmittag per Mail.« Er reichte mir seine Visitenkarte. »Noch Fragen?«

Oh Gott, ich hasste es, bei solchen Gelegenheiten vom Geld anzufangen, aber ich musste doch ungefähr wissen, was ich verdienen würde. »Ja, eine Kleinigkeit wär da noch. Rechnen Sie pauschal ab oder pro Stunde?«

Er lachte. »Weder noch, unsere Freien bekommen ein Zeilen- sowie ein Bildhonorar. Fünfzig Cent die Zeile, fünfzehn Euro das Bild. Fahrgeld wird natürlich extra berechnet, aber das erklärt Ihnen dann unsere Sekretärin, wenn es so weit ist.«

Ich nickte und verstaute meine Sachen in der Handtasche. »Dann vielen Dank.«

»Auf gute Zusammenarbeit«, meinte der Chefredakteur und schüttelte mir die Hand, bevor er mich zur Tür begleitete.

Positiv gestimmt machte ich mich auf den Heimweg. Okay, große Sprünge waren mit dem Honorar sicher nicht drin, aber es würde immerhin ein bisschen Geld reinkommen, und ich musste nicht alles von meinem Ersparten bezahlen. Der Umzug und die neue Wohnung würden schon teuer genug werden. Und so viele Ausgaben hatte ich im Moment ja auch nicht. Felix' Familie hatte ich zwar mittlerweile endlich dazu überreden können, wenigstens einen kleinen Unkostenbeitrag von mir anzunehmen, aber es war trotz allem nicht viel. Mit dem zukünftigen Zeitungshonorar würde ich das sicher abdecken können. Und spätestens, wenn Lisa in Mutterschutz ging, würde ich ja dann wieder etwas besser verdienen.

»Hallo, Frau Haffner. Hase hier.«

Hase? Wollte der mich auf den Arm nehmen? Doch dann fiel's mir wieder ein. Hase war der Chefredakteur der »Schwabenpost«. »Ach, hallo, Herr Hase. Was kann ich für Sie tun?«

»Ich hätte da noch einen Auftrag für Sie. Natürlich nur, wenn Sie Interesse haben.«

Wenn das keine guten Neuigkeiten waren. »Gerne. Worum geht's denn?« Ich nahm das Handy in die linke Hand und griff mit der Rechten nach Zettel und Stift.

»In Pfullendorf ist verkaufsoffener Sonntag. Gehen Sie nachmittags hin, schreiben ein paar Zeilen und schießen Fotos. Aber nicht so langweiliges Zeugs. Wir brauchen natürlich Detailaufnahmen. Kinder am Zuckerwattestand, Omis beim Sackhüpfen, so was. Kriegen Sie das hin?«

»Sicher, kein Problem«, antwortete ich, während ich mir ein paar Notizen machte.

»Name, Wohnort und wenn möglich Alter brauchen wir natürlich auch von den Fotografierten.«

»Ich hab's mir aufgeschrieben.«

»Gut, bitte bis Montag liefern.«

Bevor ich noch etwas erwidern konnte, hatte der Chefredakteur schon grußlos aufgelegt. Ich schnappte mir meine Notizen und ging hinaus in den Garten, wo mir sofort der Geruch von frisch gemähter Wiese in die Nase stieg. Herrlich!

Trude und Helga saßen im Schatten eines Baumes und tranken Kaffee, während Sepp den Rasen mähte. Manchmal fragte ich mich wirklich, wo er die ganze Arbeit hernahm. Aber das war halt so im Schwabenland. Ein Sonnenstrahl, und sofort sprang alles im Garten herum. Vor allem samstags, so wie heute. Da dröhnten schon morgens um acht Uhr Kettensäge und Rasenmäher durch die Gegend. Das konnte einem im Ruhrgebiet nicht passieren. Da gehörte der Samstag zum Wochenende. Ich mochte zwar den Geruch von frisch gemähtem Rasen, aber man konnte es auch übertreiben.

»Mahscht au en Kaffee?«, fragte Trude, als ich mich zu den beiden an den Tisch setzte.

»Gerne. Der Chefredakteur hat übrigens gerade angerufen. Ich bekomme noch mehr Aufträge.«

»Des isch jo toll.«

»Dein Artikel heit war ja auch guat«, meinte Helga und zeigte auf die »Schwabenpost«, die neben dem Kaffeegeschirr auf dem Tisch lag.

»Ond was muasch noch als Nächstes macha?«

»Morgen ist verkaufsoffener Sonntag in Pfullendorf. Da soll ich Fotos machen. Ich hatte gehofft, ihr könnt mir vielleicht sagen, wie ich nach Pfullendorf komm.«

»Ganz oifach. Da nemmscht da Zug. Dr Hrbrdenger Bahnhof kennscht jo scho.« Trude grinste.

»Ach was, der Zug fährt doch schon seit zwanzg Jahren nicht mehr, Mutter.« Auch Helga musste grinsen. »Aber es gibt sicher einen Bus. Grad neulich stand erst in der Zeitung, dass jeder Ort im Landkreis angeschlossen ist.«

»Super, dann schau ich später im Internet, wann da was fährt.«

Ich lehnte mich in meinem Gartenstuhl zurück und genoss einen Moment die entspannende Stille. Wobei es ja dank der Rasenmäher so still eigentlich gar nicht war. Von überall aus der Nachbarschaft drangen Motorengeräusche in den Garten. Aber entspannend war es trotzdem irgendwie.

»Ähm, Entschuldigung, darf ich kurz stören? Ich bin von der ›Schwabenpost‹ und würde gern ein Bild von Ihrer Tochter auf dem Karussell machen. Wär das in Ordnung?«

»Ach, liaber it.« Immerhin lächelte die Frau mit der komischen Frisur, während sie mir eine Abfuhr erteilte.

Die schätzungsweise zwanzigste Abfuhr an diesem Tag, und ich wurde nicht pro Stunde bezahlt. Ich war jetzt schon ewig in Pfullendorf unterwegs und hatte bisher vielleicht mal drei brauchbare Fotos gemacht. Zugegeben, ich hatte keine Ahnung, wie viele Bilder die von der »Schwabenpost« eigentlich wollten. So genau hatte mir das der Chefredakteur ja nicht gesagt, aber ein bisschen Auswahl wollte ich schon haben. Je mehr Fotos ich verkaufen konnte, desto mehr Geld würde ich bekommen. Eine ganz einfache Rechnung, die in der Praxis aber leider nicht aufging. Ob die Leute im Ruhrgebiet auch so verschlossen reagieren würden? Und dabei hatte ich nur die Leute gefragt, die einen offenen Eindruck auf mich gemacht hatten. Meine Menschenkenntnis war anscheinend nicht die beste. Ich musste unwillkürlich an Tom und Viktor denken. Na super, das konnte ich jetzt gar nicht gebrauchen.

Ich fotografierte das Kinderkarussell von Weitem und machte mich wieder auf den Weg. Vielleicht sollte ich es mal bei den Marktleuten versuchen. Am Crêpe-Stand war es gerade vergleichsweise leer, und außerdem bekam ich so langsam Hunger.

»Guten Tag, darf ich kurz stören? Ich bin von der ›Schwabenpost‹ und würde gerne ein Bild von Ihnen machen.«

»Aber sicher.« Die Frau strahlte in die Kamera.

»Ähm, könnten Sie vielleicht gerade etwas machen? Wenn man in Aktion ist, wirkt das ganze Foto gleich besser.«

Die Frau nickte und verteilte Teig auf dem Crêpebräter.

»Sehr gut, und nun bitte noch einmal kurz in die Kamera schauen.« Super, das wäre geschafft.

Ich notierte mir noch Namen und Wohnort der Frau und überlegte gerade, worauf ich jetzt Hunger hatte, als die Frau meinte: »Darf ich Ihnen vielleicht einen Schokoladen-Crêpe anbieten?«

Keine schlechte Idee. »Ja, gerne. Sagen Sie, ist heute eigentlich viel bei Ihnen los?«

Die Frau legte den Crêpe auf die zweite Platte und verteilte dann großzügig Schokolade darauf. »Fragen Sie nicht! Ich komm kaum dazu, mal aufs Klo zu gehen. Aber ich will mich nicht beschweren, ist ja gut fürs Geschäft.« Sie klappte den Crêpe zusammen und reichte ihn mir lächelnd.

»Vielen Dank.« Ich wollte nach meinem Portemonnaie suchen, doch die Crêpe-Frau winkte ab.

»Lassen Sie mal, geht aufs Haus.«

»Danke, das ist aber nett. Schönen Tag noch.« Gut gelaunt biss ich in den leckeren Crêpe und lief weiter. Das musste ich mir merken. Die Marktleute waren viel offener als die Besucher. Wahrscheinlich sahen sie das Ganze als kostenlose Werbung an, was es ja auch irgendwie war. Und zweitens gab es was zu essen. Nicht schlecht, so konnte der Tag ruhig weitergehen.

Ich hatte noch ein paar hübsche Motive fotografiert und lief nun den kleinen Berg hoch, der aus der Innenstadt rausführte. Ich war müde und wollte nur noch nach Hause. Auch wenn der Tag zuletzt eigentlich gar nicht so schlecht gewesen war. Pfullendorf war ganz hübsch, und ich hatte die Gelegenheit genutzt, selbst mal wieder ein bisschen zu bummeln, obwohl es auch hier nicht allzu viele Geschäfte gab. Mit Felix im Schlepptau war das ja bislang so gut wie gar nicht möglich gewesen. Mayo war als Begleiter allerdings auch nicht wirklich besser. Es hatte ihm überhaupt nicht gefallen, vor den Geschäften warten zu müssen, und die Menschenmengen waren ihm auch suspekt gewesen. Erst mit einem Stückchen Wurst hatte ich ihn besänftigen können. Ich hoffte nur, er würde davon keine Verdauungsprobleme bekommen. Wir würden schließlich eine Weile unterwegs sein. Für den Hinweg hatte ich mit Umsteigen und Wartezeit über zwei Stunden gebraucht.

Nun hoffte ich, ich würde nicht so ewig auf den nächsten Bus warten müssen. Ein Blick auf den Fahrplan ernüchterte mich jedoch sofort, nachdem ich endlich schlau aus ihm geworden war, denn ich hatte irgendwie ein Déjà-vu: Da fuhr heute nichts mehr, so wie es aussah. Das durfte doch nicht wahr sein! Warum hatte ich nicht vorher im Internet nachgesehen? Aber wer rechnete auch schon damit, dass man auf einmal festsaß? Na super, und wie sollte ich jetzt nach Hause kommen? Mit dem Taxi? Das war sicher zu teuer, außerdem kannte ich die Nummer vom örtlichen Taxiunternehmen nicht und war nicht sicher, ob die Zeitung mir so einen »Luxus« finanzieren würde. Mit dem Zug? Den gab's ja nicht mehr, stimmt. Mir blieb also nur eine Möglichkeit, so wie es aussah.

Ich zog das Handy aus meiner Tasche, doch Felix wollte ich nur ungern anrufen, das war mir zu peinlich, also wählte ich Trudes Nummer.

»Pflüger«, meldete sich die alte Dame sofort.

»Hallo Trude, hier ist die Jette.«

»Jo, Kend, isch äbbes bassiert?«, fiel sie mir sofort ins Wort.

»Nein, nein, alles bestens. Allerdings bin ich in Pfullendorf gestrandet. So wie es aussieht, fährt heute kein Bus mehr zurück. Könntest du Helga vielleicht bitten, mal im Internet zu schauen, ob es noch eine andere Möglichkeit gibt? Oder vielleicht kannst du mir auch die Nummer eines Taxiunternehmens durchgeben.«

»Ha, des isch äbbes«, meinte Trude, und ich war sicher, dass sie den Kopf schüttelte. »Koin Bus meh. Aber des isch älles koi Problem. I ruaf glei wieder ah.«

Und damit hatte sie auch schon aufgelegt. Keine fünf Minuten später bekam ich eine SMS von Felix: »Warte an der Bushaltestelle, bin gleich da.« Na super. Einerseits freute ich mich natürlich, dass er mich nicht im Stich ließ. Andererseits war es mir auch unangenehm. Jetzt musste er extra nach Pfullendorf kommen, um mich abzuholen.

Ich setzte mich auf eine Bank und wartete. Eine knappe Viertelstunde später hielt Felix' grüner Pick-up an der Bushaltestelle. Er hupte, und ich stieg ein. Wir lächelten uns kurz zu und schwiegen eine Weile. Felix wendete und fuhr in der Richtung zurück, aus der er gekommen war. Er grinste und warf mir immer wieder verstohlene Seitenblicke zu. Ich funkelte ihn böse an.

»Hey, ich hab gar nichts gesagt«, meinte er immer noch grinsend. Und dann fing er plötzlich an zu lachen. Ich konnte nicht anders als mitzulachen. Mein Ärger war sofort verflogen. Felix konnte ja schließlich auch nichts dafür, und es war nett von ihm, alles stehen und liegen zu lassen und sofort herzukommen. Was er wohl gerade gemacht hatte?

»Du warst aber ganz schön schnell hier«, meinte ich.

»War in Ostrach, du hattest also Glück. Von Saulgau aus hätte es aber auch nur ne halbe Stunde gedauert.«

»Ne halbe Stunde? Ist doch nicht zu fassen. Als ich hergekommen bin, hab ich über zwei Stunden gebraucht.«

»Über zwei Stunden?« Felix beschleunigte, als wir das Ortsschild passierten. »Warum bist du auch mit dem Bus gefahren?«

Dämliche Frage. »Na, weil ich kein Auto hab, und weil Helga und Trude meinten, das sei überhaupt kein Problem mehr heutzutage.«

Felix lachte. »Du glaubst doch nicht im Ernst, dass die zwei auch nur einmal selbst mit dem Bus oder Zug gefahren wären.«

»Deine Mutter hat irgendwas von einem Artikel erzählt, dass jeder Ort im Landkreis angeschlossen sei. Und da hab ich ihr halt vertraut.«

»Das ist mal wieder typisch meine Mutter. Den Artikel hab ich nämlich zufällig auch gelesen, und da stand noch viel mehr.

Beispielsweise, dass man flexibel sein muss und zu bestimmten Zeiten aufgeschmissen ist, und das stimmt. Glaub mir, ich weiß, wovon ich rede. Abends oder an den Wochenenden war es früher fast unmöglich, irgendwo hinzukommen. Da mussten mich meine Eltern immer fahren und auch wieder abholen.« Er warf Mayo einen Blick zu. »›Viel zu lernen sie noch hat‹, nicht wahr, Mayo?«

»Sehr witzig. Ich seh schon, ich sollte mir wohl früher oder später mal ein Auto anschaffen«, erwiderte ich seufzend.

Felix nickte. »Im Sommer kannst du immerhin noch ein bisschen was mit dem Fahrrad machen.« Er überlegte einen Moment. »Mol gucka, vielleicht kenna mer dir des alte Fahrrad von meinra Oma wieder fit macha. Dia braucht des eh nemme. Aber em Winter wär a Auto scho besser.«

Ich musste schmunzeln. Wenn Felix nicht aufpasste, verfiel er manchmal ins Schwäbische oder streute ab und zu schwäbische Wörter ein. Irgendwie fand ich das total süß.

»Was ist?«, fragte er nun.

»Nichts, alles gut. Danke übrigens fürs Abholen. Ich hoffe, das hat dir jetzt nicht alles durcheinandergebracht.«

»Schon okay, war nur ein kleiner Umweg. War wie gesagt in Ostrach, um das Material für Montag abzuholen, das mir ein Freund vom Bodensee besorgt hatte. Wollte mich gerade auf den Rückweg machen, als meine Oma anrief.«

»Ich hab extra Trude und nicht dich angerufen, aber es hätte mir eigentlich klar sein müssen, dass sie dich ins Boot holt.«

»Macht doch nichts. Sag mal, wie sieht's aus? Hast du Lust, noch ne Pizza essen zu gehen? Ich hab nen Bärenhunger.«

»Klar, gerne.«

»Das ist wirklich toll, dass ihr trotz des miesen Wetters mitgekommen seid«, sagte ich und sah mich neugierig um. Das war also die Heuneburg, das keltische Freilichtmuseum, von dem mir schon der nette Bahnmensch am Essener Bahnhof erzählt hatte. Ein Indoor-Museum wäre mir bei dem Wetter zwar eigentlich lieber gewesen – es regnete Bindfäden –, aber zum Anlass hätte es wohl doch nicht so ganz gepasst: Heute fand der Herbertinger Bienenmarkt statt, und ich sollte mal wieder Fotos für die »Schwabenpost« machen.

Felix nickte. »Ob du's glaubst oder nicht, ich war noch nie auf dem Bienenmarkt. War also ne gute Gelegenheit. Außerdem hätte ich dich bei dem Wetter ja schlecht mit dem Fahrrad fahren lassen können.«

»Hättest du schon«, antwortete ich, froh darüber, dass er es nicht getan hatte. Ich befürchtete, dass mir die Strecke ganz schön weit geworden wäre. Es hieß zwar Herbertinger Bienenmarkt, aber die Heuneburg gehörte zu Hundersingen. Und auch, wenn Hundersingen ein Teilort von Herbertingen war, lag es ein ganzes Stückchen weit weg.

»Ah wa«, mischte sich nun Trude ein, die uns ebenfalls begleitete. »Des isch scho reacht so.«

»Viel los ist hier aber nicht«, sagte ich und sah mich noch einmal um. Die Heuneburg lag oberhalb der Ortschaft mitten auf einer großen Grünfläche. Rundherum waren nichts als Natur und die Gebäude der Museumsanlage zu sehen. Von meinem Standpunkt aus konnte ich einige keltische Häuser samt Mauer und das Herrenhaus erkennen. Das hatte mir Felix, wie immer ganz der Fremdenführer, bereits erklärt. Das Dach des Herrenhauses war ziemlich weit runtergezogen und sah aus, als ob es mit Reet bedeckt wäre. Außerdem stand am Eingang ein kleines Haus, wo man die Eintrittskarten und wohl auch Kaffee und Kuchen bekam. Im Moment waren hier oben natürlich auch noch die Stände des Bienenmarkts, aber an Besuchern mangelte es ein wenig.

»Wenn's au so seucha muaß«, meinte Trude.

Verständnislos sah ich sie an. »Wie bitte?«

Felix grinste. »Seucha heißt in dem Zusammenhang so viel wie regnen.«

»Ah ja.« Ich verdrehte die Augen und verkniff mir jeden weiteren Kommentar.

»Also dann, was haben die denn hier so alles zu bieten?«, fragte Felix.

Da ich den Regenschirm halten musste, zog ich etwas umständlich meine Notizen aus der Tasche und überflog sie. »Tja, du hast die Qual der Wahl. Es gibt Vorträge und Vorführungen und haufenweise Aktionen, bei denen du mitmachen kannst. Nicht zu vergessen das Bienenschätzen.« Ich sah auf. »Oh Mann, wie soll das denn funktionieren?«

»Des goht scho«, sagte Trude. »Muasch dia Viecher jo bloß schätza.«

»Ooookay«, erwiderte ich etwas gedehnt und warf einen erneuten Blick auf meinen Zettel. »Ah ja, und wenn du willst, kannst du dir sogar eine Bienenkönigin kaufen. Na, Felix, wie wär's?«

»Ich glaub nicht, dass Paulchen davon so begeistert wär. Aber ich hab meiner Mutter versprochen, ihr einen Honig mitzubringen.«

»Dafür könnte ich mich auch erwärmen. Und ich will natürlich auch die Heuneburg von innen sehen, wenn wir schon einmal hier sind.«

»Ha dann, auf etz«, meinte Trude und lief zielstrebig voraus.

»Was muss ich da von Tom hören? Ihr seid nicht mehr zusammen?«

Das war wieder typisch meine Mutter. Kommt gleich zum Punkt, ohne Begrüßung. Okay, vielleicht hätte ich mich auch längst mal bei ihr melden sollen. Normale Töchter machten das so, aber sie war ja auch keine normale Mutter. »Ähm, richtig. Es hat sich so ergeben.«

»So ergeben.« Sie schnaubte. Im Laufe ihres Lebens hatte sie es perfektioniert, ihr Missfallen deutlich zu machen. »Und wo steckst du jetzt? Tom hatte keine Ahnung.«

Das war auch gut so. »Ich bin in Oberschwaben.«

»Oberschwaben? Warum denn ausgerechnet Schwaben?« Ich musste das Handy ein Stück vom Ohr weghalten, weil meine Mutter so laut geworden war. »Da war es doch früher schon immer so langweilig, wenn wir deine Tante Erna besuchen mussten.«

Das war mal wieder typisch. Meine Mutter hatte Tante Erna noch nie gemocht. Unnötig, zu erwähnen, dass sie die Schwester meines Vaters gewesen war. Und ich klärte sie auch nicht darüber auf, dass ich nicht im bayerischen Schwaben war. Das hätte sie eh nicht interessiert. »Du, eigentlich find ich's mittlerweile ganz nett hier.«

»Warum bist du denn nicht zu uns gekommen? Juan würde dich so gerne mal kennenlernen, und Ibiza ist so schön, vor allem im Sommer. Und ein bisschen Sonne hätte dir sicher auch gutgetan.«

»So kurzfristig hätte ich zur Hauptsaison sicher keinen günstigen Flug bekommen, und außerdem hätte ich meine Tiere dann schlecht mitnehmen können.« Und ich war alles andere als scharf darauf, diesen Juan kennenzulernen.

»Richtig, die Tiere.« Da war sie wieder, die deutliche Missbilligung. »Wo wohnst du denn jetzt? Und wie finanzierst du dir dein Leben?«

Die Frage aller Fragen. »Im Moment schreibe ich für die Zeitung, und ich fange demnächst in einer Boutique als Verkäuferin an.«

»Ach Kind, das wird ja immer schlimmer mit dir. Du solltest dir was Richtiges aufbauen, so wie Juan. Ich sag dir, die Kundinnen rennen ihm die Bude ein. Er kommt kaum noch hinterher mit den Yoga- und Meditationskursen. Von ihm könntest du noch was lernen.« Sie kicherte. »No, estoy hablando con mi hija. Juan, déjalo.« Sie kicherte wieder.

Ich wollte gar nicht wissen, was Juan mit meiner Mutter anstellte, während sie mit mir telefonierte. Leider kam ich nicht umhin, es mir bildlich vorzustellen. »Also, ich muss dann mal …«

»Ja, ja, bis dann, Liebes. Hasta luego.«

Und schon hatte sie aufgelegt. Kein Verständnis, kein Wort des Mitgefühls. Aber ich hatte auch nichts anderes erwartet.

»Was genau ist denn das Bächtlefest?«, fragte ich Trude, die in ihrem angenehm kühlen Wohnzimmer saß und vor sich hindöste.

Draußen war es fast unerträglich heiß. Eigentlich der perfekte Tag zum Baden. Ob es hier in der Nähe ein Schwimmbad gab, wo ich mit dem Fahrrad hinkam? Felix hatte mir mittlerweile Trudes Rad fit gemacht, und ich hatte Lust, ein bisschen was zu unternehmen. Solange es nicht zu anstrengend war.

»'s Bächtlefescht?«, meinte Trude, ohne mich anzusehen. »Des isch so a Kinder- ond Heimatfescht en Sulga. Wieso frogasch?«

»Da ist doch morgen Abend Fassanstich, und ich soll hin, um Fotos für die ›Schwabenpost‹ zu machen.« Ich setzte mich auf die Couch und schloss ebenfalls für einen kleinen Moment die Augen.

»Ond dr Umzug?«, fragte Trude.

»Was für ein Umzug?«

»Ha jo, dr Umzug am Mehdig nadirlich. Des isch dr Hehepunkt vom ganza Fescht. Muasch do au Fotos macha?«

»Nicht, dass ich wüsste.«

»Gohscht aber trotzdem na. So äbbes geits bei euch em Ruhrgbiet bestemmt it.«

Im Ruhrgebiet gab es so ziemlich alles, auf jeden Fall mehr als hier in der Gegend. Aber ich verkniff mir einen Kommentar. »Du, Trude, ist hier in der Nähe irgendwo ein Schwimmbad oder so was, wo ich mit dem Fahrrad hinkomm? Ich könnte echt ne Abkühlung gebrauchen.«

»'s isch hoiß heit, ga?« Sie setzte sich auf und sah mich an. »Aber ens Schwemmbad brauchsch it ganga wella. Des isch viel z'deier ond z'weit. Dr Baggersee isch glei Richtong Marba hendre. Do kahsch bestemmt au dr Mops mitnamma.«

Das klang doch gut. Mayo würde sich sicher auch über eine Erfrischung freuen. Ich ließ mir noch schnell von Trude den Weg erklären und packte dann meine Badesachen zusammen.

Mayo war wenig begeistert, dass er neben dem Rad herlaufen musste. Hitze war nicht so sein Ding, aber da musste er jetzt durch. Schließlich würde er ja auch dafür entschädigt werden.

Die Frage war nur, wann. Dieser Baggersee war gar nicht so leicht zu finden, und dieses Marba auch nicht. Marbach, Ertingen, Bad Buchau oder Riedlingen – alles Mögliche war ausgeschildert, aber natürlich mal wieder nicht das, was ich brauchte. Parallel zum Radweg war zwar ein See, aber es sah nicht so aus, als ob man da drin schwimmen könnte. Mich würden da jedenfalls keine zehn Pferde reinkriegen.

Doch da entdeckte ich ein weiteres Schild, auf dem ein schwimmendes Männchen abgebildet war. Das Schild zeigte nach links, also bog ich links ab. Dann ging es noch eine ganze Weile geradeaus, immer am Wasser entlang. Trude hatte mir schon erzählt, dass erst die ganzen Seen für die Fischer kamen, und dass es ein Weilchen dauerte, bis man zum eigentlichen Badesee kam.

Schließlich erreichten Mayo und ich endlich den Baggersee. Ich war total durchgeschwitzt und bereute es schon fast, mich nicht einfach im Garten unter den Schlauch gestellt zu haben. Zumal es auch einen Großteil des Weges zum Baggersee bergab gegangen war. Das hieß, dass ich auf dem Rückweg ganz schön würde strampeln müssen.

Am See war es ziemlich voll, obwohl es mitten in der Woche war. Ob schon Sommerferien waren? Auf jeden Fall tobten ganz schön viele Kinder hier rum. Das war ja eigentlich nichts für Mayo, aber jetzt waren wir schon mal da. Außerdem war es schön hier, und die Liegewiese war riesig. Ich suchte mir einen halbwegs ruhigen und schattigen Platz und zog mir schnell die Klamotten aus. Dann lief ich Richtung Wasser, dicht gefolgt von Mayo. Leider gab es keinen Sand, sondern nur unangenehmen Kies. Und das Wasser war eisig kalt. Also wenn das keine Abkühlung war, dann wusste ich auch nicht. Mayo sah mich skeptisch an. »Halb so wild, mein Kleiner«, meinte ich und tätschelte ihm den Kopf. Dann biss ich die Zähne zusammen und stürzte mich ins Wasser, um Mayo ein gutes Vorbild zu sein.

Ich saß im Garten, auf dem Schoß meinen Laptop, und suchte im Internet nach geeigneten Wohnungen. Leider schien das Ganze nicht viel zu bringen. Ich wollte schon aufgeben, als ein etwa 15-jähriger Junge, der jeden Donnerstag dieselbe kostenlose Zeitung – das »Blättle« – austrug, durch den Garten auf mich zu geschlendert kam und mir die aktuelle Ausgabe in die Hand drückte.

»Danke«, sagte ich und wollte das »Blättle« wie bisher beiseitelegen. Doch dann entschied ich mich um. Warum nicht mal einen Blick hineinwerfen? Vielleicht gab es ja bei den Anzeigen irgendetwas Interessantes.

Und tatsächlich! Ich fand sogar nicht nur eine Wohnung, die infrage kam, sondern mir fiel zum ersten Mal auf, dass im »Blättle« nicht nur Anzeigen abgedruckt waren. Einen Moment überlegte ich. Bei der »Schwabenpost« verdiente ich nicht allzu viel. Es konnte also nicht schaden, sich noch anderweitig umzuhören. Was hatte ich schon zu verlieren?

Ich ging ins Haus und geradewegs zum Telefon, das »Blättle« in der Hand. Mayo folgte mir müde. Trude und Helga waren in Saulgau unterwegs und machten ihren wöchentlichen Einkauf, und Sepp war auch nicht da. Ich konnte also ungestört telefonieren.

»Weiß, was kann ich für Sie tun?«, fragte eine weibliche Stimme, nachdem ich die Nummer aus dem Impressum gewählt hatte.

»Hallo, mein Name ist Jette Haffner. Ich habe mich gefragt, ob Sie gerade zufällig auf der Suche nach freien Journalisten sind.«

»Ist das zu fassen? Hast du schon mal gesehen, dass jemand dreizehn Schläge braucht, um ein Bierfass anzustechen?« Ich ließ mich neben Georg auf die Bank fallen und stellte die Kamera vor mir auf den Tisch.

»Des konnt halt davo, wenn mah a Bürgermoischtere wählt«, meinte Georg und nahm einen Schluck von seinem Schussenrieder. Danach hielt er mir die Maß Bier entgegen, aber ich schüttelte den Kopf.

Weil er mich mehr oder weniger dazu genötigt hatte, hatte ich bereits probiert. Bier war halt nicht so mein Ding, aber ich musste trotzdem zugeben, dass die Schwaben was vom Bierbrauen verstanden. Das war wohl die Nähe zu Bayern. Und die schönen Hopfengärten am Bodensee, von denen ich schon Bilder gesehen hatte, waren ja auch nicht weit.

Ich war froh, dass Georg mich aufs Bächtlefest begleitete. Es war proppenvoll, an sämtlichen Tischen drängten sich die Leute und hatten ihren Spaß. Ohne Georg wäre ich mir wahrscheinlich ziemlich einsam vorgekommen.

»Hosch etz eigentlich en Karra gfonda?«

Ich hatte Georg erzählt, dass ich darüber nachdachte, mir ein gebrauchtes Auto anzuschaffen. Auf dem Land war man ohne einfach aufgeschmissen. Es gab zwar Möglichkeiten, von A nach B zu kommen, aber die waren – wie das Pfullendorfer Debakel gezeigt hatte – äußerst umständlich und nicht besonders empfehlenswert. Ich wollte gerne unabhängig sein und abends auch mal ins Kino gehen, damit ich wenigstens ansatzweise das Gefühl von Zivilisation hatte. »Nee, bisher noch nicht. Das Internet ist nicht gerade voll von Gebrauchtwagen, und der sollte halt auch nicht allzu viel kosten.«

»Hosch scho mol en d' Zeitung guckat? Dohanna isch noit so mit 'm Internet. Des isch quasi Neiland.«

»Vorhin hab ich mal im ›Blättle‹ nach Wohnungen geschaut, aber bisher noch nicht nach einem Auto. Weißt du, meistens seh ich auch nur in die Zeitung, wenn gerade was von mir erschienen ist.«

Wir mussten beide lachen. Eine ganze Weile saßen Georg und ich noch im Festzelt und unterhielten uns, was bei dem Krach gar nicht so einfach war. Zwar verstand ich das Schwäbische allmählich immer besser, aber bei lauten Hintergrundgeräuschen wurde es schwierig.

Immer wieder sah ich mich nach Felix um. Er hatte leider schon was vorgehabt, wollte aber vielleicht später noch vorbeikommen. Leider tauchte er nirgends auf. Als es Georg und mir irgendwann zu voll und zu laut im Zelt wurde, gingen wir nach draußen und liefen einmal über das gesamte Areal. Höhepunkt des Bächtlefestes war, wie Trude mir schon erzählt hatte, der Umzug am Montag, auf den ich schon richtig gespannt war. Nebenher gab es aber noch haufenweise Begleitprogramm.

»Das sind, wenn man einmal von der Fasnet absieht, die einzigen fünf Tage, wo mal richtig was los ist in Saulgau«, hatte Felix gesagt.

Er hatte es wohl als Scherz gemeint, aber ich befürchtete, dass da irgendwo was Wahres dran war.

Jedenfalls gab es während dieser fünf Tage eine Art Rummel mit allem, was dazugehört: Kinderachterbahn, Geisterbahn, Liebesäpfel ... Okay, das Ganze war ein wenig klein. Ich war halt anderes gewohnt. Wenn irgendwo im Ruhrgebiet Kirmes war, dann war richtig was los und man konnte Stunden dort verbringen.

Aber es half ja alles nichts. Ich konnte nicht immer das Ruhrgebiet mit Oberschwaben vergleichen. Hier war nun mal alles etwas kleiner.

So oder so, Georg und ich hatten unseren Spaß. Wir aßen Zuckerwatte, bis wir einen Zuckerschock bekamen (als Kind hatte ich das Zeug irgendwie besser vertragen), versuchten am Schießstand unser Glück und bekriegten uns nachher beim Auto-Scooter, oder Boxauto, wie die Einheimischen sagen. Aber lassen wir das.

Schade nur, dass Felix keine Zeit gehabt hatte.

Kapitel 6

Wo war ich denn hier gelandet? Als ich an einem Dienstag mit dem Zug nach Biberach fuhr, um mich dort mit der Redakteurin vom »Blättle« zu treffen, hatte ich nicht damit gerechnet, dass hier so viel los sein würde.

Schon von Weitem hörte ich den Lärm, und nun lief ich mitten hinein. Die Szenerie erinnerte mich ein wenig an den Bächtlefest-Umzug, auf dem ich erst vorige Woche gewesen war. Nur, dass das Ganze hier etwas größere Dimensionen annahm. Aber hier wie dort war besonders beeindruckend, dass der komplette Ort Anteil zu nehmen schien. Ich musste zugeben, dass ich das den Schwaben gar nicht zugetraut hätte – und dass es mir gefiel.

Auf den Bürgersteigen drängten sich die Leute, und auf den Straßen war der Teufel los: Kostümierte Menschen zogen in Kutschen, zu Pferd oder zu Fuß gruppenweise vorbei, sangen oder musizierten, winkten den Leuten zu oder schrien irgendwas. Die ganze Stadt war in den Farben gelb und blau geschmückt, und in den Geschäften hingen Schilder oder Lebkuchenherzen, auf denen »Schöna Schützа!« stand.

Das Ganze hatte etwas von Karneval, nur dass das definitiv nicht Karneval war. Trotzdem, in Biberach herrschte Ausnahmezustand. Zu gerne hätte ich gewusst, was hier los war, aber ich musste mich beeilen. Schließlich hatte ich einen Termin.

Ich brauchte eine Weile, bis ich das Redaktionsgebäude fand. Auch hier kam der Umzug vorbei. Schnell schlüpfte ich durch die Eingangstür und lief eine gewundene Treppe hinauf und durch einen schmalen Flur in die Redaktion. Da ich nicht wusste, wo genau ich hinmusste, steckte ich einfach den Kopf durch die erste Tür auf der rechten Seite.

»Hallo, ich suche Frau Weiß.«

Eine schlanke Frau mittleren Alters mit modischer Kurzhaarfrisur und noch modischerer Brille stand auf und kam auf mich zu. »Schon gefunden. Sind Sie Frau Haffner?«

Ich ergriff ihre Hand und schüttelte sie. »Jette Haffner, schön, Sie kennenzulernen. Und entschuldigen Sie bitte die kleine Verspätung, aber da draußen ist die Hölle los. Damit hatte ich ehrlich gesagt nicht gerechnet.«

Frau Weiß winkte ab. »Kein Problem. Ich hätte Sie vielleicht vorwarnen sollen. Zur Schützenfestzeit herrscht hier in Biberach absoluter Ausnahmezustand. Aber setzen Sie sich doch und erzählen Sie mal ein bisschen von sich.«

Und das tat ich. Dabei stellte sich heraus, dass Frau Weiß ebenfalls aus dem Ruhrgebiet stammte, was ich zuerst gar nicht glauben wollte. Eine Landsmännin – oder Landsfrau? – hier in Biberach. War das zu fassen?

Wir plauderten ein bisschen über unsere Heimat, dann fragte Frau Weiß nach meinen Qualifikationen. Da ich ja keine journalistische Ausbildung vorzuweisen hatte, zeigte ich ihr die Artikel, die ich bereits für die »Schwabenpost« geschrieben hatte.

Sie nickte zufrieden. »Das sieht gut aus. Dann lassen Sie uns doch mal über das Organisatorische reden. Im Moment stecken wir mitten im Sommerloch. Die großen Ferien stehen kurz vor der Tür, und da ist immer relativ wenig los hier. Aber das sieht in zwei Monaten wahrscheinlich schon wieder ganz anders aus. Können Sie so lange warten?«

Ungern, aber mir blieb wohl keine Wahl, also nickte ich.

»Haben Sie ein Auto?«, fragte Frau Weiß.

»Nein, bisher noch nicht, aber ich bin auf der Suche.«

»Sehr gut. Wissen Sie, ohne Auto geht hier einfach nichts. Der Bus kurvt überall herum, bis Sie mal da ankommen, wo Sie eigentlich hinwollen. Wenn überhaupt ein Bus oder Zug fährt.«

»Oh ja, wem sagen Sie das.«

Sie grinste. »Sie haben wohl schon Ihre Erfahrungen mit den öffentlichen Verkehrsmitteln gemacht, was?«

Ich grinste zurück. »Kann man so sagen.«

»Na schön, was noch?« Sie überlegte einen Moment. »Richtig, die Honorierung. Sie schreiben jeden Monat eine Rechnung und geben mir diese, ich leite sie dann weiter. Unsere Freien bekommen zwanzig Euro in der Stunde.«

Zwanzig Euro in der Stunde? Ich konnte mein Glück kaum fassen und musste mich schwer zusammenreißen, nicht laut loszujubeln.

»Sind sonst noch Fragen?«

Ich dachte kurz nach. »Wie sieht es mit den Fahrtkosten aus?«

»Die führen Sie bitte in einer gesonderten Rechnung auf, der Verlag zahlt dreißig Cent pro Kilometer. Solange Sie noch kein Auto haben, können Sie auch die Fahrkarte einreichen.«

»Okay, dann vielen Dank.«

Frau Weiß nickte, und wir standen auf. »Ach ja, und vielleicht schauen Sie sich in den nächsten Wochen immer mal wieder die lokalen Nachrichten an, damit Sie die wichtigsten Namen und Gesichter aus dem Landkreis einordnen können. Landräte, Bürgermeister, Bundestagsabgeordnete … Die sollten Sie alle kennen.«

Oh je, da kam eine Menge Arbeit auf mich zu. Politik war ja eigentlich nicht so mein Ding. Ich wusste nicht einmal, wer in Essen Bürgermeister war. Aber da musste ich wohl durch. »Kein Problem, mach ich.«

Wir verabschiedeten uns herzlich voneinander, und ich verließ die Redaktion. Bevor ich mich wieder auf den Rückweg machte, wollte ich mir noch ein wenig die Stadt ansehen und bei der Gelegenheit vielleicht mal wieder etwas shoppen gehen.

Der Umzug war mittlerweile vorbei, und die Menschenmassen auf den Bürgersteigen hatten sich aufgelöst. Dafür standen überall in der Stadt Tische und Bänke, an denen die

Leute zusammensaßen und ausgelassen feierten. Und immer wieder marschierten einzelne Gruppen durch die Straßen und machten Musik.

Beschwingt von der fröhlichen Atmosphäre lief ich einfach drauflos. Da ich nun nicht mehr so aufpassen musste, jemanden anzurempeln, konnte ich mir alles etwas genauer ansehen. Die Altstadt mit den vielen historischen Fachwerkhäusern war richtig schön. Vor allem die Kirche gefiel mir. Haufenweise Tauben kreisten um den eckigen Kirchturm, der nach oben hin rund wurde. Die Vögel machten zwar ziemlich viel Lärm, aber das störte mich nicht.

Was mir besonders gut gefiel, war, dass Biberach eine richtige Innenstadt hatte. Es gab vielleicht nicht so viele Geschäfte wie in Ravensburg, aber die Auswahl konnte sich trotzdem sehen lassen.

Mit dem Einkaufsbummel würde das heute allerdings nichts mehr werden. Zwar gab es hier keine lästige Mittagspause, aber am Schützendienstag blieben die Geschäfte geschlossen.

Das war mir vertraut, es hatte etwas von Karneval. Da herrscht in Düsseldorf, Köln und in zig anderen Städten im Ruhrgebiet genauso der Ausnahmezustand.

»Du kannst also echt beim ›Blättle‹ anfangen?«

Felix ließ sich ungeniert auf sein altes Bett fallen. Ich gab Amalie und Abigail frisches Heu und setzte mich nach kurzem Zögern neben ihn. Draußen nieselte es, und der Duft von Sommerregen strömte durchs offene Fenster. Über einen Monat war ich nun schon in Herbertingen, und ich fühlte mich tatsächlich immer heimischer.

»Ja, in ein paar Wochen. Wenn das Sommerloch vorbei ist und ich ein Auto hab. Aber das ist okay, für die ›Schwabenpost‹ trudeln ja auch noch Aufträge ein. Am Wochenende ist zum Beispiel schon wieder was.«

Felix nickte anerkennend. »Und was ist es diesmal?«

»Irgendein Sommerfest in … Moment mal, ich hab den Namen vergessen.« Ich stand auf und ging zum Schreibtisch, wo ich meinen Block durchwühlte. Ich war sicher, dass ich es mir irgendwo aufgeschrieben hatte, aber ich konnte es nirgends finden. »Keine Ahnung, wo der verdammte Zettel steckt.«

»Dann hoffen wir, dass es dir noch einfällt.«

Ich überlegte. »Es war irgendwas mit Ofen am Ende.«

Felix sah mich irritiert an. »Du meinst -kofen?«

»Ja genau, das war's.«

»Und was für ein Kofen?«

»Hä?« Nun sah ich ihn irritiert an.

»Na ja, da gäb's Ölkofen, Völlkofen, Inzigkofen …«

Ich stöhnte. »Das darf doch nicht wahr sein.«

»Sei froh, dass es nicht auf -ingen endet, davon haben wir in der Gegend nämlich noch einige mehr.«

»Was müssen die blöden Käffer auch alle gleich heißen? Sigmaringen, Herbertingen, Überlingen …«

Felix grinste. »Ja, weil Castrop-Rauxel und Wanne-Eickel ja auch so viel besser klingen. Das könnte genauso gut ne Krankheit sein.«

»Hey, das ist die Ausnahme. Was ist bitteschön an Dortmund oder Duisburg auszusetzen? Aber egal. Was soll ich denn jetzt machen? Ich hab überhaupt keine Lust, den schmierigen Chefredakteur noch mal anzurufen.«

»Ist der echt so schlimm?«

»Schlimmer.«

Felix setzte sich aufrecht hin. »Dann lass uns doch mal überlegen. Ich mein, ich hätte neulich auch von einem Sommerfest irgendwo in der Göge gelesen.«

»Göge?«

»So heißt die Gegend rund um Hohentengen, und da hat's auch einige Dörfer, die auf -kofen enden.«

»Du meinst ›gibt‹.«

»Hä?«

»Da gibt's einige Dörfer.«

Felix zuckte die Schultern. »Kommt doch aufs Gleiche raus. Also Ölkofen war's nicht?«

Ich schüttelte den Kopf. »Das hör ich heut zum ersten Mal.«

»Dann vielleicht Günzkofen?«

»Warte mal, das könnt's sein. Auf jeden Fall hab ich's schon mal gehört.«

»Dann wird es das wohl sein. Das Fest ist am Samstag, oder?«

Ich nickte. »Samstag ab elf Uhr. Immerhin das hab ich mir gemerkt.«

»Na siehst du, dann wird's schon passen.«

Wir schwiegen eine Weile. Ich kraulte Mayo hinter den Ohren, während sich Felix seinen Bauch vornahm. So ein Hund hatte es doch gar nicht schlecht, dachte ich mir mal wieder, als Amalie plötzlich anfing, wie ein Vogel zu zwitschern. Das tat sie manchmal, auch wenn ich es schon seit einiger Zeit nicht mehr gehört hatte. Sie legte dann immer den Kopf in den Nacken und richtete sich ein bisschen auf.

Felix sah mich ungläubig an, und ich deutete mit einer leichten Kopfbewegung auf den Meerschweinchenkäfig. Wir beobachteten Amalie fasziniert, genau wie ihre Schwester Abigail. Die schien auch nicht zu wissen, was da los war. Als Mayo anfing, leise zu schnarchen, hörte Amalie abrupt auf mit dem Gezwitscher.

»Macht sie das etwa öfter?«, fragte Felix.

Ich nickte. »Frag mich aber nicht, was das bedeutet. Die Tierärztin konnte es mir auch nicht sagen.« Nach einer kurzen Pause fügte ich hinzu: »Manchmal frag ich mich ja schon, ob Tiere wie Menschen das Gefühl haben können, im falschen Körper geboren zu sein.«

Felix lachte. »Du kannst ja mal einen Tierpsychologen aufsuchen, so was gibt's doch sicher. Oder wir bringen die Meersau mal mit Paulchen zusammen.«

Ich überlegte. »Keine schlechte Idee.«

»Das sollte ein Scherz sein. Sag mal, hast du eigentlich mittlerweile mit deinem Exfreund gesprochen?«

Meine gute Laune war sofort verflogen. »Nein«, antwortete ich einsilbig.

»Meldet er sich denn ab und zu?«

»Ab und zu? Regelmäßig, ich geh aber nicht dran.«

»Das kann ich gut verstehen, aber vielleicht wär's besser, du würdest es endlich hinter dich bringen. Früher oder später kannst du einem Gespräch wahrscheinlich nicht mehr aus dem Weg gehen.«

»Kann schon sein.« Okay, das war gelogen. Ich wusste natürlich, dass Felix recht hatte. Ich musste mich mit Tom aussprechen, um einen Strich unter die Beziehung machen zu können. Aber so weit war ich noch nicht, also konnte das Gespräch mit Tom auch noch warten. »Anderes Thema, ich hatte dich nämlich eigentlich fragen wollen, wie ich am besten zu diesem Sommerfest komme. Nach dem Debakel mit Pfullendorf dachte ich, wär das wohl das Klügste.«

»Wahrscheinlich. Also, auf den Bus würd ich mich nicht verlassen, schon gar nicht am Wochenende. Du könntest theoretisch das Fahrrad nehmen, das sind bloß sieben oder acht Kilometer. Wenn du willst, kann ich dich aber auch fahren.«

»Ach was, das ist doch viel zu aufwendig. Außerdem hast du am Samstag sicher Besseres zu tun.«

»Um ehrlich zu sein, nein.«

Mein Herz klopfte ein kleines bisschen schneller. Konnte es sein, dass Felix gerne Zeit mit mir verbrachte? Also so richtig, nicht nur, weil er meinte, es zu müssen? Ich war auf jeden Fall gerne mit ihm zusammen, das konnte ich nicht leugnen. »Ist das dein Ernst? Du hast nichts Besseres zu tun, als am Samstag mit mir auf irgend so ein Dorffest zu gehen?«

Felix lachte. »Hey, zufällig sind diese Dorffeste im Sommer ganz nett. Da ist wenigstens mal was los.«

Da hatte er auch wieder recht, wobei ich mich zu meiner eigenen Überraschung wirklich nicht beschweren konnte, zu wenig zu erleben.

»Hallo Tom.«

»Jette, Mensch. Ist das schön, dich zu hören. Ich hab gar nicht damit gerechnet, dass du rangehst.«

Ich ehrlich gesagt auch nicht, und ich war auch drauf und dran gewesen, den Anruf wie immer wegzudrücken. Doch dann waren mir Felix' Worte wieder eingefallen, und ehe ich mich versah, hatte ich auch schon abgehoben. »Eigentlich hab ich auch keine große Lust, mit dir zu reden. Aber es scheint dir ja wichtig zu sein, wenn du nach einem Monat immer noch so oft anrufst.«

»Natürlich ist es das. Jette, ich … Ich weiß gar nicht, wo ich anfangen soll. Es tut mir alles so leid.«

»Ja, mir auch.« Ich wollte nicht kalt oder sarkastisch klingen, aber ich konnte nicht anders. Nur so konnte ich damit umgehen. Ich schloss das Fenster, damit keine Mücken reinkamen, und setzte mich dann aufs Bett. Erst am Morgen hatte ich nach dem wöchentlichen Frühstück mit Felix dort gesessen. Es kam mir so vor, als wär das schon ewig her.

»Es tut mir wirklich leid, Jette. Bitte glaub mir. Das hätte alles nicht passieren dürfen, es war ein riesengroßer Fehler. Und … du fehlst mir so.«

»Was erwartest du von mir, Tom? Dass ich dir verzeihe?«

»Nun ja … Ja, das will ich. Das ist nicht einfach, ich weiß, und du brauchst Zeit. Das verstehe ich, und ich gebe dir die Zeit. Trotzdem hoffe ich, dass du mir eines Tages verzeihen kannst.«

»Ist das dein Ernst? Du hast mich betrogen, Tom. Mit Viktor. Wie könnte ich dir das verzeihen?«

»Jette …«

»Weißt du, vielleicht bin ich ja selbst schuld. Ich meine, es gab so viele Anzeichen, und ich hab mir, blöd wie ich bin, nie was dabei gedacht.«

»Du bist nicht blöd, Jette.«

»Ach nein?«

»Nein, und es gab auch keine Anzeichen. Um ehrlich zu sein, ich weiß überhaupt nicht, wovon du eigentlich redest.«

»Weißt du nicht? Dann will ich deinem Gedächtnis mal auf die Sprünge helfen.« Ich hatte mich mittlerweile so in Rage geredet, dass ich aufgesprungen war und nun im Zimmer hin- und herlief. »›Ich geh mal für kleine Königstiger.‹ Das hast du immer gesagt, bevor du aufs Klo gegangen bist. Erinner dich mal.«

»Das war doch nur Spaß, Jette.«

»Ach ja? Selbst wenn, es gibt noch so viel mehr Beispiele. Du liebst Musicals, allen voran ›The Rocky Horror Picture Show‹. Du kannst Rosen und Lilien auseinanderhalten, Lila und Mauve unterscheiden. Muss ich wirklich noch mehr aufzählen?«

Ich hörte, wie Tom tief Luft holte. »Worauf willst du eigentlich hinaus, Jette?«

»Ich will nur sagen, dass ich schon vorher hätte wissen müssen, dass du schwul bist.«

»Ich bin nicht schwul!« Tom klang ehrlich entrüstet.

»Du hast mit Viktor geschlafen.« Es tat immer noch weh, wenn ich auch nur daran dachte.

»Das war ein Ausrutscher, deshalb bin ich noch lange nicht schwul.«

Ich seufzte und ließ mich erschöpft aufs Bett fallen. Mayo kuschelte sich neben mich. »Schwul oder nicht, darauf kommt es jetzt auch nicht mehr an. Du hast mir wehgetan, Tom.« Tränen stiegen mir in die Augen, und dabei hatte ich mir so fest vorgenommen, nicht zu weinen.

»Ich weiß, und es tut mir leid.«

»Mag ja sein, Tom, aber das reicht nicht. Ich wollte dir auch eigentlich nur sagen, dass du bitte nicht mehr anrufen sollst.«

»Jette …« Tom klang wirklich traurig, aber ich wollte seine Ausflüchte nicht hören.

»Und Viktor braucht auch nicht mehr anzurufen. Du kannst ihm sagen, dass ich sehr enttäuscht von ihm bin.«

»Ich hab Viktor seitdem selbst nicht mehr gesehen.«

Wahr oder nicht, es spielte keine Rolle. »Wie dem auch sei. Leb wohl, Tom.«

»Jette, bitte …«

Ich legte auf und schaltete das Handy aus. Für das, was Tom getan hatte, gab es keine Entschuldigung. Auch wenn diese Erkenntnis genauso wehtat wie das, was er mir angetan hatte.

Ich nahm einen großen Schluck von der Apfelschorle, die mir die Bedienung reichte. Nachdem es in den letzten zwei Tagen fast ununterbrochen geregnet hatte, war es heute wieder nahezu unerträglich heiß.

»Proscht«, meinte Trude und nahm ebenfalls einen großen Schluck.

Es war herrlich. Nicht nur Felix hatte mich auf das Sommerfest begleitet, sondern auch seine Familie, sodass mir das Ganze kaum wie Arbeiten vorkam. Wie sich herausgestellt hatte, war Trude in der sogenannten Göge aufgewachsen und kannte dort deshalb Hinz und Kunz. Und die hatte sie natürlich mal wieder treffen wollen.

»Des isch vielleicht spannend, mol zom seha, wie so en Artikel entstoht.« Trude war schon den ganzen Vormittag ganz aufgeregt gewesen. Ich fand das unglaublich putzig.

»Jessas, d' Trude. Di han i jo scho ewig nemme gseha.« Ein Mann mit grauen Haaren blieb an unserem Tisch stehen.

»Noch muasch halt amol wieder ge Hrbrdenga komma.« Trude schüttelte dem Mann die Hand, dann sah sie erstaunlicherweise mich an. »Des isch übrigens d' Jädde, wo da Bericht für d' Zeitong schreibt.«

»Ah, noch seahnat mer eis bestemmt später nommel. Schmidt, i ben dr Bürgermoischter.«

»Hallo, freut mich«, meinte ich etwas verlegen. Ich versuchte, mir das Gesicht einzuprägen, ich hatte heute nämlich schon einige Hände geschüttelt.

Er nickte. »Etz muass i aber, 's nächschte Spiel ahsaga. Ihr machat doch mit, oder? Momentan kennat er no Los kaufa.« Er nickte uns noch einmal zu und verschwand dann Richtung Wiese.

»Das war nicht nur der Bürgermeister von Hohentengen, sondern auch einer der vielen Verehrer meiner Oma«, meinte Felix augenzwinkernd, als der Bürgermeister außer Hörweite war.

»Des stemmt doch gar it«, winkte Trude ab, doch sie wurde tatsächlich ein wenig rot. Irgendwie fand ich das beruhigend, dass es auch in dem Alter noch nicht vorbei sein musste.

»Es gibt noch ein Spiel?«, fragte ich. Vor nicht allzu langer Zeit hatten wir erst das Sauschätzen hinter uns gebracht, wo es wirklich darum gegangen war, das Gewicht einer Sau zu schätzen. Das war zwar noch lange nicht so schwer wie das Bienenschätzen, aber auch nicht gerade leicht. Der Preis: Schweinebraten zum Mittagessen. Das war mir dann doch ein wenig zu makaber gewesen. Der Gewinner – ein Bauer mittleren Alters, der gut und gerne bei »Bauer sucht Frau« hätte mitmachen können – hatte sich aber gefreut. Auf meinem Siegerfoto war er mit fettem Grinsen zu sehen.

Felix grinste ebenfalls, als er nun nickte. »Natürlich gibt's noch ein Spiel. Ein Highlight, auf das alle mit Spannung warten. Das Kuhfladenroulette.«

»Kuhfladenroulette?« Nach meinem Monat in Herbertingen hatte ich gedacht, das Schlimmste schon hinter mir zu haben, aber anscheinend hatte ich mich geirrt. »Und wie genau soll das funktionieren?«

»Na ja, alle, die mitmachen wollen, wetten darauf, auf welches Feld die Kuh ihren Fladen fallen lässt.«

Schockiert sah ich Felix an. »Das ist jetzt nicht dein Ernst?« Auf was für Ideen die Leute kamen, es war nicht zu fassen.

»Natürlich, das Spiel hat eine lange Tradition.«

Das glaubte ich sofort. »Und was ist, wenn die Kuh nicht muss?« Konnte ja sein, dass sie zu aufgeregt war. Meine Blase war auch ziemlich schüchtern.

Felix lachte. »Dann dauert das Spiel halt etwas länger.«

Ich konnte nur hoffen, dass der Sieger kein Steak bekommen würde. Etwas später erfuhr ich, dass es einen Geldpreis zu gewinnen gab. Bis es so weit war, dauerte es allerdings eine ganze Weile. Geschlagene zwei Stunden mussten wir warten, bis das blöde Rindvieh sich endlich dazu herabließ, einen Fladen fallen zu lassen. Die meisten Zuschauer nahmen es gelassen, da sie sich die Zeit mit Biertrinken vertrieben. Für mich lief das alles auf Arbeitszeit, nur, dass ich nicht dafür bezahlt wurde. Ich würde lediglich Geld für das Siegerfoto und die paar Zeilen Text bekommen, aber dieses Mal störte mich das nicht im Geringsten. Schließlich hatte ich Felix und seine Familie dabei, und es war ein wirklich schöner Samstagmittag.

Als mir Helga meine erste Abrechnung von der »Schwabenpost« über den Tisch schob, war ich ganz aufgeregt. Ich half Helga und Trude gerade dabei, das Mittagessen vorzubereiten. Felix und Georg würden auch kommen, und ich freute mich schon auf das gemütliche Beisammensein.

Ich legte das Messer beiseite, mit dem ich gerade Gurke geschnitten hatte, und wischte mir die Hände an einem Handtuch ab, bevor ich den Brief öffnete. »Nein, das kann nicht stimmen. Da muss sich jemand verrechnet haben.« Entsetzt starrte ich auf das Blatt Papier.

»Was isch?«, fragte Trude.

»Die haben mir zu wenig überwiesen. Bloß hundertachtzig Euro, dabei müssten es hundertdreißig Euro mehr sein.« Das war zwar auch nicht viel, aber immerhin. Und ich war ja einige Zeit unterwegs gewesen dafür. Da konnte man von so einer großen Zeitung wie der »Schwabenpost« ja wohl etwas mehr als hundertachtzig Euro erwarten.

Vor allem, wenn man sich mal die Redaktionsgebäude ansah. Die Redaktion in Bad Saulgau war ein richtiges Prunkgebäude mit viel Glas. Das war mit Sicherheit nicht billig gewesen. Und auch die Zentrale in Ravensburg, die ich damals zufällig mit Felix gesehen hatte, war ein Protzbau vom Feinsten, auch wenn der verglaste eckige Kasten alles andere als hübsch war.

»Des kah it sei«, meinte Trude und schob sich ihre Brille auf die Nase, um mir über die Schulter zu schielen. »D' ›Poscht‹ hat en Ruf zom verliera, da hot sich bestemmt bloß äbber verrachnat.«

»Am besten ist wohl, du rufsch mal bei dem Chefredakteur an«, schlug Helga vor, und ich musste ihr leider recht geben.

Auch wenn ich überhaupt keine Lust darauf hatte, aber das wollte ich mir nicht gefallen lassen. »Ihr kommt doch kurz ohne mich klar?«

»Gang du no des regla«, meinte Trude großzügig.

Ich holte meine Notizen aus dem Vorstellungsgespräch, ging ins Wohnzimmer und schloss die Tür hinter mir. Die stand zwar meistens offen, aber bei so einem Gespräch konnte ich keine Zuhörer gebrauchen. Das fiel mir ohnehin schon schwer genug. Ich legte mir im Geist einige Worte zurecht und atmete ein paar Mal tief durch, bevor ich zum Telefonhörer griff und die Nummer des Chefredakteurs wählte.

»Hase«, meldete der sich nach sechs Freizeichen barsch. Genauso gut hätte er sagen können: »Wer wagt es, mich zu stören?«

Ich fasste all meinen Mut zusammen. »Guten Tag Herr Hase, Jette Haffner hier, Ihre neue freie Mitarbeiterin.«

»Frau Haffner, was gibt's?« Übersetzung: »Was will denn die von mir?«

»Ich will Sie gar nicht lange aufhalten, Herr Hase. Ich habe nur gerade meine Abrechnung für die Artikel im letzten Monat bekommen und war doch ein wenig verwirrt. Meinen Berechnungen nach hätten es hundertdreißig Euro mehr sein müssen.«

»Hundertdreißig Euro? Warten Sie mal, ich brauch natürlich Ihre Unterlagen, sonst kann ich gar nichts dazu sagen.« Er unterdrückte ein Stöhnen, dann hörte ich Papier rascheln. »So, dreihundert Zeilen zu je dreizehn Cent und neun Bilder zu je dreizehn Euro, das Ganze zuzüglich Fahrgeld natürlich. Macht einhundertachtzig Euro. Wie kommen Sie jetzt auf hundertdreißig Euro mehr?«

Ich brauchte einen Moment, um das Ganze zu verdauen. »D…dreizehn Cent die Zeile? Und dreizehn Euro pro Bild?«

»Richtig, das ist Standard bei uns für die Freien.« In seiner Stimme schwamm deutliche Ungeduld mit.

»Das mag sein, aber wir hatten im Vorstellungsgespräch fünfzig Cent die Zeile und fünfzehn Euro pro Bild ausgemacht.«

Herr Hase lachte. »Fünfzig Cent die Zeile? Das ist ja Wucher. Nein, nein, das müssen Sie falsch in Erinnerung haben. Kann ich Ihnen sonst noch irgendwie behilflich sein?« Übersetzung: »Sind wir jetzt bald mal fertig? Ich hab wirklich Besseres zu tun.«

»Moment noch, ich hab's mir damals aufgeschrieben.« Ich blätterte hektisch in meinen Notizen. »Ja, hier steht's. Fünfzig Cent und fünfzehn Euro.«

Wieder ein unterdrücktes Stöhnen. »Vielleicht haben Sie sich verhört. Auf jeden Fall kann ich Ihnen nicht mehr als den Standard zahlen. Wissen Sie eigentlich, wie viele Freie wir haben? Wenn die alle fünfzig Cent die Zeile kriegen würden, könnten wir den Laden dichtmachen. Überlegen Sie sich, ob Sie zu den Standardkonditionen weiter für uns arbeiten wollen. Und jetzt entschuldigen Sie mich bitte, ich hab noch einen wichtigen Termin.«

Und schon hatte er aufgelegt. So ein Mist, dabei hatte ich ihm doch auch noch was um die Ohren hauen wollen, was in der Übersetzung so viel wie »Sie mich auch« hätte bedeuten sollen. Aber wahrscheinlich wär mir sowieso nichts Passendes eingefallen.

Ich kochte vor Wut. Das war ja wohl wirklich dreist. Mich erst mit einem höheren Honorar ködern und dann nichts davon wissen wollen. Ich war mir sicher, dass ich mich nicht verhört hatte. Und mal ehrlich: Fünfzig Cent die Zeile wären auch schon wenig gewesen. Ich wollte gar nicht wissen, wie freiberufliche Journalisten davon leben sollten. Aber dreizehn Cent waren einfach nur unverschämt. Für die

Arbeit und den Aufwand war das nicht mal ein besseres Taschengeld.

Immer noch sauer stapfte ich zurück in die Küche, wo Felix und Georg mittlerweile aufgetaucht waren. Felix lehnte mal wieder mit dem Hintern gegen die Arbeitsplatte, während Georg auf der Eckbank saß und Cola trank.

»Ond?«, fragte Trude. »Dia hond sich verrachnat, oder?«

Ich schüttelte den Kopf. »Die haben mir im Vorstellungsgespräch völlig andere Zahlen genannt, als sie jetzt bereit sind, zu zahlen.« Und dann erzählte ich.

»Ist doch nicht zu fassen«, meinte Felix, als ich geendet hatte. »Man kann echt keinem mehr trauen.«

»Ond du hosch koin Vertrag?«, wollte Georg wissen.

»Nein, leider nicht. Den wollten wir noch machen, aber damit rechnet doch auch keiner. Ich hab gedacht, auf den Chefredakteur kann man sich verlassen.«

»Das ist wirklich unerhört«, sagte Helga nun und sah mich fast beschämt an. »Ich würde das Abo ja am liebsten kündigen, aber der Sepp liest doch so gerne Zeitung, und des isch die einzige große Lokalzeitung in der Region.«

Das war ja süß, am liebsten hätte ich Helga umarmt. »Mach dir darüber keine Gedanken, Helga. Ich verlange bestimmt nicht von euch, das Abo zu kündigen. Aber ein starkes Stück ist das schon. Dafür, dass die ›Schwabenpost‹ hier quasi Monopol-Stellung hat.«

»Tja, die können sich's eben leisten. Und was willst du jetzt machen?« Felix warf mir einen kurzen Blick zu, während er wieder mit dem kleinen, bunten Jonglierball spielte, mit dem er auch bei unserem ersten Treffen gespielt hatte.

Ich zuckte die Schultern und ließ mich seufzend neben Georg auf die Eckbank fallen, der sofort damit begann, mir die Schultern zu massieren. Es war komisch, fühlte sich aber auch angenehm an. »Keine Ahnung. Hundertachtzig Euro sind natürlich auch kein Pappenstiel, aber für die Arbeit … Und der ganze Aufwand. Wenn ich da nur an Pfullendorf denke.«

»Oh ja.« Felix grinste.

»Also, solange ich mir das leisten kann, gebe ich mich nicht für drei oder vier Euro in der Stunde her.«

»Reacht hosch, du bisch viel meh wert«, meinte Georg hinter mir.

Felix räusperte sich und legte den Ball beiseite. »Kommst du denn klar?«

»Sicher, wird schon gehen. Ich kann ja schon bald beim ›Blättle‹ anfangen. Und es dauert auch nicht mehr lange, bis Lisa in Mutterschutz geht. In einem Monat müsste es doch schon so weit sein.« Georg massierte mich immer noch, und so langsam fand ich das doch irgendwie seltsam. Deshalb nickte ich ihm dankbar zu und stand auf, um Helga bei irgendwas zu helfen.

»Vielleicht kahsch jo em Felix a weng zur Hand ganga. Gega Herbscht na isch emmer en Haufa los«, meinte Trude derweil.

Felix und Helga warfen Trude einen Blick zu, den ich nur schwer lesen konnte. In jedem Fall war mir das Ganze unangenehm. Diese Familie hatte wirklich schon genug für mich getan. »Das kommt überhaupt nicht in Frage.«

»Warum, ist dir die Arbeit etwa zu schwer?«

Ich sah Felix überrascht an. »Das würde ich so nicht sagen. Ich möchte einfach niemandem zur Last fallen.«

»So'n Quatsch. Also wenn du Lust hast, können wir das schon machen.«

»Und du meinst das wirklich ernst? Ich will nicht, dass du dich zu irgendwas verpflichtet fühlst«, fügte ich etwas leiser hinzu.

Felix rollte mit den Augen und packte mich am Arm. »Komm mal mit. Geschäftsgespräche«, sagte er an die anderen gewandt und zog mich dann hinaus in den Garten.

»Weißt du, ihr habt alle schon so viel für mich getan, und nur weil Trude immer auf die absurdesten Ideen kommt, müssen wir das noch lange nicht so machen. Ich wär dir echt nicht böse.«

»Keine Panik. Wenn ich mir das nicht leisten könnte, würde ich das schon sagen, aber die Idee hat was für sich. Wir haben in nächster Zeit ein paar interessante Aufträge, bei denen du uns wirklich helfen könntest. Deko-Kram und Farben und so was, du verstehst schon.«

»Kannst du eigentlich Lila und Mauve auseinanderhalten?«, fragte ich spontan.

Felix sah mich irritiert an, dann lachte er.

»Das war mein Ernst. Kannst du oder nicht?«

»Im Ernst? Lila sagt mir was, aber was soll Mauve für ne Farbe sein?«

»Nicht so wichtig«, erwiderte ich, erleichtert über seine Antwort. Nicht, dass ich auch nur ansatzweise in Betracht gezogen hätte, Felix könnte schwul sein. Und selbst wenn, würde es mich ja nichts angehen.

Mir wurde auf einmal bewusst, dass mich Felix immer noch am Arm hielt, und auch er merkte es erst jetzt. Langsam ließ er mich los.

»Du hast mit Tom gesprochen?«

Ich nickte, sein Instinkt war wirklich gut.

»Und?«

Ich zuckte die Schultern und strich mir ein paar Haarsträhnen aus dem Gesicht. »Da gibt's nicht viel zu sagen. Es ist vorbei.«

»Das war mir auch vorher schon klar, ohne dir zu nahe treten zu wollen.«

Ich seufzte. »Er wollte sich entschuldigen und mir sagen, dass er mich vermisst und hofft, dass ich eines Tages zu ihm zurückkomme.«

»Und?«, fragte Felix wieder.

»Das fragst du jetzt nicht ernsthaft? Da kann er warten, bis er schwarz wird. Ich geh ganz bestimmt nicht zu ihm zurück.«

Felix steckte seine Hände in die Hosentaschen und ging ein paar Schritte in den Garten. Ich folgte ihm. »Dann bleibst du also hier?«

»Vorerst schon.«

Er nickte und blieb unter einem Apfelbaum stehen, der bereits herrlich rote Früchte trug. »Also, zurück zum Thema. Wie sieht's aus?«

»Du meinst, ob ich für dich arbeite?«

»Wie klingt denn das! Sagen wir lieber, du hilfst ein bisschen aus.«

Da brauchte ich nicht lange zu überlegen, prinzipiell hatte ich schon Lust dazu. Ich war mir allerdings immer noch nicht sicher, ob Felix das nicht nur aus Pflichtbewusstsein anbot. »Ich würde dir gern helfen, wenn du wirklich Hilfe brauchst. Aber ich werde das Gefühl nicht los, dass du das nur mir zuliebe sagst.«

Er lachte. »Hat dir eigentlich schon mal jemand gesagt, dass du ganz schön anstrengend sein kannst?«

»Eigentlich sagt man mir nach, sehr umgänglich zu sein.«

»Darüber lässt sich streiten. Also, was meinst du? Sagen wir zehn Euro die Stunde? Ich werd nicht vor dir auf die Knie fallen und betteln.«

Nun musste auch ich lachen. »Danke für das tolle Angebot.« Ich seufzte. »Weißt du, mir ist das echt unangenehm. Ihr habt schon so viel für mich getan, deine ganze Familie. Ihr müsst mich für total unselbstständig halten.«

Doch Felix winkte zu meiner Erleichterung ab. »Ach was, jetzt mach dir mal keinen Kopf. Du bist hier völlig fremd, und außerdem sind wir auf dem Land. Da ist das normal, dass man sich gegenseitig hilft.« Er machte eine kurze Pause. »In der Stadt ist das wohl nicht so, was?«

»Na ja, da wohnen ja auch so viele Leute. Da ist halt alles etwas anonymer.« Wobei ich mit Trude ja auch wirklich Glück gehabt hatte. Nicht jeder hätte mich sofort unter seine Fittiche genommen, auch nicht hier auf dem Land.

»Es hat alles seine Vor- und Nachteile«, meinte Felix. »Also, zehn Euro die Stunde auf Vierhundertfünfzig-Euro-Basis? Wir haben jetzt Mitte August, wenn du die nächsten vier Wochen mithilfst, kommst du so auf neunhundert Euro. Ist das okay?«

Ich schluckte. Trude hatte mir damals wirklich der Himmel geschickt. »Ihr seid alle so nett zu mir. Ich weiß gar nicht, was ich sagen soll.«

»Wie wär's mit danke?«

»Danke, Felix. Tausend Dank.«

»Sehr schön. Jetzt gibst du mir noch die Hand, damit die anderen auch sehen, dass wir uns einig sind. Die stehen nämlich am Fenster und beobachten uns.«

Ich verbot mir, Richtung Fenster zu schauen, obwohl mein Blick automatisch dorthin wandern wollte. Stattdessen sah ich Felix an und ergriff seine ausgestreckte Hand, um sie ein bisschen fester als nötig zu drücken.

»So, und jetzt gehen wir essen. Ich bin am Verhungern.«

Das ging mir genauso, wie ich jetzt feststellte. Es war wirklich unglaublich, wie sich innerhalb eines Moments alles ändern konnte. Noch vor ein paar Minuten hatte ich mich gefragt, wie lange mein Erspartes wohl reichen würde, und jetzt brauchte ich mir darum keine Sorgen mehr zu machen.

Da kam mir noch ein Gedanke, und ich grinste. »Sag mal, Felix, einen Vertrag brauchen wir doch nicht, oder?«

»Jetzt werd bloß nicht frech!«

»Ich mein ja nur. Nicht, dass es später heißt, von zehn Euro die Stunde sei nie die Rede gewesen.«

Felix blieb stehen und zog die Augenbrauen hoch, während er mich fixierte. »Hey, ich trage vielleicht gerade nicht meinen besten Anzug, aber das heißt nicht, dass ich nicht vertrauenswürdig bin. Oder siehst du das etwa anders?«

»Nein, nein, wenn du das sagst«, erwiderte ich scherzhaft. Ich war ebenfalls stehen geblieben und wollte nun weitergehen, doch Felix hielt mich am Arm fest.

Er beugte sich ein Stückchen zu mir, als er leise sagte: »Merk dir eins: Auf mein Wort kann man sich verlassen, in jeder Beziehung.«

Dann verschwand er Richtung Küche, und ich blieb einen Moment alleine zurück. Keine Ahnung, was Felix jetzt genau damit hatte sagen wollen, aber das spielte auch keine Rolle. So oder so, es war tröstlich, zu wissen, dass man sich auf ihn verlassen konnte.

Kapitel 7

Ich verbrachte gerne viel Zeit mit Felix, wie ich in den kommenden Tagen feststellte. Wenn er nicht da war, dachte ich viel zu viel über Tom und Viktor nach. Ich konnte es noch immer nicht verstehen. Viktor war mein bester Freund gewesen. Zufällig war er schwul, das war aber nie ein Thema zwischen uns gewesen. Er war alles andere als offensichtlich schwul, und One-Night-Stands waren noch nie sein Ding. Umso weniger begriff ich, warum er das getan hatte. Also mit Tom.

Und Tom verstand ich erst recht nicht. Wenn er mich schon mit meinem besten Freund betrügen musste, dann sollte er wenigstens dazu stehen, dass er schwul war. Je mehr ich über unser Gespräch nachdachte, desto wütender wurde ich auf ihn. Leider konnte ich mit niemandem wirklich darüber reden. Maja war die Einzige, und die blockte meistens ab. Sie fand, ich sollte aufhören, das Ganze zu analysieren und einfach weitermachen. Mir jemand anderen suchen. Nicht, um mit ihm einen One-Night-Stand zu verbringen. Sie wollte, dass ich mich wieder verliebte.

Doch das sagte sich so leicht. Sowohl das Weitermachen als auch das Neu-Verlieben waren alles andere als einfach. Ich fand es auch immer ganz schrecklich, wenn jemand nach einer beendeten Beziehung kaum trauerte, sondern sich sofort ins nächste Abenteuer stürzte. Dann konnte die Liebe doch nicht so groß gewesen sein, oder?

Wieder musste ich an die Worte der alten Rosalie denken. Vielleicht hatte sie ja doch recht. Sie war immerhin schon reichlich lebenserfahren. Und sie war mir auch nicht wie eine Schlampe vorgekommen, wie es die beiden jungen Mädchen im Zug ausgedrückt hätten. Gut, mit achtzig Jahren konnte man wahrscheinlich auch gar nicht mehr wie eine Schlampe rüberkommen, aber das war nicht der Punkt.

Meine Gedanken drehten sich jedenfalls immer wieder im Kreis, solange ich alleine war. Felix schaffte es, mich abzulenken, genauso wie Georg. Die beiden waren lustig und ein eingespieltes Team. Ich fand es toll, dass sie mich einfach so bei sich aufgenommen hatten.

Wir verbrachten natürlich die meiste Zeit draußen. Felix holte mich und auch Mayo morgens ab und nahm mich dann mit zur jeweiligen Baustelle. Wobei Baustelle in der Regel nicht das richtige Wort war. Wir verschönerten die Gärten nur, schnitten Pflanzen und legten manchmal auch neu an. Ich fand es herrlich. Das Wetter spielte mit, es regnete kaum und wenn, dann meistens nur abends.

Und auch Mayo hatte seinen Spaß. Er war viel draußen, was ihm besonders gut gefiel, und Felix ließ ihn manchmal in der Erde buddeln, die wir sowieso frisch auffüllen mussten. Mayo war ganz in seinem Element, nachdem er der Sache am Anfang sehr skeptisch gegenübergestanden hatte. Es war echt süß, wenn er aus dem Erdhaufen auftauchte, die ganze Nase voller Erde, und uns fragend ansah. Er war es nicht gewohnt, so etwas zu dürfen und zu tun, und ich hoffte inständig, er würde jetzt beim Gassigehen nicht anfangen, jeden dahergelaufenen Garten in der Nachbarschaft umzubuddeln. Damit würden wir uns sicher unbeliebt machen.

Wobei ich ohnehin nicht vorhatte, allzu lange in Herbertingen wohnen zu bleiben. Ich hatte mir schon die ein oder andere Wohnung angesehen, die ich in der Zeitung gefunden hatte. Bisher war leider noch nichts Brauchbares dabei gewesen, aber heute hatte ich wieder einen Besichtigungstermin und ein gutes Gefühl. Felix wollte mich später begleiten. Zufälligerweise hatte sich herausgestellt, dass der jetzige Mieter ein alter Schulfreund von ihm war.

Vorher mussten wir aber noch in den Baumarkt. Felix und Georg hatten gerade so viele Aufträge, dass ich sogar

Überstunden machte. Felix wollte mir das Geld einen Monat später auszahlen, damit ich keine Steuern zahlen musste, aber ich lehnte ab. Mehr als die vereinbarten vierhundertfünfzig Euro im Monat wollte ich nicht von ihm haben. Mir machte die Arbeit Spaß, und so konnte ich mich endlich mal ein wenig revanchieren. Schließlich hatte er auch schon genug für mich getan.

Am liebsten half ich dabei, Gärten ganz neu anzulegen, denn da konnte man seiner Phantasie freien Lauf lassen. Und Felix hatte in dieser Hinsicht wirklich viel Phantasie. Mit Pflanzen kannte er sich unglaublich gut aus, doch darüber machte ich mir keine Gedanken. Er war immerhin Landschaftsgärtner, und es war seine Aufgabe, so etwas zu wissen. Und zu meiner Erleichterung hatte er von Farben und Deko tatsächlich überhaupt keine Ahnung.

Er hatte einen Auftrag an Land gezogen, der ihm vor meiner Hilfe leichte bis mittelschwere Kopfschmerzen bereitet hatte. Eine neureiche Frau mit edlem Geschmack und Pudeldame – die Mayo übrigens so gar nicht geheuer war – wollte ihren Garten komplett neu angelegt haben. Den Teil mit den Pflanzen und dem japanischen Steingarten hatten Felix und Georg bereits gewuppt, und es sah wirklich toll aus. Es gab einen kleinen Teich mit Seerosen und Bambus, und sie hatten sogar einen Kirschbaum gepflanzt. Das würde sicher traumhaft aussehen, wenn der irgendwann mal anfing, mit weißen Blüten den Frühling anzukündigen.

Doch jetzt ging es an die Deko, und da kam ich ins Spiel. Die Kundin wünschte sich nämlich fernöstliches Ambiente mit vielen Farben, und da waren sowohl Felix als auch Georg ein wenig überfordert.

An diesem Mittwochmorgen waren Felix und ich also auf dem Weg zum Baumarkt, um Materialien für die Gestaltung auszusuchen. Mayo hatte sich zumindest ansatzweise daran gewöhnt, dass er nicht überall mit hindurfte. So schaute er mir auch dieses Mal nur wehmütig hinterher, ohne wie vor einigen

Wochen noch laut zu jaulen. Und ich war sicher, den Hundeblick konnten wir ihm in diesem Zusammenhang auch noch abgewöhnen.

»So, du hast freie Wahl«, meinte Felix, als wir den Baumarkt betraten. »Ich bin nur hier, um nachher beim Schleppen zu helfen.«

»Und wie sieht's mit dem Preislimit aus?«

»Ach, darum mach dir mal keinen Kopf. Unsere Kundin ist gut betucht.«

War das herrlich, endlich mal hemmungslos einzukaufen! Auch wenn es nicht für einen selbst gedacht war.

Ich drehte erst mal eine kurze Runde, um mir einen Überblick zu verschaffen. Felix folgte mir wie ein braver Hund. Dann fing ich an, alles Mögliche in den Einkaufswagen zu legen. Wie praktisch, dass das Zen-Thema gerade so schwer angesagt war. So gab es wunderschöne Buddha-Figuren, echt aussehende Lotosblüten und all so was. Außerdem suchte ich lilafarbene Dekosteine aus und asiatische Windlichter in verschiedenen Größen. Das Ganze würde wundervoll aussehen. Also wenn ich einen Garten hätte, könnte mir das auch noch gefallen.

»Du weißt auch schon, wie das Ganze aussehen soll, oder?«, meinte Felix skeptisch. »Ich bin dir da nämlich keine große Hilfe, und der Schorsch sicher auch nicht.«

»Keine Angst, ich hab schon alles im Kopf. Was habt ihr denn bisher gemacht, wenn die Kunden solche Wünsche geäußert haben?«

»Ganz ehrlich?« Felix senkte seine Stimme. »Wir sind auf dem Land. Solche ausgefallenen Sachen mussten wir bisher noch nie umsetzen. Ein paar Gartenzwerge war das höchste der Gefühle. Für so'n Schnickschnack geben die Leute hier in der Regel kein Geld aus.«

»Richtig, der Schwabe ist ja geizig. Ganz vergessen.«

»Nicht geizig, nur sparsam.«

»Kommt das nicht aufs selbe raus?«

»Ganz im Gegenteil, das ist ein großer Unterschied.«

»Wenn du meinst.« Hauptsache, Felix war nicht geizig oder meinetwegen auch sparsam. Und das war er nicht.

Bald darauf hatten wir alles beisammen. So teuer war es dann auch gar nicht. Das musste ich mir merken, falls ich wirklich mal einen eigenen Garten haben sollte. Ich mochte es, wenn die Gärten etwas verwunschen aussahen. Akkurat geschnittener Rasen und bloß keine Blume zu viel waren überhaupt nicht mein Geschmack.

»So, dann wollen wir mal zum Besichtigungstermin fahren.«

»Ich bin schon ganz aufgeregt«, sagte ich, während ich mich anschnallte. »Du kennst die Wohnung nicht, oder?«

Felix parkte vorsichtig aus und bog dann auf die Hauptstraße ein. »Nee, leider nicht. Wie gesagt, Frank ist nur ein alter Schulfreund. Hab ihn schon ewig nicht mehr gesehen.« Er warf mir einen kurzen Seitenblick zu. »Aber keine Sorge, Badewanne und Balkon wird die Wohnung schon haben.«

Überrascht sah ich ihn an. »Woher weißt du, dass mir das wichtig ist?«

Er zuckte mit den Schultern. »Ich kann dich eben ganz gut einschätzen.«

Das klang doch gut, in jeder Hinsicht.

Die Wohnung war einfach ein Traum. Sie lag halbwegs ruhig, aber dennoch zentral in der Saulgauer Altstadt in der Nähe vom Marktplatz. Es gab sowohl eine Badewanne als auch einen Balkon, der so praktisch lag, dass einem keiner pausenlos draufsehen konnte und man fast den ganzen Tag Sonne hatte. Durch die große Balkontür fiel so auch viel Licht in die Wohnung. Die drei Zimmer waren zwar fast zu viel für mich – zwei hätten mir auch gereicht –, die Miete war aber dennoch bezahlbar. Um ehrlich zu sein, war sie sogar ziemlich günstig. Das war wahrscheinlich einer der Vorteile, wenn man auf dem Land wohnte. In Essen wäre dieselbe Wohnung mindestens doppelt so teuer gewesen.

Außerdem gab es praktischerweise eine Einbauküche, und ich musste nicht renovieren. Okay, die Wände brauchten einen neuen Anstrich, aber gestrichen hätte ich so oder so, um ein bisschen Farbe in die Wohnung zu bringen. Weiße Wände waren mir einfach zu langweilig. Aber ansonsten war alles tipptopp.

»Und, was sagst du?« Felix' Freund Frank sah mich fragend an.

»Wann kann ich einziehen?«, fragte ich zurück.

Er lachte. »Dann nehm ich an, sie gefällt dir.«

»Sie ist toll. Warum gibst du so ne schöne Wohnung auf?«

»Meine Freundin und ich wollen zusammenziehen, und Ravensburg liegt für uns beide am günstigsten.«

»Geht mich ja auch eigentlich gar nichts an.«

»Du, kein Problem. Also, brauchst du noch Bedenkzeit, oder …?«

Ich winkte ab. »Meinetwegen unterschreib ich den Mietvertrag sofort.«

»Gut, dann sprech ich mit meinem Vermieter, und wenn der keine Einwände hat, meld ich mich bei dir.«

Drei Tage später saß ich mit Felix und Georg zusammen, um anzustoßen. Die beiden mit Schussenrieder (was sonst?), ich mit Weißweinschorle. Wir hatten einiges zu feiern. Die Kundin mit dem japanischen Garten war ganz begeistert von unserer Umsetzung gewesen. Aber viel wichtiger war, dass ich den Mietvertrag unterschrieben hatte und in der zweiten Septemberwoche einziehen konnte. Und noch besser: Ich hatte ein Auto gefunden. Georg hatte es sich mit mir zusammen angesehen und versprochen, noch ein bisschen daran herumzubasteln. Das Auto war halt nicht mehr das Neueste, aber Georg meinte, für den Anfang würde es erst mal reichen. Und wenn er das sagte, dann glaubte ich ihm das.

In Herbertingen war Angerfest, was ziemlich praktisch war, weil Felix und ich nachher nach Hause laufen konnten. Das Angerfest war für so ein kleines Dorf eigentlich ganz nett.

Wie auf einem Mini-Rummel gab es ein paar Attraktionen und haufenweise Stände mit Getränken, Würstchen oder Zuckerwatte (von der hatte ich nach dem Bächtlefest zwar immer noch genug, aber egal). Außerdem würde es am nächsten Tag einen Kunsthandwerkermarkt und eine Oldtimershow geben, wohin ich mit Trude und Helga gehen wollte.

»Also, dann prost«, meinte Felix und hob sein Bierglas. Georg und ich griffen ebenfalls nach unseren Gläsern und stießen mit ihm an.

»Mer kenntat eigentlich Bruaderschaft drenka«, überlegte Georg und sah mich strahlend an.

»Aber wir sind doch längst per du.«

»Macht doch nix, dopplat helt besser.«

»Der ist bloß scharf aufs Küsschen«, erklärte mir Felix überflüssigerweise.

Ich trank trotzdem mit ihm Bruderschaft, und mit Felix gleich auch noch. An diesem Abend fühlte ich mich rundum wohl. Ich hatte es geschafft, mir fernab von allem Vertrauten etwas Neues aufzubauen: Wohnung, Auto, Job. Felix und seine Familie hatten mir zwar sehr geholfen, aber das eine oder andere hatte ich auch alleine geschafft. Und ich hatte neue Freunde, denn das waren Felix und Georg mittlerweile für mich. In den letzten zwei Wochen hatten wir so intensiv zusammengearbeitet, dass sie mir wirklich ans Herz gewachsen waren. Die zwei würde ich definitiv vermissen, sollte ich hier jemals wieder wegziehen.

Ich erschrak selbst ein bisschen über meine Gedanken. »Sollte ich hier jemals wieder wegziehen.« Denn ich fühlte mich wohl in Oberschwaben, und zumindest im Moment gab es keinen Ort, an dem ich lieber gewesen wäre.

»Und du bleibst jetzt also wirklich erst mal hier«, meinte Felix, als ob er meine Gedanken erraten hätte. Es war eine Feststellung, keine Frage.

Ich nippte an meiner Weißweinschorle. »Sieht so aus. Hast du etwa daran gezweifelt?«

Er hob die Schultern. »Du hast zwar schon die ganze Zeit gesagt, dass du bleibst, aber bisher hat dich ja nicht wirklich was hier gehalten.«

»Ach, und jetzt schon?« Ich sah ihn herausfordernd an.

»I frai mi auf jeda Fall, hübsche Fraua kennat mer dohanna emmer braucha.«

»Da stimm ich dem kloina Schorsch zu.«

»Danke«, erwiderte ich etwas verlegen. Im Laufe des Abends legte ich die Schüchternheit jedoch weitestgehend ab. Es floss einiges an Bier und Wein, und mit jedem Glas wurden wir drei ausgelassener.

Irgendwann waren wir dazu übergegangen, uns noch besser kennenzulernen. Ich wusste jetzt beispielsweise, dass keiner der beiden privat einen grünen Daumen hatte, was ich angesichts ihres Berufs echt lustig fand. Mit Pflanzen im Garten konnten sie umgehen, aber Topfpflanzen auf der Fensterbank überforderten sie, solange sie mehr Pflege als einmal in der Woche Wasser brauchten. Felix las gerne Klassiker und Krimis, während Georg mehr auf Psychothriller stand. Hitchcock-Filme mochten wir alle, und wir vereinbarten, uns mal zum DVD-Abend bei einem von uns zu treffen.

Jetzt waren wir gerade dabei, über die Lieblingsserien und -filme zu reden, die wir als Kinder besonders gerngehabt hatten.

»Also ich fand ›Pumuckl‹ einfach toll«, gab Felix gerade zu.

»Au ja, Pumuckl«, rief ich begeistert. »Wenn ich ehrlich bin, mochte ich die ›Biene Maja‹ und vor allem Willi aber noch viel lieber.«

»Desch jo it zom glauba, Biene Maja. Desch au mei absolute Lieblingsserie gsei. Mir hond so viel gmeinsam, mir sottat heirata. Moinsch it au, Jädde?«

»Klar«, meinte ich im Spaß, und Georg strahlte mich an.

Ich musste sagen, in leicht angesäuseltem Zustand verstand man das Schwäbische sogar besser. Auch wenn ich mittlerweile insgesamt ganz gut im Verstehen geworden war. Zumindest bei den Leuten, die ich halbwegs gut kannte.

»Ich an deiner Stelle wär vorsichtig, was ich dem Schorsch verspreche. Der ist im Stande und nimmt dich beim Wort«, meinte Felix, als Georg kurz darauf Richtung Klo verschwand. Dann sah er sich ungeduldig um. »Wo bleibt der eigentlich? Ich müsste auch mal dringend pinkeln.«

»Der Schorsch erinnert sich wahrscheinlich morgen sowieso nicht mehr daran. Genau wie ich.« Ich kicherte. »Und außerdem, warum bist du denn nicht gleich mit ihm gegangen?«

»Aufs Klo mit 'm Schorsch? Kommt überhaupt nicht in die Tüte. Wir Männer halten das etwas anders wie ihr Frauen.«

»Ah ja. Und warum dat Ganze? Wenn man mal für kleine Königstiger muss, dann muss man eben.« Da war es wieder, mein unfreiwilliges Abtasten nach Felix' unumstößlicher Männlichkeit.

Der sah mich zu meiner großen Erleichterung an, als ob ich sie nicht mehr alle hätte. »Für kleine Königstiger, jetzt geht's los. Richtige Männer gehen weder zusammen aufs Klo noch müssen sie für kleine Königstiger. Lass dir das gesagt sein.«

Jetzt wollt ich's wissen. »Und wie heißt dat dann deiner Meinung nach bei richtigen Männern, wenn die ma müssen?«

Felix nahm einen großen Schluck Bier und sah mich herausfordernd an, während er begann, aufzuzählen: »Pinkeln, Pissen, nen Strahl in die Ecke stellen …«

»Ja, ja, ich hab's verstanden.«

Felix grinste. »Ist dir das jetzt wieder zu männlich, oder was?«

»So, do ben i wieder.« Georg ließ sich neben Felix auf die Bank plumpsen und ersparte mir somit eine Antwort. Felix sprang nämlich sofort auf und verschwand selbst. »Was han i verpasst?«

»Nichts Wichtiges, glaub mir.«

»Dann zu eis.« Er beugte sich noch ein Stückchen über den Tisch und versuchte, nach meiner Hand zu greifen. Ich war zum Glück gerade dabei, mein Weinglas hochzuheben. Sonst hätte ich nämlich nicht gewusst, was ich hätte machen sollen. »Was saisch, moinsch it au, dass mir boide super zsammabassat?«

»Sicher, Georg.«

»Du sollasch doch Schorsch zua mer saga. Des klingt glei viel persönlicher.«

»Recht hast du. Und ich bin die Jette, ne? Nicht Jädde oder so wat. Dat macht mich auf der Skala nämlich gleich ein paar Punkte weniger sexy, findest du nicht?«

»Iwo«, meinte Georg und winkte ab, wobei er fast sein noch halbvolles Bierglas umwarf. Er begann zu lachen, und ich musste mitlachen, obwohl ich das gar nicht so lustig fand.

»Und unter uns, Schorsch.« Nun beugte ich mich etwas weiter über den Tisch. »Der Clooney-Schorsch wirkt auch gleich viel sexier, wenn man ihn bei seinem richtigen Namen nennt.«

»Echt etz?« Er überlegte einen Moment. »Ma daff des Ganze gar it so eng seha. Ob etz Schorsch oder Tschohrtsch.« Er stolperte über seine eigene Zunge, als er versuchte, den Namen englisch auszusprechen, und wir brachen beide in schallendes Gelächter aus.

In diesem Moment kam Felix zurück, der von uns dreien noch am nüchternsten zu sein schien. »Oh Mann, ich glaub, wir packen's dann mal, oder?«

»Aber 's isch doch grad so luschdig«, beschwerte sich Georg prompt, und auch ich hatte noch keine große Lust, nach Hause zu gehen. Ich wusste nicht, wann ich das letzte Mal so viel Spaß gehabt hatte.

»Genau, Felix, jetzt sei mal kein Spielverderber.«

Felix setzte sich und gab der Bedienung ein Zeichen. »Dann brauch ich aber dringend noch was zum Saufen. Ihr zwei seid mir weit voraus.«

Keine Ahnung, warum, aber Georg und ich kippten schon wieder fast von den Bänken vor Lachen.

Schorsch ließ sich von einem Bekannten nach Hause bringen. Der hatte es gut, wurde direkt bis vor die Haustür gefahren. Wir zwei hingegen mussten laufen. Ich stützte mich auf Felix, und gemeinsam stolperten wir nach Hause.

»Du, dat is gar nich so nah, wie ich dachte.«

»Häh?«

»Wie häh? Was gibt'sn daran nich zu verstehn? Dein Haus is viel weiter weg vom Angerfest, wie ich gedacht hab. Für so'n kleines Kuhkaff.«

»Jo, Herbertinga isch jo au viel grehßer, als wia du emmer denksch.«

Ich kicherte. »Du sprichs schwäbisch.«

»Ond du schwätzsch ruhrdeitsch. Isch aber irgendwia siaß.«

»Findste?« Ich kicherte, als es zu nieseln begann. »Et regnet«, stellte ich fest und fing an, »Singin' in the rain« zu trällern. Felix stimmte gleich mit ein. Er hatte ein paar Schussenrieder mehr gebraucht, aber schließlich hatte er Georg und mich doch noch eingeholt.

»Wie weit is et denn noch?« Ich quengelte absichtlich wie ein kleines Kind, nachdem ich nicht mehr wusste, wie der Musical-Klassiker weiterging.

»Nemme weit, kloine Jädde.«

»Du solls doch nich Jädde zu mir sagn. Wie sich dat auch anhört. Ich hab schon zum Schorsch gsagt: Du, Schorsch, hab ich gsagt, dat klingt viel unsexier, als wie ich bin. Nee, wart mal, dat versteht man jetzt nich. Jette klingt viel sexier als Jädde. So mein ich.«

»Kah doch gar it sei. Du bisch emmer sexy, egal wia ma etz au zua dr sait.«

»Och, dat hattdu aber lieb gsagt, Felix. Und weißte wat?« Ich flüsterte nur noch, dann kicherte ich. »Ich find dich auch ziemlich sexy.«

»It dr Schorsch? Dea isch nämlich voll scharf auf di. Leidr.«

»Ah ja, der Schorsch is schon auch ganz süß. Aber du auch, muss man schon sagen.«

»Des frait mi aber, Jädde. Oh, Pardon. Jette, moin i jo.«

Mittlerweile hatten wir Helgas und Sepps Haus erreicht. Während Felix seinen Schlüssel hervorkramte und dann eine Weile am Türschloss herumfummelte, meinte ich: »Ach, weißte wat, du darfs auch gern Jädde zu mir sagn. Weil du et bis.«

Ich kicherte wieder, und auch Felix lachte. Dann legte er den Zeigefinger auf die Lippen und führte mich ins Wohnzimmer. Leise schloss er die Tür hinter uns.

»Zu mir saisch oifach Felix.«

»Sag ich doch eh schon, du Depp.«

»Hosch au wieder reacht. Egal. Etz müssat mer eis aber no so a Kissle gea, wie d' Franzosa des machat.«

Er umfasste meine Taille und schmatzte mir links und rechts jeweils ein Küsschen hin, wobei er allerdings mehr meine Mundwinkel als meine Wangen traf.

Es fühlte sich aber gut an, und ich wünschte mir noch mehr davon. Felix schien es ähnlich zu ergehen, denn wir sahen uns einen Moment an. Dann drückte er mich gegen die Tür und küsste mich stürmisch. Ich vergrub meine Hände in seinen wuscheligen Haaren – es fühlte sich genauso gut an, wie ich immer gedacht hatte – und erwiderte den Kuss mindestens genauso stürmisch. Ich schien nahezu ausgehungert zu sein und konnte gar nicht genug bekommen. Wir waren zwar beide nicht mehr ganz auf der Höhe, aber dass es der bisher schönste und leidenschaftlichste Kuss meines Lebens war, so viel wusste ich dann schon noch.

»Holla, die Waldfee«, murmelte ich, als wir uns viel zu schnell voneinander lösten. Über uns hatte irgendwas gepoltert, und das war wahrscheinlich der einzige Grund für die Unterbrechung. Zumindest hoffte ich das.

Aber auch Felix sah selig aus. »So kah ma's au saga. Aber etz amol bled gfrogat, wer isch'n eigentlich Holla d' Waldfee?«

Wir kicherten beide.

Am liebsten wäre ich gleich wieder über ihn hergefallen, aber da kam gerade jemand die Treppe herunter, das hörte ich ganz genau. Und im nächsten Moment ging auch schon die Tür vorsichtig auf und Trude lugte durch den Spalt. Sie trug ein altrosafarbenes Nachthemd mit Streublümchen-Muster, und ihre grauen Haare standen in sämtliche Richtungen ab. Sie sah unglaublich putzig aus.

»Ach, ihr send's bloß. I han scho denkt, mer hettat Eibrecher em Haus.«

Felix sah Trude vorwurfsvoll an. »Mensch, Oma, noch schleichsch aber it dohanna omanand, sondern ruafsch dr Vattr oder d' Bolizei.«

»Da hat der Felix vollkommen recht«, bestätigte ich und nickte stark, um meinen Worten mehr Nachdruck zu verleihen. »Wat da nich alles passieren kann. Aber andres Thema: Hab ich mich eigentlich schon bei dir bedankt, Trude, weil du mich hier aufgenommen has, mein ich?« Und dann fiel ich ihr spontan um den Hals.

»Isch scho reacht, Mädle.« Sie klopfte mir auf den Rücken. »Ond etz gond er besser ens Bett.«

»I han jo koi Bett meh dohanna«, meinte Felix.

»Stimmt ja. Tut mir leid, Felix. Wat machen wir denn da?« Ich wusste schon, was ich gern gemacht hätte, aber das traute ich mich nicht mal in angeheitertem Zustand vor Trude zu sagen.

»Älles koi Hexawerk«, sagte Trude und schob mich Richtung Tür. »Du gohsch en dei Bett, ond dr Felix schloft aufm Sofa. Odr, Felix?«

»Jo, des wird wohl 's Beschte sei.«

»Ja dann, gute Nacht, Felix. Träum wat Schönes.«

»Du au, Jädde.«

Ich war mir nicht sicher, aber ich glaubte, er sah mir auch ein wenig wehmütig hinterher.

Als ich am nächsten Morgen irgendwann um die Mittagszeit herum aufwachte, brummte mein ganzer Schädel. An den gestrigen Abend hatte ich nur noch vage Erinnerungen.

Bruchstücke flimmerten vor meinem geistigen Auge vorbei. Lustig war's gewesen, das wusste ich auf jeden Fall noch. Hauptsache, ich hatte mich nicht blamiert. In dem Fall konnte ich nur hoffen, dass sich Felix und Georg auch nicht mehr daran erinnern würden.

Apropos Angerfest, ich hatte doch mit Helga und Trude zu dieser Oldtimershow gehen wollen, und Mayo würde sicher auch mal dringend raus müssen. Ich sprang auf und setzte mich erst mal wieder hin, weil weder mein Magen noch mein Kopf das schnelle Tempo mitmachten. Dann versuchte ich es noch mal ein bisschen langsamer.

Mayo war nicht da. Vielleicht hatte sich jemand erbarmt und war mit ihm schon mal eine Runde gelaufen. Ich gab den Meerschweinchen was zu fressen, schnappte mir meine Klamotten und ging über den Flur ins Badezimmer. Nach einer kurzen Katzenwäsche lief ich hinunter in die Küche. Dort saß Mayo vor seinem Napf und Felix und seine Familie beim Mittagessen. Was machte Felix eigentlich hier? Ich konnte mich gar nicht wirklich daran erinnern, dass er hier hatte schlafen wollen. In jedem Fall sah er im Vergleich zu mir ziemlich fit aus.

»Guten Morgen«, murmelte ich etwas verlegen. Oder hätte ich besser guten Mittag gesagt?

Die anderen grüßten mich ebenfalls und rutschten ein bisschen zusammen, damit ich mich dazusetzen konnte.

»Magst auch was essen, Jette?«, fragte Helga und wollte schon aufstehen.

»Nein, nein, ich nehm erst mal nur ne Kopfschmerztablette.«

»Du kannst auch gerne eine Scheibe Brot oder so was haben.«

»Danke, Helga, erst mal nicht.«

»Viel drenka muasch nach so ra Nacht«, meinte Trude.

Ich nickte, und Felix schob mir die Wasserflasche hin.

»Dir geht's gut, was?«, fragte ich ihn ein bisschen neidisch.

Er grinste. »Jepp. Und das, obwohl du und der Schorsch mich nahezu genötigt habt mitzutrinken.«

»Haben wir das? Weißt du, ich kann mich nicht mehr so genau an alles erinnern.« Irgendwie war mir das peinlich. Die Familie musste mich mittlerweile für eine Schnapsdrossel halten.

»Nicht?« Felix warf mir einen komischen Blick zu.

Oh Mann, hatte ich mich etwa doch blamiert? Das wollte ich ihn aber nicht vor versammelter Mannschaft fragen. Ich zuckte die Schultern und lächelte entschuldigend. »Das ist eigentlich so gar nicht meine Art. Ich war bis gestern in meinem ganzen Leben noch nie richtig betrunken gewesen. Das war quasi Premiere.«

Das eine Mal, nachdem wir aus Meersburg zurückgekommen waren, zählte nicht, denn da war ich ja nur leicht angeheitert gewesen. Ach, stimmt ja, da hatte es dieses eine Mal gegeben, als Maja sich frisch von ihrem Freund getrennt und den Sahnelikör rausgeholt hatte. Aber das behielt ich jetzt lieber mal für mich.

Ich warf einen Blick auf die Uhr, kurz nach eins. »Wie dem auch sei, wann ist noch mal diese Oldtimershow?«

»Om zwoi«, antwortete Trude. »Witt emmer no mitkomma odr bleibsch liaber dohanna?«

»Nein, nein, ich komm schon mit.« Theoretisch hätte ich nichts lieber getan, als zu Hause zu bleiben, aber ich wollte Trude nicht enttäuschen. Sie hatte sich schon die ganze Woche über so darauf gefreut, und ich hatte doch auch die ganze Familie für ihre Gastfreundschaft einladen wollen. Für mich würde es aber definitiv nichts mit Alkohol geben, das war so sicher wie das Amen in der Kirche.

Ich mochte Felix, das wurde mir langsam klar. Und vielleicht war da sogar ein kleines bisschen mehr als bloß mögen. Er war witzig und charmant, gutaussehend und hilfsbereit. Er hatte schon so viel für mich getan, dass ich gar nicht wusste, wie ich ihm je dafür danken sollte.

Aber das war natürlich nicht der einzige Grund, warum ich ihn mochte. Wir lagen einfach auf einer Wellenlänge und verstanden uns super. Ich verbrachte meine Zeit unglaublich gerne mit ihm und war schon jetzt traurig, wenn ich nur daran dachte, dass wir irgendwann mal weniger Zeit füreinander hätten. Und dieser Tag würde kommen, daran bestand überhaupt kein Zweifel. Wer wusste schon, ob wir uns nicht vielleicht sogar ganz aus den Augen verlieren würden? Nein, das wollte ich nicht zulassen. Er mochte mich doch sicher auch ein kleines bisschen und tat das alles nicht nur Trude zuliebe für mich. Für eine Freundschaft würde es sicher reichen, und vielleicht war es ja sogar besser, wenn da nie mehr sein würde.

Meine letzte Trennung war schließlich erst gute zwei Monate her. Und selbst wenn Tom wahrscheinlich schwul war, waren wir doch lange Zeit zusammen gewesen und wären es garantiert noch, hätte ich ihn nicht zufällig mit Viktor erwischt. Konnte man drei Jahre wirklich vergessen und einfach so weitermachen? Oder anders gefragt: Sollte man drei Jahre vergessen und einfach so weitermachen? Wäre das nicht Verrat an der alten Beziehung?

Trotz allem fragte ich mich in letzter Zeit immer öfter in Felix' Gegenwart, wie er wohl so küsste. Oder konkreter: wie es wohl sein würde, mit ihm wie ein Teenager wild herumzuknutschen. Auch Rosalies Worte ließen mich einfach nicht los: »Such dir einen anderen und verbring mit ihm ein paar heiße Stunden.« Und ganz ehrlich, gegen ein paar heiße Stunden mit Felix hätte ich sicher nichts einzuwenden gehabt, ganz im Gegenteil. Aber all diese Gedanken und Gefühle verwirrten mich.

Felix war mir viel zu wichtig geworden, um ihn als Betthäschen zu missbrauchen. Okay, Betthäschen war vielleicht nicht das richtige Wort. Ich konnte mir gut vorstellen, dass Hengst oder so was besser passte, aber das war nicht der Punkt. Die Frage war, ob ich mehr wollte. Wollte ich eine richtige, feste Beziehung mit ihm, mal ganz abgesehen davon, dass es dafür eigentlich noch zu früh war? Ich konnte es beim besten Willen nicht sagen. Vielleicht spielten meine Hormone verrückt. Vielleicht wollte ich mir nach der Pleite mit Tom auch einfach nur beweisen, dass ich eine richtige Frau war, die die Männer um den Verstand bringen konnte. Vielleicht mochte ich Felix aber auch wirklich.

Was auch immer der Grund war, warum ich mich zu Felix hingezogen fühlte, ich wollte es nicht um jeden Preis herausfinden. Ich wollte einfach nichts falsch machen, und das war gar nicht so leicht.

Kapitel 8

»Ich muss sagen, an der Wand macht sich die Farbe gar nicht so schlecht. Hätt ich nicht gedacht.« Felix trat einen Schritt zurück, um sein Werk zu betrachten.

Wir waren gerade dabei, meine neue Wohnung zu streichen, und Felix trug genau wie Georg und ich ein Hütchen aus Zeitungspapier auf dem Kopf und alte, abgetragene Klamotten. In seinem Gesicht waren Spritzer des knalligen Pinks, das eine meiner Schlafzimmerwände zierte. Trotzdem sah er nach wie vor unglaublich gut aus.

»A wengale Farb isch no ibrig«, meinte Georg. »Vielleicht sotta mer dei Bude au no streicha. Nehtig wär's.«

»Da hast du leider recht, aber dieses Pink kommt mir trotzdem an keine meiner Wände. Zumindest nicht ohne die passende Frau dazu.«

Überrascht sah ich ihn an. »Heißt das, für deine Freundin würdest du deine Wohnung echt pink streichen?«

»Nicht die ganze Wohnung, Gott bewahre, aber so ne kleine Ecke … Das Ganze wäre natürlich Verhandlungssache.« Felix tauchte seinen Pinsel wieder in die Farbe und strich weiter.

»Natürlich. Und was würdest du als Gegenleistung verlangen?«

Er grinste. »Ach, keine Ahnung. Da würde mir schon was einfallen.«

»Da bin ich sicher. Und was verlangst du als Gegenleistung, wenn ich dich darum bitten würde, mir beim Möbelkaufen zu helfen?«

»Möbel kaufen? Lass mal überlegen. Sagen wir ne Pizza, weil du es bist.«

»I dät dr au halfa, sogar ohne Pizza«, bot Georg an und wischte sich mit dem Handrücken ein paar Haarsträhnen aus dem verschwitzten Gesicht. »Aber sag amol, hosch eigentlich koine Mebel meh en Essa?«

»Doch, schon, aber das ist mir viel zu umständlich, die herzuholen. Ich hab meinen Ex darum gebeten, mir meine Bücher und das ganze persönliche Zeug hinterherzuschicken. An den Möbeln häng ich nicht besonders, ich fang lieber noch mal ganz von vorne an.« Natürlich hing das Ganze auch damit zusammen, dass ich nicht ständig an Tom erinnert werden wollte. Und ich hatte auch absolut keine Lust, mich mit ihm auseinandersetzen zu müssen, wer jetzt was bekommen würde. Ich wollte die Geschichte einfach so schnell wie möglich abschließen.

»Und wo willst du deine Möbel kaufen?«

»Am einfachsten bei Ikea, da hab ich schon einen Teil im Internet bestellt, aber manches kann man nur direkt bei denen kaufen.«

»Klar, warum nicht? Der nächste ist in Ulm, aber das ist ja nicht so weit.« Er überlegte einen Moment. »Dann am Samstag, oder? Vorher wird's mit unseren Aufträgen schlecht gehen.«

»Meinetwegen gern.«

»Do kah i leider it.« Auch Georg überlegte nun. »Aber andersch goht's au it, dia Woch isch voll mit dene Gähta.«

»Wir packen's auch ohne deine Hilfe, nicht wahr, Jette?«

»Klar. Trotzdem schade, wär bestimmt lustig geworden. Aber nach hinten verschieben geht leider auch nicht. Ich fang doch am Montag darauf schon in der Boutique an, und für die Wochenzeitung trudeln jetzt auch die ersten Aufträge ein. Den Umzug würd ich gern vorher noch über die Bühne bringen.« Ich legte meinen Pinsel beiseite und betrachtete kurz das frisch gestrichene Schlafzimmer. Eine Wand leuchtete in knalligem Pink, der Rest war weiß. Sah gut aus, fand ich. Nun wandte ich mich Felix zu: »Und ich will deiner Familie wie gesagt auch nicht länger als nötig auf den Geist gehen.«

Auch Felix legte seinen Pinsel weg und nahm das Papierhütchen von seinem Kopf. Seine Haare sahen nun noch struppiger aus als sonst. »Davon kann nach wie vor keine Rede sein, die sind schon ganz traurig, dass du wieder ausziehst.«

»Ist aber auch viel praktischer so. Dann ist der Weg zur Boutique nicht so weit, und es lohnt sich mehr für mich, weil ich da ja nur stundenweise aushelfe. Zwar hab ich jetzt dank Georgs Hilfe ein Auto, aber so geht's schneller und billiger.« Ich nahm einen großen Schluck aus meiner Wasserflasche und zog dann ebenfalls das Hütchen von meinem Kopf. »So, wollen wir dann erst mal ne Pause machen? Ich hab nen Riesenkohldampf und würd ne Pizza spendieren. Als Vorschuss sozusagen.«

»Klar doch, oder was meinst du, Schorsch?«

»Emmer.«

Schon seit über zwei Stunden waren wir im Ikea in Ulm unterwegs. Normalerweise machte mir so was echt Spaß, aber allmählich verlor ich die Lust, und Felix schien es ähnlich zu gehen. Ich hatte ganz vergessen, dass man an einem Samstag lieber nicht zu Ikea gehen sollte. Das schien hier nicht anders zu sein als im Ruhrgebiet, und dabei waren wir schon wirklich früh aufgebrochen. Die Leute trampelten sich gegenseitig auf den Füßen herum und benahmen sich, als gäbe es was umsonst.

Glücklicherweise hatte ich mich schon vorher noch mal im Internet schlaugemacht und eine Liste mit den Dingen dabei, die ich noch brauchte. Denn zum Bummeln und Herumstöbern war das wirklich nicht die richtige Atmosphäre. Die bestellten Möbel waren zum Glück bereits geliefert worden und warteten darauf, aufgebaut zu werden. Dass man nicht alles per Klick bestellen konnte, hatte wahrscheinlich System. Die hofften sicher darauf, dass man vor Ort noch einige Spontankäufe tätigte, und die Rechnung ging auch auf. Zumindest bei mir. In dem Wagen, den Felix netterweise schob, war schon einiges, was nicht auf meiner Liste gestanden hatte, wie zum Beispiel Teelichter und so was.

Mittlerweile waren wir endlich bei den Pflanzen angekommen, der letzten Abteilung, und ich wollte schon anfangen, welche auszusuchen, als Felix mich schräg von der Seite ansah und meinte: »Ähm, was machst du da?«

»Nach was sieht's denn aus? Pflanzen für mein neues Zuhause aussuchen.«

Ein Ikea-Mitarbeiter wuselte gerade um uns herum, deshalb zog Felix mich zu sich und flüsterte mir ins Ohr: »Aber doch nicht bei Ikea. Hast du denn gar nichts von mir gelernt? Die besorgen wir später im Baumarkt oder im Fachhandel.«

Ich bekam trotz der Hitze in dem Laden eine Gänsehaut. Felix' Mund an meinem Ohr fühlte sich wirklich gut an. Ich räusperte mich und nickte dann. »Du hast recht, tut mir leid. Ich wollte dich nicht vor den Kopf stoßen.«

»Keine Sorge, alles in Ordnung.« Er warf einen Blick auf den Inhalt im Einkaufswagen und sah dann mich an. »Und, haben wir alles oder fehlt noch was?«

Ich zog die Einkaufsliste aus meiner Hosentasche und ging sie schnell noch einmal Punkt für Punkt durch. »Nein, ist alles da. Dann können wir.«

Felix sah erleichtert aus, als er den vollen Wagen Richtung Kassen schob, an denen sich lange Schlangen gebildet hatten.

»Tut mir leid, wenn dich das Ganze gestresst hat. Ich wär ja allein hergefahren, aber in mein kleines Auto hätte ich sicher nicht alles reingekriegt.«

»Natürlich nicht, und jetzt hör schon auf, dich dauernd zu entschuldigen. Das passt schon.« Er sah auf seine Uhr. »Außerdem liegen wir super in der Zeit. Wenn wir zu Hause ankommen, können wir erst mal schnell was essen und uns dann an die Möbel machen. Oder zumindest einen Teil davon, alles werden wir heute sicher nicht mehr schaffen. Es sei denn, wir legen ne Nachtschicht ein. Aber morgen kannst du sicher die erste Nacht in deinem neuen Bett verbringen, wenn wir da auch noch mal was machen.«

Bei den Wörtern *Nachtschicht* und *Bett* bekam ich wieder eine Gänsehaut. Was war eigentlich los mit mir? »Das kommt gar nicht in Frage, Felix. Du hast echt schon genug für mich getan. Ich will nicht, dass du auch noch dein ganzes Wochenende für mich opferst.«

»Wie oft muss ich's dir noch sagen, Jette? Es ist alles in Ordnung, ich mach das gern. Dafür sind Freunde doch da.«

Freunde. Das Wort hallte in meinem Kopf nach. War das jetzt gut oder schlecht? Er sah mich als Freundin an, das war doch super. Freunde konnte man immer gebrauchen, vor allem, wenn man irgendwo neu war. Aber wenn ich nun doch mehr wollte und er nicht? »Mensch, Jette«, schalt ich mich selbst, »hör auf mit dem Quatsch.«

»Außerdem«, meinte Felix nun und grinste mich an, »was willst du denn ohne mich machen? Alles alleine aufbauen?«

»Na ja, so'n Billy-Regal …« Ich seufzte. »Ja, du hast ja recht. Ohne dich würde ich das sicher nicht hinkriegen, also danke. Wie wär's, wenn ich dich dafür mal bei Gelegenheit zu einem Ausflug nach Ulm einlade – so mit allem Drum und Dran? Ich war zum Beispiel noch nie auf dem berühmten Münster. Und bestimmt kann man da in der Nähe auch was Leckeres essen. Was meinst du?«

»Ja, warum nicht? Ich war schon ewig nicht mehr ohne geschäftlichen Auftrag hier in der Gegend.«

Es dauerte etwa eine gute Viertelstunde, bis wir endlich bezahlt und alles auf den Transporter geladen hatten, und dann noch mal eine Stunde, bis wir wieder in Bad Saulgau waren. Wir ließen die Sachen erst mal auf der Ladefläche. Felix meinte, beim Möbelaufbauen wären sie ohnehin dauernd im Weg.

Es war ein gutes Gefühl, die Wohnung aufzuschließen. Meine erste eigene Wohnung. Nachdem ich von zu Hause ausgezogen war, hatte ich in WGs gewohnt und war danach gleich mit meinem Freund zusammengezogen. Ex-Freund.

Der penetrante Geruch frischer Farbe schlug uns entgegen, aber das war es wert. Die Zimmer sahen wirklich toll aus. Da sowieso alles hatte gestrichen werden müssen, hatte ich mich überall für Farbe entschieden. Der Flur leuchtete in einem angenehmen Pastellgelb, das Bad in einem kräftigen Türkis und die Küche in Flieder. Das Arbeits- oder Gästezimmer hatte dieselbe Terrakotta-Farbe wie Felix' altes Zimmer, und im Wohnzimmer hatten wir genau wie im Schlafzimmer nur eine Wand farbig gestrichen, und zwar in kirschrot. Bei Ikea hatte ich ein rotes Sofa bestellt, und ich war sicher, dass es einfach fantastisch aussehen würde, wenn erst mal alles fertig war.

Ich riss ein paar Fenster auf, dann verschafften wir uns einen kurzen Überblick. Noch hallten unsere Schritte und Worte in der leeren Wohnung, denn mehr als die Einbauküche gab es hier noch nicht. Aber das würde sich bald ändern.

»Wohn- und Schlafzimmer sind mal am wichtigsten, das dritte Zimmer kann ich auch noch nach und nach machen, wenn ich hier wohne.«

Felix nickte. »So seh ich das auch. Also, dann besorg du uns doch mal was zu essen, und ich fang mit dem Aufbauen an.«

»Okay. Worauf hast du denn Lust? Pizza, Nudeln, Döner …?«

»Ganz gleich, ich ess fast alles. Warte, ich komm grad mit runter, um den Werkzeugkasten aus dem Auto zu holen.«

Ich machte mich auf den Weg und war in nicht einmal zehn Minuten mitten in der Innenstadt. Die Lage der Wohnung war echt toll. Vieles würde ich trotz Auto zu Fuß machen können, sogar Felix besuchen. Das fand ich besonders praktisch, so würden wir uns vielleicht doch ab und zu mal sehen.

Mein letzter Tag gestern mit Felix und Georg war echt hart gewesen. Noch ging es zwar, da ich ja auch dieses Wochenende viel Zeit mit Felix verbrachte, aber früher oder später würde es mir fehlen, ihn und Georg nicht mehr jeden Tag zu sehen. Mir hatte die Arbeit mit den beiden sehr viel Spaß gemacht. Ehrlich gesagt war es mir nicht mal wirklich wie Arbeit vorgekommen. Wenn das nicht optimal war! Im Brautmodengeschäft in Essen war es mir ähnlich ergangen. Es war einfach schön gewesen, den zukünftigen Ehefrauen zu helfen, das perfekte Kleid zu finden. Ich konnte nur hoffen, dass ich mich in der Boutique ähnlich wohlfühlen würde. Und beim »Blättle«, aber da machte ich mir weniger Sorgen. Immerhin würde es auf die Weise so schnell keine Routine geben.

Zum Mittagessen besorgte ich mal wieder Pizza für Felix und mich. Als mir der Geruch vor der Pizzeria entgegenströmte, konnte ich einfach nicht widerstehen. Aber ich war mir sicher, dass Felix nichts gegen meine Auswahl haben würde. Er liebte Pizza genauso sehr wie ich. Andererseits, wer nicht?

»Wow, das sieht ja irre aus!«, rief ich begeistert, als ich das Wohnzimmer mit den Pizzaschachteln in der Hand betrat.

»Gell?« Felix grinste übers ganze Gesicht. Während ich weg gewesen war, hatte er bereits das rote Sofa aufgebaut, das wirklich super zur Wandfarbe passte. Bisher stand es noch mitten im Raum, aber eigentlich passte es da ganz gut hin.

»War ich eigentlich so lang weg oder warst du so schnell?«

»Ach, das hat nicht lang gedauert, das Ding aufzubauen. Die Farbe ist echt cool, muss ich zugeben.« Er schnüffelte übertrieben in der Luft. »Hhm, riech ich da etwa Pizza?«

Ich nickte und reichte ihm eine der beiden Schachteln. Dann ließ ich mich neben ihm auf das neue Sofa fallen. »Und bequem ist es auch noch, was will man mehr.« Ich streifte meine Schuhe ab und zog die Füße aufs Sofa. Dann öffnete ich die Pizzaschachtel, nahm ein Stück und biss gierig hinein. Seit dem Frühstück waren bereits einige Stunden vergangen.

Auch Felix biss herzhaft in seine Pizza. Eine Weile aßen wir schweigend und sahen durch die geöffnete Balkontür, durch die eine leichte Brise hereinwehte, nach draußen. Noch waren die Temperaturen sehr angenehm, aber der Herbst lag bereits in der Luft. Einzelne Blätter verfärbten sich, die Sonne verlor jeden Tag ein bisschen an Kraft, und abends wurde es mittlerweile schnell kühl.

»Schade, der Sommer ist immer so schnell vorbei«, sagte ich schließlich, als der gröbste Hunger gestillt war.

»Schneller, als du denkst. Wenn's blöd läuft, liegt in ein paar Wochen bereits der erste Schnee.«

»Schnee? Im Oktober? Sind wir hier am Nordpol oder was?«

Felix gab keine Antwort und sah mich nur entschuldigend an.

»Habt ihr in Oberschwaben keine Klimaerwärmung? Na ja, ist ja auch alles noch ziemlich neu, ne? Kommt hier bestimmt auch noch.« Unverschämt grinste ich ihn an.

»Ha ha, sehr witzig. Wir wissen hier im Süden wenigstens noch, was richtige Sommer und Winter sind. Bei uns gibt's nicht so nen Einheitsmischmasch wie bei euch da oben.«

Ich grummelte, während ich die fast leere Pizzaschachtel auf den Boden legte und in die Küche ging, um zwei kleine Colaflaschen zu holen. Nachdem ich Felix eine davon gereicht hatte, nahmen wir beide einen großen Schluck.

Dann sprang Felix auf und rieb sich die Hände. »Also, dann wollen wir mal weitermachen, was?«

»Ich fürchte, das sollten wir wohl. Auch wenn ich gerade ziemlich müde werde.«

»Tja, tut mir leid. Dein Bett steht noch nicht. Sollen wir uns das als Nächstes vornehmen? So ein Bett ist schließlich eines der wichtigsten Möbelstücke.«

Meine Gedanken machten sich wieder selbstständig. Wenn Felix mich wenigstens nicht so ansehen würde. Ich versuchte, mich wieder auf unsere Aufgabe zu konzentrieren. »Vielleicht bauen wir erst mal den Kleiderschrank auf. Wenn das Bett schon steht, könnte das vom Platz her eventuell schwierig werden.«

»Gutes Argument, da hätt ich auch selbst dran denken können. Dann mal los.«

Der Kleiderschrank beschäftigte uns eine ganze Weile. Als ich Felix nicht mehr wirklich helfen konnte, begann ich schon einmal mit den beiden Nachttischen. Anschließend nahmen wir uns das Bett vor. Es war bereits halb sechs, als das Bett endlich stand.

Völlig erschöpft legte ich mich mit dem Rücken auf die neue Matratze, die Augen geschlossen und die Hände neben mir. Ich hatte die Folie noch nicht entfernt, weshalb es unter mir knisterte.

»Und, ist sie bequem?«, fragte Felix.

Ich nickte, ohne die Augen zu öffnen. »Probier's doch selbst aus.«

Felix ließ sich nicht zwei Mal bitten und legte sich neben mich. Als ich meinen Kopf zu ihm drehte und die Augen wieder öffnete, waren wir uns so nah, dass ich seinen Atem spüren konnte. Mit einem Mal war ich wieder hellwach. Mein Herz schlug schneller, der Mund wurde trocken. Mein Körper reagierte eindeutig auf Felix, das ließ sich nicht mehr leugnen.

Ich unterdrückte ein Seufzen. Wenn ich doch nur wüsste, warum er das tat! Das würde alles so viel einfacher machen. War es vernünftig, dem Gefühl nachzugeben und Felix zu küssen? Vielleicht würde mir das ja helfen, eine Antwort zu finden. Durch meinen Körper strömte eine wohlige Wärme. Felix zu küssen war in der Tat das Schönste, das ich mir in diesem Moment vorstellen konnte. Mein Kopf wollte aber nicht so schnell klein beigeben. War es wirklich eine gute Idee, ihn zu küssen? Was, wenn ich nicht mehr aufhören konnte? Das Risiko bestand auf jeden Fall, da brauchte ich mir nichts vorzumachen.

Und wollte Felix überhaupt dasselbe? Was, wenn ich alles kaputt machen würde? Ich wollte unsere frisch entstandene Freundschaft auf keinen Fall aufs Spiel setzen. In Felix' Augen meinte ich jedoch, ebenfalls Verlangen zu lesen. Vielleicht täuschte ich mich, aber zwischen uns knisterte es in diesem Moment gewaltig. Und das lag nicht an der Folie.

Ich schien mich nicht getäuscht zu haben, denn Felix griff plötzlich ganz vorsichtig nach meiner Hand, die auf der Matratze lag. Meine Gedanken überschlugen sich, und mir wurde abwechselnd heiß und kalt, doch dann dachte ich gar nichts mehr. Felix hatte mich einen Moment fragend angesehen, und als ich nicht reagierte, lächelte er mich an. Nun drehte er sich langsam zu mir und legte mir die andere Hand sanft auf die Wange.

Seine Handfläche war rau, als er mir über die Wange strich. Und doch fühlte es sich unendlich zärtlich an. Richtig oder falsch, in diesem Moment war mir das völlig egal. Meine Gedanken setzten aus, und ich konnte es kaum erwarten, dass Felix mich endlich küsste.

Ich schloss die Augen und wartete auf die Berührung seiner Lippen, als ein Schrillen durch meinen Kopf hallte. Die Türklingel. Meine Augen öffneten sich von ganz alleine wieder, und es war alles wie zuvor. Der Moment war vorbei. Ob Felix enttäuscht war? Sein Gesichtsausdruck war schwer zu lesen, ich konnte es beim besten Willen nicht sagen. Er saß neben mir, meine Hand hatte er losgelassen, ohne dass ich es wirklich wahrgenommen hatte. Fragend sah er mich an. Es klingelte noch einmal.

»Erwartest du jemanden?«

Seufzend setzte ich mich ebenfalls auf. »Wen sollte ich denn schon erwarten?« Widerwillig stand ich auf und ging zur Tür. »Wart mal«, rief ich, »vielleicht ist es Georg? Er hat gestern gemeint, dass er es gegen später eventuell doch noch einrichten kann.«

Aber es war nicht Georg, sondern Tom. Ich brauchte einen Moment, ehe ich begriff, dass wirklich er vor meiner Haustür stand. »Tom? Aber …«

»Hallo Jette.« Er lächelte.

Ich hatte mich wieder gefangen, erwiderte das Lächeln aber nicht. Stattdessen verhärteten sich meine Gesichtszüge. »Was willst du hier?«

»Ich will mit dir reden. Du hast mir gefehlt.« Es entstand eine kurze Pause. »Darf ich vielleicht reinkommen?«

»Ich wüsste nicht, was wir uns noch zu sagen hätten. Ich hab dir bereits am Telefon gesagt, was es noch zu sagen gab.«

»Vielleicht kann ich trotzdem kurz reinkommen?« Wieder entstand eine Pause. »Ich bin extra hergefahren, um mich zu entschuldigen und dich zu sehen. Jette!«

Er versuchte, nach meiner Hand zu greifen, doch ich zog sie weg.

»Alles in Ordnung?«, fragte Felix hinter mir und verstummte sofort. »Oh.«

Ich drehte mich halb zu ihm um, er sah verwirrt aus. Anscheinend hatte er die Situation sofort erfasst.

»Soll ich euch allein lassen? Wir können auch morgen ...«

»So schnell hast du dich also getröstet.« Toms Stimme klang wütend.

Nachdem ich wie Felix zuerst verwirrt war, wurde ich nun ebenfalls wütend. »Sag mal, hast du sie noch alle?«, schrie ich Tom an. »Nicht, dass es dich was angehen würde, aber Felix ist nur ein Freund. Und im Übrigen warst du es, der mich betrogen hat. Nicht umgekehrt.«

Tom ruderte sofort zurück. »Du hast ja recht, Jette. Tut mir leid. Ich liebe dich eben noch und ertrage den Gedanken nicht, du könntest mit einem anderen ...«

»Das geht dich überhaupt nichts mehr an. Zwischen uns ist es aus und vorbei, das hab ich dir bereits am Telefon gesagt. Den Weg hättest du dir also sparen können. Wie kommst du eigentlich her? Woher hast du meine Adresse?«

»Na, du hast mich doch gebeten, dir deine Sachen herzuschicken«, antwortete Tom kleinlaut.

Das war ja wohl die Höhe! »Aber doch nicht, damit du selbst herkommst.« Seufzend strich ich mir ein paar Haare aus dem Gesicht. »Hast du die Sachen wenigstens mitgebracht?«

Tom nickte. »Sie sind unten im Auto. Aber können wir nicht doch vorher ...?«

»Nein, Tom.«

»Aber du weißt doch gar nicht, was ich sagen wollte.«

»Egal, ich sage trotzdem nein.«

»Jette!«

Hilfesuchend sah ich Felix an, der immer noch hinter mir im Flur stand und uns beobachtet hatte. Nun kam er langsam auf mich zu und legte einen Arm um meine Schultern. Tom funkelte uns abwechselnd böse an, sagte aber nichts mehr.

»Die Sachen sind unten, sagst du?«

Es war komisch, dass Felix Tom sofort duzte. Ein »Sie« hätte aber genauso wenig gepasst.

Wieder nickte Tom. Er sah traurig aus, und mir brach es fast das Herz. Vor wenigen Wochen waren wir noch glücklich gewesen, zumindest dem Anschein nach. Und jetzt das. Aber daran konnte ich auch nichts ändern. Ich kannte mich. Nach allem, was er getan hatte, würde ich ihm nie wieder vertrauen können. Außerdem würde ich den Teufel tun, Tom eine zweite Chance zu geben, nur, damit sich dann herausstellen würde, dass er doch schwul war.

»Dann holen wir die Sachen grad hoch«, meinte Felix in meine Gedanken hinein und bedeutete Tom, als Erster vorzugehen. Bevor er ihm folgte, lächelte er mir noch einmal zu.

Einen Moment blieb ich unschlüssig im Türrahmen stehen und lauschte den leiser werdenden Schritten. Sollte ich den beiden folgen? Nein, ich brauchte einen Moment für mich, zum Nachdenken. Ich ging ins Schlafzimmer, schloss die Tür hinter mir und setzte mich auf die Matratze. Von meinem magischen Moment mit Felix war nichts mehr zu spüren.

Ich hatte nachdenken wollen, aber mein Kopf war mit einem Mal vollkommen leer. Irgendwann klopfte es leise an der Tür. Ich hatte jegliches Zeitgefühl verloren, aber es konnten nicht mehr als ein paar Minuten vergangen sein.

Felix öffnete zaghaft die Tür und steckte den Kopf herein. »Da bist du.«

»Ist er weg?«, fragte ich nach einem Moment leise.

Felix schüttelte betreten den Kopf. »Er wartet noch ein paar Minuten unten und hofft, du kommst vielleicht doch noch mal runter.«

Ich versuchte, einen klaren Gedanken zu fassen, vergeblich. »Was soll ich machen, Felix?«

Er steckte die Hände in die Hosentaschen. »Liebst du ihn noch?«

Da war die Frage, und ich hatte keine Antwort. »Ist das wichtig? Selbst wenn, Tom ist schwul.«

»Und da bist du dir wirklich sicher? Jette, er ist extra hergekommen. Das sind immerhin ein paar Kilometer.«

Ich nickte, total verunsichert. Einem plötzlichen Impuls folgend sprang ich auf, lief zur Tür hinaus und die Treppe hinunter. Tom wollte gerade ins Auto steigen, doch als er mich sah, hielt er in der Bewegung inne. Eine Weile sahen wir uns schweigend an, dann gingen wir langsam aufeinander zu und blieben beide ein paar Schritte voneinander entfernt stehen.

Tom sprach als Erster. »Schön, dass du doch noch gekommen bist.«

»Tom, bist du schwul?«, fragte ich geradeheraus. »Und bitte, lüg mich nicht an. Das könnte ich nicht ertragen. Wir waren drei Jahre zusammen. Also bitte, wenn ich dir noch irgendwas bedeute, dann sag mir die Wahrheit.«

Nach einer ganzen Weile atmete er tief aus und schüttelte den Kopf. »Ich weiß es nicht. Ich weiß nur, dass ich auf keinen Fall schwul sein will. Ich will dich, Jette. Nur dich.«

Nickend starrte ich ins Leere. Doch dann schüttelte ich den Kopf und sah ihn an. »Das geht nicht, wir können nicht mehr zusammen sein. Was, wenn du irgendwann herausfindest, dass du wirklich schwul bist? Außerdem hab ich mir hier ein neues Leben aufgebaut, neue Freunde gefunden.« Leise fügte ich hinzu: »Und du kennst mich, Tom. Ich kann dir einfach nicht mehr vertrauen.«

Tränen glitzerten in seinen Augen, und auch ich musste schlucken. »Du wirst mir fehlen, Jette. Es tut mir so leid. Bitte hass mich nicht.«

»Ich hasse dich nicht«, sagte ich und wischte mir die Tränen von der Wange. »Die Phase hab ich schon hinter mir.«

Er nickte und kam einen Schritt näher. »Ich … darf ich?«

Ohne zu zögern, umarmten wir uns ein letztes Mal, dann stieg Tom in sein Auto und fuhr davon. Ich versuchte, mich halbwegs zu sammeln. Felix sollte nicht mitkriegen, wie sehr mich Toms Spontanbesuch mitgenommen hatte. Aber wahrscheinlich war es dafür ohnehin zu spät, und die Tränen ließen sich auch nicht stoppen. Also ging ich zurück in meine neue Wohnung. Felix saß auf dem Bett, stand aber auf, als ich ins Schlafzimmer kam.

»Und, ist er weg?«

Ich nickte, unfähig, einen geraden Satz herauszukriegen.

»Für immer?«, fragte Felix leise.

Wieder nickte ich und ließ mich an der Wand auf den Boden gleiten.

Felix blickte kurz betreten zu Boden. »Soll ich dich lieber allein lassen?«

Ich schüttelte den Kopf. Den Gedanken, ganz alleine zu sein, konnte ich jetzt nicht ertragen. Auch wenn das Felix gegenüber vielleicht unfair war.

Er zögerte, dann kam er näher. »Soll ich dich vielleicht nach Herbertingen bringen? Oder willst du lieber hierbleiben? Ich kann dir gern ein paar Sachen holen. Zahnbürste, Schlafanzug, Mayo.«

Ich musste kurz auflachen, doch dann flossen die Tränen nur noch heftiger.

»Ach, Jette.« Felix warf jegliche Hemmungen über Bord und kam zu mir, um mich in den Arm zu nehmen.

»Kommst du klar?«, fragte Felix und sah mich von der Seite an.

Ich nickte und schnallte mich ab. Wir saßen im Auto, vor dem Haus seiner Eltern. Das würde meine letzte Nacht in diesem Haus sein. Ob Felix sich auch so gefühlt hatte, als er damals ausgezogen war?

»Soll ich noch mit reinkommen?«

»Wie du willst, das ist schließlich dein Elternhaus. Aber wegen mir musst du nicht, ehrlich. Du hast heut schon genug für mich getan.« Mal wieder. Ich wusste gar nicht mehr, was ich ohne Felix machen sollte.

Nachdem ich mich in seinen Armen ausgeweint hatte, waren wir nach draußen und ein Stück spazieren gegangen. Wir waren einfach ohne Ziel durch die Gegend gelaufen, was wirklich gut getan hatte. Anschließend hatte er mich noch zu einem Eis eingeladen, bevor er mich nach Herbertingen gebracht hatte. Und hier waren wir nun.

»Wenn's für dich wirklich okay ist, würd ich wieder heimfahren. Ich bin ziemlich müde.«

Das war ich auch. Ich spürte die Müdigkeit in jedem Knochen, aber das war gut. So würde ich wenigstens gleich schlafen können. »Klar, überhaupt kein Problem. Und wegen morgen …«

»Ich komm zum Frühstück vorbei, und dann fahren wir gleich rüber in deine Wohnung.«

»Nein, Felix, ich will das nicht.«

»Was meinst du?« Fragend und zugleich verwirrt sah er mich an.

»Na, dass du schon wieder deinen ganzen Tag, noch dazu einen Sonntag, opferst, um mir zu helfen. Das ist meine Sache, ich komm schon klar.«

»Ach Jette, das hatten wir doch schon.«

»Ja, aber es ist okay, wenn die Wohnung morgen Abend noch nicht perfekt ist. Wirklich, ruh du dich mal aus. Die nächste Woche wird für dich doch sicher wieder anstrengend genug.«

»Das macht mir nichts aus, und viel fehlt doch sowieso nicht mehr.«

Seufzend gab ich mich geschlagen. »Na gut, aber du musst nicht extra herkommen. Ich hab doch jetzt selbst ein Auto. Wir können uns also gleich in meiner Wohnung treffen, dann kannst du länger schlafen.«

Doch Felix schüttelte den Kopf. »Geht nicht. Zum einen hab ich kein Brot mehr zu Hause, zum anderen weiß meine

Mutter schon Bescheid, dass ich hier morgen zum Frühstück antanze. Sie wär ziemlich enttäuscht, wenn ich doch nicht käme, meinst du nicht?«

»Doch. Na dann, vielen Dank. Mal wieder.«

»Ehrensache. Und nicht mehr so viel grübeln, gell? Schlaf gut.«

»Du auch, bis morgen.« Ich wartete noch, bis Felix um die nächste Ecke gebogen war, bevor ich ins Haus ging. Mayo, den ich bei Trude gelassen hatte, begrüßte mich stürmisch an der Haustür. Ansonsten war alles ruhig.

Müde beugte ich mich zu Mayo hinunter und streichelte ihn. »Na, mein Kleiner. Wo sind denn alle?« Eine Antwort bekam ich natürlich nicht, aber Mayo schleckte mir die Hand ab. Er hatte mich vermisst, was mich ungemein freute. Es war schön, zu wissen, dass es da jemanden gab. Und wenn es nur ein Hund und zwei Meerschweinchen waren.

Ich lauschte angestrengt in die Stille und meinte, aus dem Wohnzimmer gedämpfte Stimmen zu hören, also ging ich nachsehen. Sepp lag ausgestreckt auf dem Sofa und sah sich irgendeine Quizshow an.

»Hallo Sepp.«

»Ah Jädde, hosch du mi etz verschrocka. Wann bisch denn komma?«

»Gerade eben erst.«

»Ond wie isch gloffa?« Er setzte sich auf und stellte den Fernseher etwas leiser.

»Alles bestens. Felix ist mir wirklich eine große Hilfe.« Es entstand eine kurze Pause. Viel zu sagen hatten Sepp und ich uns immer noch nicht, auch wenn ich ihn sehr nett fand. »Bist du ganz allein hier?«

»Noi, d' Fraua send scho au do. Send vor ra Weile naufganga ond do vrschwonda. Koi Ahnung, was dia do treibat.«

»Okay. Dann geh ich mal nachsehen.«

Sepp nickte und machte es sich wieder auf dem Sofa bequem, während ich, gefolgt von Mayo, die Treppe nach oben ging. Aus meinem Zimmer hörte ich ganz eindeutig Stimmen, auch wenn ich kein Wort verstehen konnte. Komisch, was machten die zwei in meinem Zimmer? Wobei, eigentlich war es ja gar nicht wirklich mein Zimmer. Und ab morgen sowieso nicht mehr.

Einen Moment blieb ich unschlüssig stehen. Sollte ich jetzt klopfen? Schließlich entschied ich mich dafür, kurz anzuklopfen und gleich darauf die Tür vorsichtig zu öffnen. Keine Ahnung, womit ich gerechnet hatte, aber damit, was ich nun zu sehen bekam, definitiv nicht.

Trude und Helga knieten beide auf dem Boden und versuchten, Amalie und Abigail einzufangen, die wie wild durchs Zimmer rasten. Nun verschwanden sie beide unter dem Bett. Die Meerschweinchen, nicht Trude und Helga. Ich musste lachen und schloss schnell die Tür hinter mir.

Trude sah auf und mich erleichtert an. »Jädde, do bisch jo endlich. Mer brengat dia Dierla oifach nemme eigfanga.«

»Vorsicht, der Hund«, meinte Helga und zeigte auf Mayo, der brav neben mir saß.

»Keine Angst, der tut den beiden nichts«, beruhigte ich Helga und Trude. »Aber sagt mal, warum laufen die Schweinchen überhaupt herum?«

»Mer hond denkt, dia sottat bestemmt au amol a weng en Auslauf hau.«

Helga nickte. »Leider war des it unsere beste Idee.« Sie stand auf und klopfte sich die Hose ab, bevor sie Trude hochhalf. »Seit ra halba Stond versuchen wir, die beiden wieder einzufangen.«

Wieder musste ich lachen. »Ja, manchmal können die zwei einfach nicht genug bekommen. Auf jeden Fall war es sehr nett von euch, sie rauszulassen. In letzter Zeit bin ich ja kaum dazu gekommen.«

»Ond wie brengsch dia noch wieder eigfanga?«

Ich stellte meine Tasche ab und ging hinüber zum Bett, unter dem die Schweinchen immer noch saßen. »Das kommt ganz drauf an, aber meistens funktioniert der kleine Trick hier.« Ich klopfte ein paarmal an unterschiedlichen Stellen des Bettes aufs Holz und wartete. Ruckzuck kamen Amalie und Abigail unter dem Bett hervorgeschossen und hüpften eine nach der anderen in den Käfig.

»Des wenn mer gwisst hettat«, meinte Trude und schüttelte den Kopf.

»Ich geh mal nach 'm Sepp schauen.«

Ich nickte Helga zu und setzte mich erschöpft aufs Bett, nachdem ich den Käfig geschlossen hatte.

Trude sah mich einen Moment an. »Isch älles guat?«

»Ja danke, geht schon. War nur sehr anstrengend heut.«

»Send er wenigschtens fehtig worra?«

»Nein, aber allzu viel fehlt zum Glück auch nicht mehr.«

»Noch hosch bestemmt Honger. Komm, mer gangat äbbes assa.«

Zu Abend hatten Felix und ich in der Tat noch nicht gegessen, aber Hunger hatte ich trotzdem nicht. Eigentlich wollte ich jetzt nur noch allein sein, auch wenn es mein letzter Abend hier war. Ich wollte Trude nicht auch noch was vorheulen. »Weißt du, ich hab gar keinen großen Hunger. Aber geh du nur.«

»Isch reacht. Aber wenn da äbbes brauchsch, saischt Bescheid.«

In diesem Moment klingelte mein Handy. Ich nickte Trude zu und sah auf dem Display meines Telefons, dass es meine Mutter war. Auch das noch. Ich hatte schon eine ganze Weile nicht mehr mit ihr gesprochen, deshalb hob ich widerwillig ab. »Hallo Mutter.«

»Na endlich, wo steckst du denn? Ich versuch schon seit fast zwei Stunden, dich zu erreichen.«

»Wirklich? Dann hab ich's wahrscheinlich einfach nicht gehört.« Na gut, das war ein bisschen gelogen. Als Felix und ich spazieren gewesen waren, hatte ich das Handy zu Hause gelassen. »Was gibt's denn?«, fragte ich nun unschuldig, auch wenn ich mir eigentlich schon denken konnte, was sie wollte. Und ich behielt recht.

»Ich hab gerade vorhin mit Tom gesprochen. Er hat mir erzählt, was passiert ist.«

»Und?« Ich wusste, dass sie diese Frage in Rage bringen würde. Trotzdem konnte ich sie mir nicht verkneifen.

»Was und? Ich würde gerne wissen, warum du Tom so abserviert hast. Und das, nachdem er extra in dieses Kaff gefahren ist, um sich bei dir zu entschuldigen.«

»Ja, das war ja auch sicher lieb von ihm gemeint, aber deshalb vergesse ich noch lange nicht, was er mir angetan hat.«

»Ach Kind, jetzt werd endlich erwachsen. So etwas passiert in den besten Familien.«

Ich unterdrückte ein genervtes Seufzen. »Mag ja sein, aber nur weil alle anderen sich das gefallen lassen, heißt das noch lange nicht, dass ich das auch tun muss. Außerdem ist das Vertrauen weg.«

»Ja, du hattest schon immer einen Dickkopf.« Nun war es meine Mutter, die seufzte. »Weißt du, Jette, ich seh ja ein, dass du verletzt bist, und das ist auch dein gutes Recht. Du musst dir nicht alles gefallen lassen.«

Das waren ja ganz neue Töne. Meine Mutter konnte ja richtig nett und verständnisvoll sein.

»Aber du wirst schließlich auch nicht jünger, Jette. Du warst ein paar Jahre mit Tom zusammen, und ihr beide wart so ein schönes Paar. Willst du das jetzt wirklich alles wegwerfen und wieder ganz von vorne anfangen?«

Und schon war sie wieder die Alte. »Du hast nach der Scheidung doch auch noch mal ganz von vorne angefangen. Und das mit Tom funktioniert einfach nicht mehr, das ist mir vorhin klar geworden.«

Meine Mutter schwieg einen Moment. »Ist es wegen diesem anderen Kerl? Bist du jetzt mit ihm zusammen?«

Es hätte mich auch wirklich überrascht, wenn Tom nichts von Felix erzählt hätte. »Nein, Mama, es liegt nicht an Felix.

Er ist nur ein guter Freund, der mir netterweise beim Umzug geholfen hat.«

»Wenn du meinst. Aber willst du es dir vielleicht nicht doch noch mal überlegen?«

Im Laufe der Jahre hatte ich mich ja daran gewöhnt, dass ich mit meiner Mutter eine Eselsgeduld und Nerven wie Drahtseile brauchte, aber so langsam riss mir dann doch der Geduldsfaden. Und allmählich war es mir auch egal, ob sie sauer auf mich sein würde. Sie interessierte sich ja schließlich auch nicht dafür, wie es mir ging. »Sag mal, kann es sein, dass Tom dir nicht die ganze Wahrheit gesagt hat?«

»Wovon redest du eigentlich?«

»Tom ist schwul, Mutter. Auch wenn er's vielleicht selbst noch nicht weiß.«

Sie schnaubte. »Das glaubst du doch selbst nicht. Wie kommst du denn darauf?«

»Ach, da hätte ich schon längst draufkommen müssen.«

»Danach hab ich nicht gefragt.«

»Tom hat mich betrogen, wie du weißt. Aber was du wahrscheinlich nicht weißt, ist, dass es ein Mann war. Du erinnerst dich vielleicht an Viktor, meinen schwulen Freund, den du nicht leiden konntest?«

Sie schwieg eine ganze Weile, und ich spürte so etwas wie Genugtuung. Jetzt räusperte sie sich. »Nun ja, ich rede noch mal mit Tom. Mal sehen, was der dazu meint.«

»Das kannst du dir sparen, Tom ist sich unsicher. Das hat er mir gegenüber selbst zugegeben.«

»Wirklich?« Wieder entstand eine kurze Pause. So sprachlos erlebte ich meine Mutter nur selten. »Wie dem auch sei, ich muss dann mal …«

»Ja, ich auch. Danke, dass du angerufen hast.« Ich nutzte die Gelegenheit und legte auf. Dann ließ ich mich nach hinten aufs Bett fallen. Mayo sprang zu mir und rollte sich neben mir zusammen.

Irgendwie fühlte ich mich wie nach meiner Ankunft in Herbertingen. Total müde und ausgelaugt und einfach nur traurig, und das Gespräch mit meiner Mutter hatte es auch nicht eben besser gemacht. Vielleicht hätte ich wie damals ein Bad nehmen und danach schlafen gehen sollen, aber ich konnte mich einfach nicht aufraffen. Stattdessen blieb ich auf dem Bett liegen und starrte an die Decke.

Als ich am nächsten Morgen unter der Dusche stand, fühlte ich mich deutlich besser als am Abend zuvor. Eine ganze Weile hatte ich gestern Abend noch nachgedacht, danach aber erstaunlich gut geschlafen. Nun war die ganze Sache für mich erledigt. Egal, ob ich noch etwas für Tom empfand oder nicht, es war vorbei. Ich konnte endlich nach vorne schauen. Und das war der perfekte Tag dafür. Ich würde heute in meine neue Wohnung ziehen, morgen einen neuen Job anfangen. Ein neues Leben stand vor mir, das ich mir ganz alleine aufgebaut hatte. Und das konnte ich jetzt ohne Altlasten beginnen.

Einzig die Sache mit Felix schwirrte mir noch im Kopf herum wie ein leichter Kater. Wir hatten uns fast geküsst. Ich hatte es gewollt, er hatte es gewollt. Zumindest glaubte ich das. Aber was hätte das für Konsequenzen gehabt? War es gut, dass es schließlich doch nicht dazu gekommen war? Ich wusste es nicht, und ich würde es auch nicht durch Grübeln herausfinden.

Energisch stellte ich das Wasser aus und griff nach meinem Handtuch. Irgendwann würden die Antworten schon von alleine kommen, und bis dahin hieß es warten.

»Ach Jette, da bist du ja schon.« Barbara kam lächelnd auf mich zugelaufen, als ich am Montagmorgen die Boutique betrat. »Dann mal willkommen im Team. Ich hoffe, du fühlst dich wohl bei uns.«

»Ach, da mach ich mir keine Sorgen«, antwortete ich ehrlich und erwiderte Barbaras Lächeln. Wie bei unserem ersten Treffen hatte ich sofort wieder den Jasminduft in der Nase. Dieses Mal störte es mich aber nicht.

Sie sah an mir vorbei nach draußen, wo ich Mayo angebunden hatte. »Das ist doch dein Hund, oder?«

Ich nickte verlegen. »Er bleibt nicht gerne den ganzen Tag allein zu Haus, deshalb hab ich gedacht, binde ich ihn lieber vor der Tür an und schau alle paar Stunden mal kurz nach ihm.«

»Das ist doch Quatsch«, meinte Barbara und öffnete die Tür. Mayo freute sich riesig, als sie ihn wieder losband. »Meinetwegen kannst du den Hund ruhig ins Büro bringen.« Sie reichte mir die Leine.

»Echt? Das ist aber wirklich nett, Barbara.«

»Kein Problem. Na komm, ich führ dich einmal rum.«

Und das tat sie, nachdem Mayo es sich in ihrem Büro gemütlich gemacht hatte. Sie zeigte mir den Waschraum und die kleine Küche, in der es einen noch kleineren Kühlschrank gab. Aber immerhin war darin Platz für einige Flaschen. Außerdem gab es natürlich eine Kaffeemaschine und einen Wasserkocher sowie einige Tassen und Gläser.

»Wir arbeiten in der Regel zu zweit, und eine besorgt mittags meistens was zu essen«, sagte sie, als wir die Küche wieder verließen. »Hier in der Gegend bekommt man überall was zu essen. Du kannst dir aber auch was von zu Hause mitbringen, wenn dir das lieber ist.«

»Mal sehen.« Mayo brauchte ja auch regelmäßig was. Das würde sich schon alles irgendwann einpendeln, und ich war ja auch nicht immer über Mittag hier.

»Das ist das Lager«, sagte Barbara, nachdem sie eine Tür geöffnet und das Licht angemacht hatte. »Nicht sehr groß, aber immerhin.« Sie löschte das Licht wieder und schloss die Tür. »So, dann würde ich vorschlagen, du schaust dir einfach mal im Verkaufsraum an, was wir so alles im Sortiment haben, um dich ein bisschen damit vertraut zu machen. Das Kassensystem erklär ich dir später.«

Ich nickte und begann sogleich, die ersten Kleiderstangen zu inspizieren, auf denen Röcke in angesagten Farben und Stoffen hingen. »Wie geht es eigentlich Lisa?«, fragte ich ehrlich interessiert.

»Hervorragend. Sie schiebt mittlerweile ne riesige Kugel vor sich her und kann es kaum erwarten, bis das Baby endlich da ist.«

»Glaub ich. Sechs Wochen hat sie noch, oder?«

»Richtig. Wir besuchen sie dann alle im Krankenhaus. Britta, meine zweite Kraft, lernst du übrigens nachher noch kennen. Sie hat zwar heut keine Schicht, schaut aber später mal kurz vorbei.«

»Super, ich freu mich schon.« Und das war nicht gelogen. Hier zu arbeiten, würde bestimmt nett werden, da war ich sicher.

Die Arbeit in der Boutique machte mir wirklich Spaß, und meinen Quasi-Umzug hatte ich ganz gut verkraftet. Wenn ich von der Boutique nach Hause kam und gerade nicht für die Zeitung unterwegs war, räumte ich meine Kisten aus oder baute noch das eine oder andere Möbelstück auf. So wurde es schnell wohnlich und gemütlich, was auch gut so war. Ich hatte nämlich Felix samt seiner Familie und Georg für Samstagabend bei mir zum Essen eingeladen. Zur Einweihung, sozusagen, und als Dank für ihre Hilfe. Und da wollte ich nicht, dass es noch wie bei Hempels unterm Sofa aussah. Das tat es dann zum Glück auch nicht, nachdem ich noch den halben Samstag in Aufräumen und Putzen investiert hatte.

Die zweite Hälfte war ich mit Einkaufen und Kochen beschäftigt gewesen. Ich war nicht die begnadetste Köchin, was ich bei meiner Einladung leider nicht bedacht hatte. Einfacher wäre es natürlich gewesen, die Meute in ein Restaurant auszuführen. Das wäre allerdings auch teurer geworden, und meine Wohnung hätte ich so oder so präsentieren müssen.

Ich atmete ein paar Mal tief durch, um einen klaren Kopf zu bekommen. Sich jetzt noch Gedanken darüber zu machen, brachte auch nichts mehr. Jetzt war es, wie es war.

Die Lasagne war bereits im Ofen und verbreitete einen köstlichen Duft. Wenn ich Glück hatte, würde sie genauso gut schmecken, wie sie roch, und vielleicht sogar den Farbgeruch ein bisschen übertünchen. Ich selbst hatte mich mittlerweile an den Geruch gewöhnt und konnte deshalb nicht mehr einschätzen, ob man die Farbe noch stark roch.

Im Radio lief gerade »Stuck« von Caro Emerald, also drehte ich etwas lauter und begann, aus vollem Hals mitzusingen, während ich Salat, Gurke und Tomaten wusch und kleinschnitt: »Why am I sitting in the middle of nowhere …« Sollte mein Leben irgendwann einmal verfilmt werden, wollte ich das Lied unbedingt auf dem Soundtrack haben. Ich konnte mich einfach wahnsinnig gut mit dem Text identifizieren.

Bevor ich das Dressing anrührte, brachte ich Amalie und Abigail noch ein Stückchen Gurke, die sich bereits lautstark darüber beschwerten, dass es heute noch nichts Frisches für sie gegeben hatte.

Nachdem auch der Salat fertig war, zog ich mich schnell um und wollte gerade den ausziehbaren Esstisch im Wohnzimmer decken, als es an der Tür klingelte. Wer auch immer es war, er war zehn Minuten zu früh. So ein Mist.

Meine Meinung änderte ich jedoch sofort. Bereits an den Schritten im Hausflur hörte ich, dass es Felix war. Auch Mayo, der die ganze Zeit über faul in seinem Körbchen gelegen hatte, erkannte ihn. Wie der Blitz kam er angerast. Er mochte Felix, und Felix mochte ihn, was ich echt süß fand.

»Hallo ihr beiden«, begrüßte Felix uns und beugte sich kurz zu Mayo, um ihn hinter den Ohren zu kraulen. Dann hielt er mir eine Flasche Rotwein und ein kleines, quadratisches Päckchen hin. »Ein kleines Geschenk zum Einzug.«

»Danke, das ist nett.« Ich wollte Felix als Dankeschön ein Küsschen auf die Wange geben, doch er zuckte unwillkürlich zurück. Verlegen lächelte er mir zu und hielt mir die Wange nun doch hin.

Was war das denn? Dann schoss es mir durch den Kopf: unser Quasi-Kuss, bevor Tom uns gestört hatte. Wir hatten das Ganze noch gar nicht angesprochen. Letzten Samstag hatte ich keinen Kopf mehr dafür gehabt, und am Sonntag waren wir zu beschäftigt gewesen. Seitdem hatte ich Felix nicht wieder gesehen, da wir beide viel zu tun gehabt hatten. Ob ich etwas sagen sollte? Oder es einfach totschweigen?

Felix nahm mir die Entscheidung ab, indem er mit dem Kopf auf den Wein deutete. »Erkennst du ihn?«

Ich sah mir das Etikett etwas genauer an. Es war derselbe Rotwein, den wir von unserem Ausflug aus Meersburg mitgebracht hatten. »Wo hast du den denn aufgetrieben?«

Er zuckte mit den Schultern und vergrub die Hände in den Taschen. »Mein Lieblingswein. Davon hab ich immer ne Flasche im Keller.«

»Trinkst du nicht lieber Bier?« Ich ging voran ins Wohnzimmer, um den Tisch zu decken, bevor die anderen kamen.

»Kommt ganz drauf an.« Felix folgte mir und sah sich im Wohnzimmer um. Dann stieß er einen Pfiff durch die Zähne aus. »Wow, sieht ja super aus. Darf ich?«

Ich nickte, woraufhin er durch die Wohnung lief und einen kurzen Blick in jedes Zimmer warf. »Die Wohnung ist echt schön geworden«, sagte er, als er zurück ins Wohnzimmer kam. Unschlüssig blieb er einen Moment im Türrahmen stehen. »Kann ich dir noch irgendwie helfen? Deshalb bin ich eigentlich ein bisschen früher gekommen.«

»Bin grad fertig.« Ich konnte mir nicht helfen, aber irgendwie war Felix heute komisch. Hoffentlich hatte ich jetzt nicht alles kaputt gemacht. Aber er hatte mich an dem Samstag doch auch küssen wollen, oder nicht? Schließlich hatte er mir doch über die Wange gestrichen. Das hatte ich mir sicher nicht eingebildet. »Wein oder Bier?«, fragte ich, um mich von meinen eigenen Gedanken abzulenken, und hielt die Weinflasche hoch, die auf dem gedeckten Tisch stand.

»Wein, aber öffne doch erst mal dein Geschenk.«

Ich griff nach dem kleinen Päckchen, das ich auf einen der Stühle gelegt hatte. Es war in Weihnachtspapier eingewickelt. »Ist es dafür nicht noch ein bisschen früh? Oder feiert ihr Schwaben Weihnachten vielleicht gar nicht am vierundzwanzigsten Dezember?« Gewundert hätte es mich nicht, die Uhren tickten hier irgendwie anders.

»Na ja, die Alternative wären die nackten Frauen auf dem Papier für Schorschs dreißigsten Geburtstag gewesen. Da ist noch einiges übrig.«

»Ah ja.« Ich wickelte das Päckchen aus und hielt ein Wörterbuch in den Händen: Schwäbisch – Deutsch, Deutsch – Schwäbisch. Ohne es zu wollen, musste ich lachen.

»Ich hab erst über einen Weltatlas nachgedacht«, meinte Felix grinsend. »Aber ich dachte, von dem Wörterbuch hast du jetzt erst mal mehr. Den Atlas gibt's vielleicht zu Weihnachten.«

Allmählich taute er wieder auf. So gefiel er mir schon besser. »Sehr nett. Ich werd gleich morgen mit dem Vokabellernen anfangen. Aber eigentlich versteh ich euch Schwaben doch mittlerweile ganz gut, meinst du nicht?«

»Das hab ich nie bestritten.«

Es klingelte erneut an der Tür.

»Und ich kann echt nichts mehr machen?«, fragte Felix, während ich die Tür öffnen ging.

»Wirklich nicht. Ach, hallo Geeeee … Schorsch.«

Georg lachte. »Grad nommel verrettat. Hi, Jädde.« Er nahm mich fest in den Arm und hob mich dabei fast ein bisschen vom Boden hoch. Dann drückte er mir einen Schmatzer auf die Wange und eine uneingepackte CD in die Hand. »Meine Lieblengsoldies. I han mer denkt, dia 3-Doors-Down-Alba wirsch älle scho hau.«

»Wie lieb von dir, danke.«

Georg trat an mir vorbei in die Wohnung und schnupperte. »Hhm, des schmeckt aber guat.«

Ich musste lachen. »Dein Vertrauen in allen Ehren, aber vielleicht solltest du erst mal probieren.«

Nun lachte auch Felix. »Schmecken und riechen ist im Schwäbischen quasi dasselbe. Siehsch, das wär schon der erste Fall fürs Wörterbuch.«

»Was für a Wörterbuach?«, wollte Georg wissen.

Bevor ich antworten konnte, klingelte es erneut an der Tür. Zur selben Zeit begann die Eieruhr in der Küche zu bimmeln. »Gott, die Lasagne ist fertig.«

»Ich mach das schon«, bot Felix an und verschwand in der Küche, während ich Trude, Helga und Sepp hereinließ und überschwänglich begrüßte.

»Schön, dass ihr gekommen seid.«

»Guat siehsch aus, Kend«, meinte Trude und hielt mir eine Topfpflanze hin.

»Danke, das wär doch nicht nötig gewesen. Kommt rein und schaut euch ruhig um. Das Essen ist sofort so weit.«

Die drei waren heute zum ersten Mal hier. Georg hatte die Wohnung ja schon mal gesehen, aber bisher nur ohne Möbel. Er war schwer begeistert, wie schnell Felix und ich alles auf Vordermann gebracht hatten.

»Ja, ohne Felix hätte ich das nicht so schnell geschafft.«

»I hett dr so gern au no meh gholfa, aber am letzschta Wochaende isch halt gar it ganga. Mein Bruader hot Geburtstag ghett und des ganze Wochaende gfeschtat.«

»Macht doch nichts, Schorsch. Du hast mir auch so schon genug geholfen.«

Er winkte ab. »Ach, des war doch gar nix.« Zuletzt warf er noch einen neugierigen Blick ins Schlafzimmer.

Helga, Sepp und Trude kehrten derweil wieder um und gingen schon mal voran ins Wohnzimmer. Mir fiel ein, dass ich ihre Schlafzimmer bis zuletzt nie gesehen hatte. Wahrscheinlich war das wirklich eine Generationensache.

Georg hatte auf jeden Fall überhaupt keine Hemmungen und lag gerade Probe in meinem neuen Bett. »Echt bequem. Dohanna schloft sich's bestemmt guat.«

»Ich kann nicht klagen. Ähm, vielleicht sollten wir wieder zu den anderen …?«

»Sofort.« Georg kam auf mich zu und griff nach meiner Hand. Was war denn jetzt los? »Oins han i no saga wella. Des mit 'm letztschta Wochaende isch halt bled gloffa, aber suscht ben i emmer für di do. Dag ond Nacht.«

»Essen fassen«, rief Felix in diesem Moment.

Kapitel 9

Der Herbst kam mit schnellen Schritten. Im September und Anfang Oktober war das Wetter wirklich noch herrlich gewesen. So schön warm und spätsommerlich. Doch je weiter der Oktober voranschritt, desto ekliger wurde es draußen. Die Sonne ließ sich kaum mehr blicken, dafür hingen fast ununterbrochen tiefe Nebelschwaden über uns. Das schlug mir nicht nur irgendwann ganz schön aufs Gemüt, sondern war auch beim Autofahren ziemlich lästig. So dicken Nebel war ich einfach nicht gewöhnt, und da ich mich in der Gegend noch nicht allzu gut auskannte, wäre mir freie Sicht natürlich lieber gewesen.

Felix erklärte mir, dass der Nebel mit der Donau zusammenhing. Hochnebel war im Frühling und Herbst in Oberschwaben eben nichts Seltenes. Das hätte man mir ruhig mal vorher sagen können, fand ich. Ebenso das mit den frühen Wintern. Aber gut, jetzt musste ich eben damit leben.

Irgendwann lösten sich die Nebelschwaden dann endlich auf. Statt Sonne gab es nun jedoch Regen, und zwar in Hülle und Fülle. Gut, wenigstens war es kein Schnee, aber es war bereits ziemlich abgekühlt und nur noch eine Frage der Zeit, bis es zum ersten Mal schneien würde. Zumindest meinte das Felix.

Ihn hatte ich in den letzten Wochen wie befürchtet nur noch recht selten gesehen. Er und Georg hatten nach wie vor viel zu tun, denn sobald der Winter einsetzte, würden die beiden mehr oder weniger arbeitslos sein. Und bis dahin wollten sie noch so viele Aufträge wie möglich erledigen.

Trotz allem hatte Felix es irgendwie geschafft, aus meinem kleinen Mayo einen echten Landhund zu machen. Ich hatte es selbst kaum glauben können. Als es plötzlich so viel zu regnen angefangen hatte und ich eines Morgens mit Mayo die übliche Runde drehte, war er von den riesigen Pfützen dermaßen begeistert, dass er sich irgendwann darin wälzte. Ich befürchtete schon, er sei vielleicht krank und rief sofort Felix an. Der lachte mich aber nur aus. Ich hatte jedenfalls ewig gebraucht, um Mayo anschließend wieder sauber zu kriegen und war fast zu spät zur Arbeit gekommen.

Für das »Blättle« hatte ich inzwischen schon einige Artikel geschrieben. Ich hatte Bilder auf dem Oktoberfest in Bad Schussenried gemacht, wohin Georg mich netterweise wieder begleitet hatte. Schließlich floss das Schussenrieder dort in Strömen, das wollte er sich natürlich nicht entgehen lassen. Dann hatte ich etwas über das Winterquartier der Vögel am Federsee in Bad Buchau geschrieben und etwas über die vielen Kurorte und Thermen in der Region. Wenn es etwas im Überfluss in Oberschwaben gab, dann waren es heißes Wasser und Kies, das hatte ich mittlerweile gelernt.

Auch in der Boutique gefiel es mir nach wie vor richtig gut. Barbara und Britta, mit denen ich abwechselnd Schicht hatte, waren beide total lieb und hatten mich sofort in ihren Kreis aufgenommen. Lisa hatte uns schon zwei, drei Mal besucht, seit ich in der Boutique arbeitete. Sie langweilte sich zu Hause und vermisste ihre Freundinnen.

Wir warteten mittlerweile täglich auf ihren beziehungsweise Markus' Anruf. Es war bereits Ende Oktober und ging auf Halloween zu, den errechneten Geburtstermin. Es konnte also jeden Moment so weit sein. Ich war auch schon ganz aufgeregt, und dabei kannte ich Lisa ja kaum. Aber sie war so eine Frohnatur, die man einfach gernhaben musste. Ich hoffte, wir würden früher oder später Freundschaft schließen.

Maja fehlte mir. Es wäre schön gewesen, eine richtige Freundin in der Nähe zu haben. Wir telefonierten zwar regelmäßig, aber das war einfach nicht dasselbe. Sie versprach, mich nach Weihnachten mal in Oberschwaben zu besuchen. Ich freute mich schon riesig darauf. Und bis es so weit war, hatte ich ja noch Felix und seine Familie, Georg und meine beiden neuen Arbeitskolleginnen. Wir verbrachten die Pausen oft zusammen. Es war schön, jemanden zum Reden zu haben, auch wenn wir natürlich noch weit davon entfernt waren, wirklich private Dinge zu besprechen.

Auch Trude, Helga und Sepp besuchte ich immer wieder. Trude war für mich wie eine Oma geworden. Die Oma, die ich schon vor vielen Jahren verloren hatte. An einem kalten Tag Ende Oktober, an dem nachmittags zumindest mal für ein paar Stunden die Sonne rauskam, half ich ihr beim Ernten der Äpfel. Später wollte sie mir zeigen, wie man Apfelmus oder richtig leckeren Apfelkuchen machte.

»Dia Epfel, wo besonders faul ond madig send, schmeißsch am beschta glei en d' Mischte do diba«, erklärte sie mir gerade.

Dabei zeigte sie Richtung Komposthaufen, sodass ich nicht fragen musste, was genau »d' Mischte« sein sollte. Das Schwäbische verstehen zu wollen war fast so, wie eine Fremdsprache zu lernen. Mehr als einmal hatte ich mich schon gefragt, ob ich den Dialekt unter die Fremdsprachenkenntnisse in meinem Lebenslauf aufnehmen konnte, aber ich befürchtete, man würde mich auslachen. Zumindest die, die noch nie im Schwabenland waren.

»Was hast du vor?«, fragte ich Trude, als diese auf die Leiter steigen wollte, die an einem der vielen Apfelbäume lehnte.

»Ha, d' Epfel rahdoa, wa suscht?«

Ich schüttelte den Kopf. »Das lässt du mal schön bleiben. Wofür bin ich denn da, wenn du alles selber machen willst? Du kannst mir ja die Äpfel abnehmen.«

Trude nickte. »Au guat.« Sie griff nach einem Eimer, dann postierte sie sich neben der Leiter. Während ich ihr einen Apfel nach dem anderen reichte, meinte sie: »Ond etz verzell amol. Wie gfellts dr dohanna auf 'm Land?«

Gute Frage. Ich zuckte mit den Schultern. »Weiß auch nicht so recht. Es hat seine Vorteile, klar. Selbstgemachtes Apfelmus aus selbstgepflückten Äpfeln hat schon was für sich.«

Trude nickte wieder. »Ga?«

»Die Ruhe mag ich auch, und die Landschaft ist echt schön, das muss ich zugeben. Wenn man an klaren Tagen die Alpen am Horizont sehen kann, bin ich nach wie vor hin und weg. Aber leider ist es ja meistens diesig oder neblig.«

»Ha jo, dr Neabel«, meinte Trude und zuckte nun ebenfalls die Schultern. »Des isch dohanna halt so. Am See donda isch no viel schlemmer.«

Ich kletterte von der Leiter, um an einer anderen Stelle des Baumes wieder hinaufzuklettern. »Glaub ich schon, und eigentlich gibt's hier in der Nähe ja auch alles, was man so für den Alltag braucht. Mit dem Auto ist das ja alles kein Problem mehr. Aber manchmal vermiss ich schon noch das richtige Stadtleben. Weißt du, das ist einfach was ganz anderes.«

»Du wirsch de scho no eileaba«, erwiderte Trude zuversichtlich. »Wenn da erscht amol meh Freind hosch ond en Mah, noch isch des glei ganz andersch.« Sie zwinkerte mir zu, und ich musste grinsen.

»Wie geht's eigentlich Felix?«

»Guat, wieso frogasch?«

Ich winkte ab. »Nur so, hab ihn schon ne Weile nicht mehr gesehen.«

Um genau zu sein, verhielt er sich mir gegenüber nach wie vor seltsam. Allmählich hatte ich das Gefühl, er ging mir absichtlich aus dem Weg. Ich sah zwar ein, dass er unter der Woche viel zu tun hatte und dann abends zu müde war, um sich noch mit mir zu treffen. Aber auch an den Wochenenden hatte er auf einmal immer irgendwas vor. Jedenfalls hatte er nie Lust oder Zeit, mitzukommen, wenn ich hin und wieder mit Georg unterwegs war. Aber das wollte ich Trude nicht unbedingt auf die Nase binden. Sie war schließlich seine Oma.

Trude nahm mir einen besonders schönen roten Apfel aus der Hand. »Noch kommsch halt amol wiedr zom Frihstick am Donnschdig, wenn dr Felix au do isch.«

»Ja, mal sehen«, antwortete ich vage. Ich war nicht sicher, ob Felix sich darüber freuen würde.

Georg hatte genauso viel zu tun wie Felix, aber er nahm sich wenigstens die Zeit, sich regelmäßig mit mir zu treffen. Meistens schafften wir es, uns einmal in der Woche zu sehen. Es machte richtig Spaß, rauszukommen und jemanden zu haben, mit dem man was unternehmen konnte. Wir gingen ins Kino oder einfach nur einen Cocktail trinken. Er hatte mich auch schon zu sich eingeladen und für mich gekocht. Okay, es hatte Tiefkühlpizza gegeben, aber der Wein war ausgezeichnet gewesen. Und schließlich zählte schon die Geste.

Auch heute Abend waren wir wieder verabredet. Er hatte vor einer Stunde spontan angerufen und gefragt, ob ich nicht Lust hätte, zusammen einen Faulen zu machen. Es war unter der Woche, und wir waren beide müde. Und statt uns jeder alleine vor den Fernseher zu lümmeln, wollten wir uns jetzt gemeinsam einen Film ansehen. Ich hatte auch Felix eine SMS geschrieben, ob er nicht dazukommen wolle, doch er hatte leider abgesagt. Na ja, mein Sofa war eh nicht groß genug für drei Personen.

Ich füllte gerade alles Mögliche an Knabberzeug, das ich noch schnell auf dem Heimweg besorgt hatte, in Schüsseln um, als es auch schon an der Haustür klingelte. Georg umarmte mich und gab mir das obligatorische Küsschen auf die Wange. Auch er hatte Chips und Apfelschorle dabei.

»Na, da sind wir ja für die nächsten drei Videoabende ausgerüstet«, scherzte ich.

»Von mir aus gern«, antwortete Georg und ging an mir vorbei ins Wohnzimmer, um schon mal einen Film auszusuchen.

Ich kam kurz darauf mit dem Knabberzeugs hinterher. Gläser und Getränke hatte ich bereits auf den Couchtisch gestellt. »Und, hast du was gefunden?«

»Vielleicht sotta mer doch nochgucka, was em Fernseha lauft.«

»Tut mir leid, ich hab halt nur …« Doch da sah ich, dass Georg breit grinste, und brach ab.

»Isch scho reacht, i ben gar it so ahspruchsvoll.« Er zog eine DVD aus meinem Regal und hielt sie mir hin. Es war »Grease«. »Was heltsch do drvo? Isch ja quasi unser Film.«

»Klar, den hab ich schon ewig nicht mehr gesehen. Komm, mach's dir schon mal bequem.«

Und das tat er. Ich schob den Film in den DVD-Player und setzte mich zu ihm.

Im Laufe des Films hatten Georg und ich uns irgendwie aneinandergekuschelt. Keine Ahnung, wie genau das passiert war. Das Sofa war als Zweisitzer halt relativ klein, und wenn man es ansatzweise gemütlich haben wollte, durfte man keine Berührungsängste haben. Die hatte Georg gewiss nicht, und ich auch nicht. Ich mochte ihn, wir waren Freunde. Was war also schon groß dabei?

»Der Film ist einfach toll«, schwärmte ich, als der Abspann lief.

»Jo, ab sofort isch des au mein Lieblengsfilm.« Georg begann, meine Schulter zu streicheln. Das fühlte sich gut an und war so richtig schön entspannend.

»Ach ja? Was war es denn bisher?«

»Onterschiedlich. Mol des, mol sall. Wia gsait, i ben do gar it ahspruchsvoll. Ond mit dir dät i eh älles gucka.«

»Praktisch, das merk ich mir. Eigentlich die perfekte Eigenschaft für einen Freund.«

»Ga? I han doch scho emmer gsait, mir zwei sottat heirata.«

Ich tätschelte ihm den Arm. »Tun wir, Schorsch, tun wir.« Das war mittlerweile so ein Running Gag zwischen uns geworden. Georg machte mir regelmäßig Heiratsanträge, und ich fand's irgendwie lustig. Eigentlich sah er überhaupt nicht nach dem Typ Mann aus, der unbedingt heiraten wollte. Aber gut, er meinte es ja auch nicht ernst, also insofern …

Nun streckte ich mich und stand auf. »So, ich sollte noch mal ne Runde mit Mayo drehen, und dann muss ich langsam ins Bett. Hab morgen die Frühschicht in der Boutique.«

»Friahschicht. Des hoist, du mosch om neine do sei, richtig?«

Ich nickte grinsend, während Georg den Kopf schüttelte. »Noch komm. I begleit di ond da Hond noh. It, dass ihr no klaut werrat.«

»Ich dachte, wir sind hier auf dem Land«, erwiderte ich. Sein Angebot nahm ich aber trotzdem an.

Am nächsten Morgen klingelte mich nicht wie üblich der Wecker aus dem Bett, sondern das Telefon. Schlaftrunken tapste ich ins Wohnzimmer. Ein kurzer Blick auf die Uhr verriet mir, dass es noch nicht einmal sieben war. Für meinen Geschmack war das noch viel zu früh, wofür auch immer.

»Ich hoffe, es ist wichtig«, meldete ich mich. Um die Zeit waren meine guten Manieren halt auch noch nicht wach.

Am anderen Ende der Leitung lachte jemand, es war Barbara. »Wie man's nimmt. Es ist so weit.«

»Was ist so weit?« Doch dann fiel der Groschen, und ich war mit einem Mal hellwach. »Du meinst Lisa? Kriegt sie das Kind?«

»Richtig, Markus hat gerade angerufen. Britta und ich fahren sofort hin, den Laden lassen wir bis heute Mittag zu. Sollen wir dich abholen, oder willst du lieber noch ne Runde schlafen?«

»Schlafen? Wer kann denn jetzt noch schlafen? Natürlich komm ich mit. In ner Viertelstunde bin ich fertig. Muss nur noch schnell was anziehen und mit Mayo raus.«

»Kein Problem, dann bis gleich.«

In null Komma nichts war ich fertig und drehte mit Mayo eine Runde um den Block. Der Kleine war alles andere als begeistert, so früh musste er sonst nicht aufstehen. Und zu allem Überfluss war es auch noch ziemlich kalt.

Als wir wieder an der Wohnung ankamen, standen Barbara und Britta schon vor der Tür und warteten auf mich. Wir begrüßten uns schnell, dann brachte ich Mayo wieder nach oben. Zu Lisa würde er ohnehin nicht mitkommen dürfen. In nicht einmal fünf Minuten waren wir schon im Krankenhaus. Wenn ich das gewusst hätte, hätte ich Barbara und Britta nicht extra warten lassen müssen, sondern wäre gelaufen.

Schon im Eingangsbereich strömte einem der typische Krankenhausgeruch entgegen. Ich fühlte mich sofort unwohl, ließ mir aber nichts anmerken. Gut, Lisa wäre mir sicher nicht böse gewesen, wäre ich wieder gegangen. Immerhin kannten wir uns nach wie vor kaum, aber irgendwie fand ich das Ganze ziemlich aufregend, und wie fast jede andere Frau auch fand ich Babys einfach faszinierend. Das musste genetisch sein. Und ich hatte bisher noch kein Neugeborenes aus nächster Nähe gesehen, sodass ich mir diese Chance nicht entgehen lassen wollte. Bei Maja – wie bei mir selbst – würde es sicher noch eine Weile dauern, bis sie Nachwuchs bekäme, und bei ihr wohnte ich ja nun auch nicht mehr um die Ecke. Aber darüber wollte ich jetzt lieber nicht nachdenken.

Barbara fragte am Empfangsschalter nach, wo Lisa lag, bevor wir uns durch das Labyrinth der Krankenhausflure kämpften, die allesamt gleich aussahen. Als wir schließlich in der richtigen Station ankamen, traf mich fast der Schlag. Da saß tatsächlich Felix auf einem der Wartestühle, den Kopf nach hinten gegen die Wand gelehnt, in der Hand einen Plastikbecher mit Kaffee. Seine Haare waren ziemlich struppig, und er hatte die Augen geschlossen.

Sein guter Instinkt zeigte sich mal wieder, denn nun öffnete er die Augen und sah direkt in unsere Richtung. »Ach nee, so ein Zufall aber auch. Morgen, die Damen.« Er stand auf, reichte Britta die Hand und küsste Barbara auf die Wange. Als er sich mir zuwandte, zögerte er kurz, bevor er mir ebenfalls ein Küsschen auf die Wange gab. Er stoppelte, und auf seinem Kinn erkannte ich einen leichten Bartschatten.

»Was machst du denn hier?«, fragte ich, auch wenn Barbara und Britta nicht im Geringsten überrascht über seine Anwesenheit zu sein schienen. Es war richtig schön, ihn mal wieder zu sehen.

Felix setzte sich und gähnte erst mal ausgiebig. »Tschuldigung, bin noch nicht so ganz wach. Markus ist ein alter Freund von mir, und ich dachte, er kann ein bisschen männlichen Beistand brauchen. Außerdem hab ich noch ne Stunde, bevor ich zu meinem ersten Termin muss.«

»Na, dann hoffen wir mal, dass Zoe Hedwig sich nicht so viel Zeit lässt«, meinte Barbara schmunzelnd. »Wie ist der Kaffee?« Sie sah fragend auf den Becher in Felix' Hand.

»Ungenießbar, aber besser als gar nichts.«

Barbara seufzte. »Das hab ich befürchtet. Noch jemand?«

Britta nickte, während ich den Kopf schüttelte.

»Wo hast du Georg gelassen?«, wollte ich wissen und setzte mich auf einen Stuhl neben Felix.

Felix zuckte mit den Schultern und sah auf einmal irgendwie grummelig aus. »Was weiß ich. Der schläft wahrscheinlich noch.« Er warf Britta einen Blick zu, die nervös im Flur auf und ab lief. »Du brauchst dir keine Sorgen zu machen. Lisa geht's gut.«

»Hast du sie schon gesehen?«

Felix schüttelte den Kopf und nahm einen Schluck Kaffee. Er verzog das Gesicht, als ob es sich bei dem Gesöff um hochprozentigen Schnaps handeln würde. »Aber die Hebamme hat das gesagt.«

»Und wo ist Markus?«, fragte ich. Bisher hatte ich ihn immer noch nicht kennengelernt.

»Na, der wird sicher im Kreißsaal sein, oder?« Britta warf Felix einen fragenden Blick zu, und der nickte.

»Echt?«

Felix sah mich von der Seite an. »Warum bist du so überrascht? Das macht Mann doch heute so, oder etwa nicht?«

»Kann schon sein, bisher hab ich mir noch nicht so viele Gedanken darüber gemacht. Was ist mit dir?«

»Dito.«

»Ich meine, würdest du mit reingehen?«

Felix lehnte den Kopf wieder nach hinten gegen die Wand und schloss die Augen. »Keine Ahnung. Frag mich noch mal, wenn es so weit ist.«

Ich erwiderte nichts, und auch die anderen beiden schwiegen. Felix wurde von Mal zu Mal komischer. Er hielt mich auf Abstand, das sah doch ein Blinder. Aber warum? Was war nur los mit ihm? Was hatte ich falsch gemacht? Es konnte doch nicht wirklich an diesem blöden Fast-Kuss liegen. Zu gerne hätte ich das Ganze aus der Welt geschafft, aber hier war weder der richtige Zeitpunkt noch der richtige Ort.

Als Barbara mit zwei Bechern in der Hand wiederkam und sich auf die andere Seite von Felix setzte, begannen die beiden, miteinander zu plaudern. Es versetzte mir einen Stich und machte mich unglaublich traurig. Zu Barbara war er viel netter, und er würgte sie auch nicht ab. Wenn ich doch nur wüsste, was los war.

Ich entschuldigte mich, verließ das Krankenhaus und drehte draußen eine kleine Runde. Ich hatte wirklich keinen Nerv, mir Felix' und Barbaras Gesülze anzuhören. Als ich zurückkam, war gerade die Hebamme da und verkündete, dass alles gut verlaufen war. Ein paar Minuten später durften wir zu Lisa.

Ich wusste sofort, dass Lisa mit Markus das große Los gezogen hatte. Er war so fürsorglich und sympathisch und strahlte übers ganze Gesicht. Beim Anblick der kleinen Zoe vergaß auch ich für einen Moment meine Sorgen. Sie war so unglaublich süß, dass ich sie am liebsten mit nach Hause genommen hätte. Mit ihr in der Nähe würde man sicher nie wieder schlechte Laune haben.

Felix verabschiedete sich bald darauf, und auch ich blieb nicht viel länger als er. So nett sie auch alle waren, ich fühlte mich noch nicht so wirklich dazugehörig und wollte nicht stören.

Als ich zu Hause ankam, fühlte ich mich auf einmal so einsam, dass ich erst mal Georg anrief und fragte, ob er am Abend schon was vorhätte. Er hatte Zeit und versprach, nach der Arbeit vorbeizukommen. Ich fühlte mich gleich ein kleines bisschen besser. Wenigstens auf ihn konnte ich mich verlassen.

Frau Weiß, die Redakteurin vom »Blättle«, hatte mich gebeten, von der Fasnetseröffnung in Saulgau am 11. November zu berichten. Ich war schon irgendwie ein Karnevalsfan und deshalb total gespannt, was denn jetzt an der Fasnet so ganz anders sein sollte als am Karneval.

Am 11. November lief das Ganze in Köln jedenfalls so ab: Pünktlich um 11.11 Uhr wurde auf dem Heumarkt mit haufenweise Musik, allem voran natürlich »Viva Colonia«, und Alkohol die fünfte Jahreszeit eingeläutet. Die Sache mit dem Alkohol konnte meinetwegen gerne weggelassen werden, ich hasste die Besoffenen zur Karnevalszeit. Aber auf den Rest freute ich mich immer. Ich verkleidete mich gerne, und am 11. November ging es damit gleich los.

So etwas Ähnliches stellte ich mir natürlich auch in Oberschwaben vor, als ich kurz vor halb elf, wie auf der Einladung angegeben, die Kleber Post in Bad Saulgau betrat. Dort wollte die Dorauszunft die Fasnet eröffnen. Ich fragte mich an der Rezeption zum Zunftmeister durch und begrüßte ihn. Glücklicherweise war ich des Schwäbischen mittlerweile halbwegs mächtig, sonst hätte ich mich womöglich blamiert. Und vor allem ein Problem gehabt, bei dem, was folgte.

Erst einmal saßen wir aber über eine halbe Stunde herum und warteten. Wobei sich die meisten mit ihren Tischnachbarn unterhielten, aber ich kannte hier ja niemanden. Also hörte ich den anderen zu, auch wenn ich bei dem Lärm nicht einmal die Hälfte verstand, und begrüßte hin und wieder jemanden von der Zunft.

Pünktlich um 11.11 Uhr ertönte dann auf einmal ein ohrenbetäubender Lärm, und ich erlebte einen absoluten Kulturschock. Karneval und die Fasnet hatten nämlich so gut wie gar nichts gemeinsam, wie sich herausstellen sollte.

Ein etwas fülliger Mann in blau-rotem Kostüm betrat den überfüllten Raum. In der Hand trug er eine große Glocke, mit der er den Krach machte. Durch die Sitzreihen bahnte er sich einen Weg zum Rednerpult, während die anderen Zunftmitglieder allesamt ihre Mützen mit Fuchsschwanz aufsetzten.

Der Mann mit der Glocke stellte sich als Oberbüttel vor, so viel verstand ich immerhin. Und dann ließ er die Ereignisse des Jahres Revue passieren und zog den einen oder anderen Anwesenden oder auch Nicht-Anwesenden durch den Kakao. Auch so viel bekam ich mit, und das kannte ich ja auch vom Karneval her. Da hörte es dann aber auch schon fast mit dem Verständnis auf, denn mit der Lokalpolitik kannte ich mich nicht so gut aus. Ich hatte wohl mitbekommen, dass der Landrat in Pension ging und ein Nachfolger gesucht wurde. Das war dann auch das Hauptthema bei sämtlichen folgenden Reden, egal ob die Bürgermeisterin oder der Zunftmeister sprach. Aber was sie über die Nachfolger erzählten und über was sich sonst noch lustig gemacht wurde, entging mir größtenteils.

Den anderen Gästen nicht, die Stimmung war sehr ausgelassen. Immer wieder brach das gesamte Publikum in Gelächter aus. Ich lächelte dann vor mich hin und tat so, als ob auch ich alles verstehen würde. Und zumindest, wenn der Zunftmeister zwischendrin Witze erzählte, traf das wenigstens mal zu.

Wenn alles aufstand und schunkelnd Fasnetslieder sang, beschäftigte ich mich damit, Fotos zu machen. Zwar lagen auf den Tischen Zettel mit den Texten, aber die Lieder waren auf Schwäbisch. Und zwischen Schwäbisch verstehen und selber sprechen war ein riesengroßer Unterschied.

Hab ich schon erwähnt, dass es auch hier einen »Schlachtruf« à la Kölle Alaaf gab? Der Zunftmeister oder wer auch immer rief »Doraus, detnaus« und die anderen antworteten »bei dr alte Linda naus«. Was auch immer das heißen sollte.

Als es nach den Reden zum Essen ging, verabschiedete ich mich. Für meinen Geschmack war mir das Fasnetsessen etwas zu deftig. Sauerkraut und Kartoffelbrei mochte ich zwar gerne, und auch gegen Kasseler war nichts einzuwenden. Aber diese komischen Würste, die man aufschnitt und deren flüssiger Inhalt sich dann über den Teller ergoss, waren mir dann doch zu viel. Und für einen Tag war das auch Kulturschock genug, fand ich.

»Was gibt's denn so Wichtiges?«, fragte Felix und sah mich an. Er lehnte im Rahmen meiner Haustür, die Hände in den Taschen vergraben, seine Haare tropfnass.

Ich bekam ein ganz schlechtes Gewissen. Es war bereits spät am Abend, und es regnete in Strömen. Außerdem hatten wir uns schon wieder eine ganze Weile nicht mehr gesehen, aber ich hatte einfach nicht gewusst, wen ich sonst hätte anrufen sollen. Felix war der Einzige, der direkt um die Ecke wohnte.

»Komm rein, ich zeig's dir.« Ich wusste, dass er sich fragte, was er in meinem Schlafzimmer sollte, als er mir folgte, auch wenn ich sein Gesicht nicht sehen konnte.

Mayo verließ sofort den ihm zugewiesenen Wachposten und ging auf Felix zu, um ihn zu begrüßen. Felix streichelte Mayo wie immer kurz, dann sah er sich schnell und flüchtig in meinem Zimmer um. »Und?«

»Da oben.« Ich zeigte auf die Spinne, die direkt an der Decke über dem Kopfteil meines Bettes hing. Sie gehörte zu der Sorte eklig und haarig und war einfach nur riesig. So ein großes Vieh hatte ich in meinem ganzen Leben noch nicht gesehen. Vielleicht im Zoo, aber ehrlich gesagt ließ ich die Ungezieferabteilung gern aus.

Felix' Blick wechselte zwischen der Spinne und mir hin und her, dann begann er auf einmal zu lachen. Mir war klar, dass er mich auslachte, aber es war trotzdem schön, ihn in meiner Gegenwart mal wieder ungezwungen zu sehen. »Und deshalb jagst du mich mitten in der Nacht noch mal aus dem Haus?«

Ich blickte verlegen zu Boden. »Es tut mir wirklich leid, aber ich hab einfach tierische Angst vor diesen Viechern, und allein trau ich mich nicht, sie wegzumachen. Ich wusste nicht, wen ich sonst hätte anrufen sollen. Die Alternative wäre gewesen, im Wohnzimmer zu schlafen, aber wer weiß schon, wo das Vieh bis morgen gesteckt hätte.«

Felix winkte ab. »War doch nur Spaß, alles kein Problem. Holst du mir Küchenkrepp oder so was?«

»Bin schon auf dem Weg.« Kurz darauf kam ich mit der ganzen Rolle Küchenpapier wieder zurück.

Felix hatte sich derweil die Schuhe ausgezogen und stand nun auf meinem Bett. Mayo saß auf dem Boden und beobachtete ihn neugierig. »Wow, da hast du dir aber schon einen ordentlichen Brummer eingefangen.«

Ich reichte ihm die Rolle Papier. »Dann sind solche großen Viecher hier auch eher selten?«, fragte ich hoffnungsvoll. Ich konnte wirklich darauf verzichten, regelmäßig solche Dinger in meiner Wohnung zu haben.

Felix griff nach der Rolle und wickelte gleich drei Lagen Papier ab. »In der Stadt schon. Bei meinen Eltern draußen kommt das öfter mal vor.«

Na, da konnte ich ja froh sein, dass ich nicht alleine in Herbertingen wohnte. Ich konnte gar nicht hinsehen, als Felix das Vieh erledigte. Schließlich stieg er wieder vom Bett und wollte mir die in Küchenpapier eingewickelte Spinne in die Hand drücken. Bei meinem Gesichtsausdruck überlegte er es sich zum Glück anders.

»Schon gut, ich spül sie im Klo runter.«

»Danke, das ist nett.«

Mit der freien Hand griff er nach seinen Schuhen und ging zum Badezimmer. Kurz darauf hörte ich die Klospülung, und dann stand er auch schon wieder im Flur und mir gegenüber. Einen Moment sahen wir uns unschlüssig an.

»Willst du …«

»… noch was trinken?«, hatte ich fragen wollen, doch fast im selben Moment meinte Felix: »Dann geh ich mal wieder.«

Ich nickte ein wenig enttäuscht. »Klar, ist ja auch schon spät. Danke, dass du extra vorbeigekommen bist.«

»Keine Ursache.« Er schlüpfte in seine Schuhe und wollte gerade die Tür öffnen.

Ich hielt das einfach nicht mehr aus, ich musste wissen, was los war. »Felix, warte mal.«

Er ließ die Türklinke wieder los und drehte sich noch einmal zu mir um. Wieder vergrub er die Hände in den Taschen. Diese Geste kannte ich mittlerweile schon. Das hieß, dass er sich irgendwie unwohl fühlte. Schweigend sah er mich an.

»Was … was ist eigentlich los? Hab ich irgendwas falsch gemacht?«

Er wirkte überrascht, ließ sich mit seiner Antwort aber einen Moment Zeit. »Nein, ganz und gar nicht. Wie kommst du denn darauf?«

»Na ja, du hast es in letzter Zeit immer so eilig.«

»Ich muss morgen mal wieder früh raus, aber keine Sorge. Wenn du mich brauchst, helf ich dir gern, das weißt du doch.«

Ich nickte. Ob er mich absichtlich falsch verstand? »Ja, ich weiß, und das ist auch wirklich nett von dir, aber das mein ich gar nicht. Ich hab das Gefühl, als ob du mir aus dem Weg gehen würdest. Also wenn es wegen dieser einen Sache ist …« Ich wollte endlich die Sache mit dem Kuss klären, aber Felix unterbrach mich. Ich war mir ziemlich sicher, dass er wusste, was ich sagen wollte, aber selbst nicht darüber sprechen wollte.

»Es ist alles in Ordnung, Jette, wirklich. Ich hab nur gerade viel zu tun. Aber bald kommt der Winter, dann wird es endlich ruhiger, und dann machen wir auch mal wieder was zusammen, okay?«

Ich nickte, auch wenn ich immer noch nicht weiter war als vorher. Er machte mir etwas vor, das spürte ich.

»Also dann …«

»Ja, mach's gut. Und danke noch mal.«

Felix nickte, dann war er auch schon weg. Kein Tschüss, kein Küsschen, keine Umarmung. Was war nur zwischen uns passiert? Traurig schluckte ich die Tränen hinunter und verschwand im Badezimmer.

Es war bereits Adventszeit, und draußen lag der erste Schnee, der schon vor einigen Tagen gefallen und bisher nicht geschmolzen war. Es war herrlich gewesen, als ich eines Morgens die Vorhänge aufgezogen und den vielen Schnee entdeckt hatte. Auch Mayo war ganz begeistert gewesen. Natürlich gab es auch im Ruhrgebiet Schnee, aber das war etwas anderes. Meistens schneite es nicht so viel, und oftmals blieb er nicht lange liegen. Außerdem verwandelte er sich bei den vielen Autos viel zu schnell in graue Pampe. Sicher war der Schnee hier am Straßenrand auch grau verfärbt, aber es gab viele Stellen, an denen er immer noch so weiß und unberührt war wie am ersten Tag.

Und kalt war es hier. Minusgrade waren auch für mich nichts Ungewohntes, aber minus zwanzig Grad waren dann doch heftig. Zum Glück war es bisher nur an einem Tag so kalt gewesen. Trotzdem hatte ich mich erst mal komplett neu eingedeckt mit dicken Schuhen, Strumpfhosen, Wollpullis und all so was. Seitdem war es zum Glück wieder wärmer – sofern man null Grad als warm bezeichnen wollte.

Mein Kontakt zu Felix war momentan so gut wie nicht vorhanden. Ich wusste von Georg, dass sie derzeit nichts zu tun hatten. Trotzdem meldete Felix sich nicht bei mir, obwohl er es ja quasi versprochen hatte. Sicher hätte ich ihn anrufen können, aber ich hatte auch meinen Stolz. Wenn er mich nicht sehen wollte, dann eben nicht. Ich traf mich stattdessen noch öfter mit Georg. Die Gedanken an Felix ließen mich allerdings nicht los. Ich hatte wirklich geglaubt, dass er mich auch mögen würde. Zumindest so, wie man sich unter Freunden eben mochte. Ich konnte partout nicht verstehen, was passiert war.

Aber auch wenn er scheinbar Abstand von mir brauchte, hielt ich mich nicht von seiner Familie fern. Das war nicht immer leicht, denn auch, wenn Felix nicht da war, war er in dem Haus seiner Eltern immer irgendwie präsent. Und da war er in letzter Zeit nie, zumindest nicht, wenn ich da war. Ob er sich vorher telefonisch erkundigte, ob die Luft wohl rein war? Nein, das war Quatsch. So etwas würde er nicht machen.

»Hosch äbbes, Jädde?«, fragte Trude und ließ ihr Strickzeug sinken.

Es war der erste Advent, und ich saß mit Trude gemeinsam in ihrem kleinen Wohnzimmer. Zwar war ich nie mit Felix hier gewesen, aber trotzdem spürte ich ihn auch hier, sodass meine Gedanken mal wieder automatisch um ihn kreisten.

Ich ärgerte mich über mich selbst. Draußen wurde es dunkel und kälter, aber hier drinnen war es ungemein gemütlich und warm. Wir tranken Tee und aßen die ersten Weihnachtsplätzchen, die Helga und Trude gebacken hatten. Das ganze Zimmer war weihnachtlich geschmückt, und auf dem Adventskranz brannte die erste rote Kerze. Trude hatte mir das Stricken beigebracht, deshalb saßen wir jetzt zusammen, um Wollsocken zu stricken. Es hätte alles so schön und entspannend sein können. Aber ich musste mir ja mal wieder selbst im Weg stehen.

»Nein, nein, alles gut«, erwiderte ich und verlor prompt eine Masche. »So ein Mist.«

»Gib amol her.« Trude nahm mir das Strickzeug aus der Hand und brachte alles wieder in Ordnung. Dann legte sie das Zeug auf den Tisch zwischen uns und sah mich eindringlich an. »So, ond etz verzell.«

»Ich sag doch …«

»Jädde. I ben vielleicht nemme de Jengscht, aber no lang it bled. Also etz sag scho, was da hosch.« Ihre Stimme war sanft, aber trotzdem bestimmt.

Seufzend nahm ich mir noch ein Plätzchen. »Eigentlich ist alles in Ordnung. Ich fühl mich wohl hier und hab mich ganz gut eingelebt.«

»Aber?«

Trude ließ wirklich nicht locker. »Aber ich glaube, Felix ist sauer auf mich, und das lässt mich einfach nicht los.« So, jetzt war es heraus. Wahrscheinlich dachte sie jetzt, dass ich hoffnungslos in ihren Enkel verliebt war, aber sollte sie doch denken, was sie wollte.

»Wia konnsch denn auf so a Idee? Dr Felix isch doch it behs auf di.«

»Nicht? Und warum geht er mir dann aus dem Weg? Seit meinem Umzug ist er total komisch und abweisend. Wir haben uns in den letzten zwei Monaten kaum gesehen. Vielleicht hatte er anfangs noch viel zu tun mit der ganzen Landschaftsgärtnerei, aber die Ausrede zählt jetzt nicht mehr. Das weiß ich von Georg.« Verlegen griff ich nach meiner Teetasse. Jetzt musste ich wirklich total verknallt geklungen haben.

Trude überlegte. »Des isch etz aber scho komisch. So hommer en it erzoga, des kah i dr saga. Wenn da witt, noch schwätz i amol mit ’m Felix.«

Ich winkte ab. So weit käm's noch! »Nein, das musst du nicht. Wirklich nicht.«

Trude sah mich einen Moment neugierig an. »Was isch eigentlich mit dir ond em Schorsch?«

»Was soll schon sein? Wir sind Freunde, und ich bin froh, dass ich hier überhaupt jemanden habe.« Warum fragte sie so was? Ich und Georg? Das war doch total absurd.

»Wenn da moinsch. Komm, nemm nommel a Bredla. Die mit ’m Hengalagsälz send bsonders guat worra des Johr.«

»Also mein Schwäbisch ist ja wirklich besser geworden, wie du weißt, aber jetzt hab ich kaum ein Wort verstanden.«

Wir mussten beide lachen. »I vergess des manchmol oifach. Dohanna«, sie zeigte auf den Teller mit den Plätzchen, »die mit ’m Hembeergsälz send guat.«

»Himbeermarmelade?«, fragte ich und griff nach einem der Plätzchen.

Trude nickte.

»Mmmh, die sind aber wirklich lecker. Krieg ich das Rezept?«

»Ha sicher, gern, ond a baar Bredla kahsch nochher au no mitnemma. Aber etz lass eis weiterstricka. Dia Socka sollat jo schließlich fehtig werra, bevor dr Wenter rom isch.«

Am Samstag vor dem zweiten Advent lud Georg mich ein, mit ihm auf eine Weihnachtsparty zu gehen. Es würde etwas zu essen geben und natürlich Weihnachtsmusik, zu der man tanzen konnte. Ich sagte sofort zu. Zum einen hatte ich ohnehin nichts Besseres zu tun. »Pretty Woman« konnte warten, und außerdem hatte ich den Film eh schon ein paar Mal gesehen. Zum anderen fühlte ich mich gerade jetzt zur Weihnachtszeit besonders einsam. Trude hatte ich zwar gesagt, ich hätte mich eingelebt, aber so ganz stimmte das nicht. Ich hatte mich hier mal ganz wohl gefühlt, aber das war, solange ich Felix gehabt hatte. Und jetzt, wo er sich zurückgezogen hatte, fühlte ich mich wieder alleingelassen.

Ich verstand es selbst nicht ganz. Schließlich hatte ich ja noch Georg und Trude, und auch mit meinen Kolleginnen aus der Boutique hätte ich theoretisch etwas unternehmen können, aber irgendwie war das alles im Moment kein Trost für mich.

Ich hatte eine Zeit lang ernsthaft überlegt, ob ich über Weihnachten ins Ruhrgebiet fahren sollte, zu Maja. Aber sie wollte mich ja im neuen Jahr ohnehin besuchen, und dann hatte Trude mich schließlich eingeladen, Weihnachten bei ihr zu feiern. Felix würde natürlich auch da sein, auch wenn das gemischte Gefühle in mir auslöste. Ich freute mich auf ihn, aber es würde auch komisch sein, mit ihm und seiner Familie zu feiern. Ich nahm mir fest vor, bis Weihnachten noch einmal mit ihm zu sprechen. Wir waren doch zwei erwachsene Menschen, und was auch immer zwischen uns stand, würden wir ja wohl aus der Welt schaffen können.

Und es bestand ja auch noch die Möglichkeit, dass ich Georg mal fragen konnte. Er und Felix waren ja nicht nur Arbeitskollegen, sondern auch beste Freunde. Aber das schob ich vorerst noch auf. Zuerst einmal wollte ich diesen Abend genießen.

Georg holte mich pünktlich um sieben Uhr zu Hause ab, und wir machten uns sofort auf den Weg. Es war nicht weit, und so gingen wir zu Fuß. Noch immer lag Schnee, und es schneite auch jetzt wieder. Kleine Flocken fielen vom Himmel, und es herrschte eine wunderbare Stille in der Stadt. Es war so still, wie es eben nur an einem verschneiten Winterabend sein konnte.

Ich zog den Schal noch etwas enger um meinen Hals und freute mich über die weihnachtliche Beleuchtung. Auf dem Marktplatz stand ein großer, beleuchteter Weihnachtsbaum. Die meisten Fachwerkhäuser in der Innenstadt waren festlich geschmückt, und auch privat hatten die Leute sich große Mühe gegeben. Obwohl hier auf dem Land grundsätzlich weniger geschmückt wurde als im Ruhrgebiet. In Herbertingen hatte ich zum Beispiel kaum Weihnachtsbeleuchtung gesehen, als ich Trude besucht hatte. Auch einen Weihnachtsmarkt hatte ich bisher leider noch nirgends entdeckt. Dabei liebte ich die besonders und hatte mich schon so darauf gefreut.

»Habt ihr hier auch so was wie einen Weihnachtsmarkt?«, fragte ich Georg.

Der nickte. »Schiergar jeder Oht hot so äbbes. Des Wochaende isch zom Beispiel oiner en Oschtrach.«

»Und in Saulgau?« Ich hatte mir mittlerweile wie die Einheimischen angewöhnt, das »Bad« einfach wegzulassen.

»Kommt au no, i glaub desmol am letzschta Adventswochaende. Witt zsamma nahganga?«

»Klar, gern.«

Wir schwiegen eine Weile, dann fragte Georg: »Ond was machsch eigentlich an Hoiligobad?«

»Trude hat mich eingeladen, mit ihr und der Familie zu feiern. Du weißt schon, Felix' Großmutter.«

»Hauptsach, da bisch it alloi. Mol seha, vielleicht kah i di ja au no iberzeiga, mit mir zom feira.«

Ich lächelte nur und antwortete nicht. Ich hatte nicht vor, Trude wieder abzusagen, aber das wollte ich Georg nicht so deutlich sagen.

»So, do semmer«, meinte Georg kurz darauf und hielt mir die Eingangstür auf.

»White Christmas«, das kratzige Original von Bing Crosby, war zu hören, und es roch nach Lebkuchen und Glühwein.

Georg half mir – ganz Gentleman – aus dem Mantel, dann ließen wir uns von einem der vielen Kellner zu unserem Platz bringen. Es war schon ziemlich voll in dem Restaurant. Die meisten Gäste waren in Grüppchen gekommen und unterhielten sich lachend. Für einen kurzen Moment wünschte ich mir, Felix wäre auch dabei, und vielleicht sogar Barbara und Lisa. Das wär bestimmt lustig geworden, aber ich schob den Gedanken schnell wieder weg. Ich wollte nicht undankbar sein, und ich würde sicher auch mit Georg alleine Spaß haben.

Wir bestellten uns einen alkoholfreien Jägertee, um wieder warm zu werden, und warteten auf das Essen, das schon bald darauf kam. Ich hatte die Ente mit Rotkohl und Klößen gewählt, Georg nahm statt der Ente einen Wildbraten. Es schmeckte köstlich, aber die Highlights waren für mich die Desserts. Da ich mich nicht zwischen dem Orangen-Marzipan-Parfait, der Lebkuchenmousse und dem Bratapfeleis entscheiden konnte, überredete Georg den Kellner, mir von allem ein bisschen zu bringen. Und das war absolut die richtige Entscheidung, denn ein Nachtisch schmeckte besser als der andere.

An diesem Abend war Georg irgendwie anders als sonst. Ich fand, dass er ein wenig nervös wirkte, deshalb sprach ich auch das Thema Felix vorerst nicht an. So unterhielten wir uns nach dem Essen eine Weile über alles Mögliche und machten dann einen kleinen Verdauungsspaziergang. Zwischenzeitlich hatte es zu schneien aufgehört, aber es war trotzdem schön und fast ein bisschen romantisch. Das schien auch Georg so zu sehen. Auf dem Rückweg zum Restaurant griff er nach meiner Hand, und ich überließ sie ihm. Ich hoffte nur, er würde sich deshalb keine Hoffnungen machen.

Als wir zurück im Restaurant ankamen, war die Stimmung dort bereits deutlich ausgelassener. Waren während des Essens noch die langsamen und besinnlichen Weihnachtslieder gelaufen, wurden jetzt die schnelleren ausgepackt. Allmählich füllte sich die Tanzfläche, und auch Georg und mich hielt es nicht länger auf den Stühlen, als »Merry christmas everyone« begann. Wir tanzten eine gefühlte Ewigkeit, und ich hatte schon lange nicht mehr so viel Spaß gehabt.

»Witt no äbbes assa?«, fragte Georg, als wir völlig aus der Puste an unserem Tisch saßen. »Vielleicht so a Mousse?«

Ich zuckte mit den Schultern. »Na ja, das Parfait war schon unglaublich lecker.« Eigentlich hatte ich heute ja schon genug gegessen, und ich sollte wohl etwas auf meine Figur achten. Andererseits bekam man nicht alle Tage so köstliche Desserts, und Diäten konnten wirklich bis nach den Feiertagen warten. »Also gut, ehe ich mich schlagen lasse.«

Georg winkte einen der Kellner heran, der am Rand der Tanzfläche stand und zu »Santa Claus is comin' to town« schunkelte, um jeweils eine Portion Mousse und Parfait sowie zwei Gläser Champagner zu bestellen.

»Nanu, haben wir was zu feiern?«, fragte ich, als der Kellner im Gewühl verschwand.

»Des hoff i doch«, erwiderte Georg grinsend, sprach aber nicht weiter.

Ich fragte mich, was er wohl damit meinte, hakte aber nicht weiter nach. Etwa eine Viertelstunde später wünschte ich, ich hätte es getan. Dann wäre ich vielleicht dieser peinlichen Situation entgangen, in der ich mich auf einmal wiederfand.

Nachdem der Kellner serviert hatte, hatte ich einen großen Schluck Champagner nehmen wollen. Erst, als ich das Glas schon angesetzt hatte, entdeckte ich, dass sich darin ein Ring befand. Also dieses Mal übertrieb Georg es wirklich. Und zu allem Überfluss war er auch noch aufgestanden und kniete nun vor mir auf dem Boden. Die anderen Gäste und Kellner warfen uns, wie sie wahrscheinlich dachten, unauffällige Blicke zu. Was sie wohl tuscheln würden, wenn sie merkten, dass Georg nur Spaß machte? Im Hintergrund ertönte derweil die Frank-Sinatra-Version von »Let it snow«.

»Jädde«, begann Georg und sah mir tief in die Augen. Beinahe hätte ich gelacht, aber Georg sah so ernst aus, dass ich mich nicht traute. »Mir kennat eis etz scho a Weile, ond i han di echt liab. Mir send oifach a tolls Bärle, ond deshalb han i denkt, mir sottat ernscht macha ond endlich heirata. Wah saischt?«

Das war wohl der unkonventionellste Antrag, den man sich vorstellen konnte, und dann auch noch auf Schwäbisch. Georg hatte sich zwar sehr viel Mühe mit dem ganzen Abend und Ambiente gegeben, aber seine Rede war unter aller Sau gewesen. Zum Glück war das Ganze nicht ernst gemeint.

Ich beugte mich ein Stückchen näher zu ihm, damit nicht alle mithören konnten. »Ich würd sagen, du solltest deine Rede noch mal ein bisschen üben, wenn du der Frau deiner Träume irgendwann wirklich mal einen Antrag machen willst. Aber ansonsten war alles große Klasse.«

Georg sah mich verdutzt an. »Ähm, Jädde?«, begann er zu stammeln.

Verlegenheit war eigentlich gar nicht seine Art, und nun musste ich doch lachen. »Was ist denn noch? Ich hoffe, du erwartest nicht, dass ich dich zur Vollendung der Vorstellung auch noch küsse. Das wär wirklich ein bisschen überzogen, findest du nicht? Die Leute haben auch so schon genug zu sehen bekommen.«

Georg wischte sich ein paar imaginäre Schweißperlen von der Stirn und griff nach meiner Hand. »Des isch koin Spaß gsei, i moin des ernscht. I will di heirata, Jädde!«

Mein Herz schlug mit einem Mal schneller, und meine Kehle wurde ganz trocken. Oh nein, das durfte doch nicht wahr sein. Doch genau das war es. Georg meinte es vollkommen ernst, er wollte mich wirklich heiraten. Warum war mir das nur nicht vorher schon aufgefallen? Seine ungewohnte Nervosität, das Händchenhalten und all das Drumherum … Mir war das Ganze mit einem Mal unglaublich peinlich, und Georg musste es noch schlimmer gehen. Ach du liebes bisschen, wie kam ich da jetzt nur wieder raus?

»Ähm, steh doch erst mal wieder auf und setz dich hin, damit wir in Ruhe über alles reden können«, flüsterte ich.

Georg sah enttäuscht aus, aber er tat es trotzdem. Ein Raunen ging durch die neugierige Zuschauermeute, das Tuscheln wurde lauter, und direkt hinter mir hörte ich eine Frau mittleren Alters leise raunen: »Der arme Kerl, wie peinlich ist das denn?« Oh ja, das war es.

Ich zermarterte mir den Kopf darüber, wie ich jetzt am besten anfangen sollte. »Es tut mir leid.« Nein, zu abgedroschen. »Lass uns Freunde bleiben.« Auf keinen Fall! »Wie kommst du denn darauf, dass ich dich heiraten möchte?« Um Himmels willen, wenn mir nicht schnell was Besseres einfallen würde, war ich verloren.

Zum Glück kam Georg mir zuvor. »Mahsch mi denn gar it?«

»Natürlich mag ich dich. Du bist einer meiner besten Freunde geworden, und das nicht nur hier in Oberschwaben. Aber eben nur ein Freund.«

»Aber i han dir doch scho efters en Ahtrag gmacht, ond du hosch emmer jo gsait.«

Unwohl rutschte ich auf meinem Stuhl hin und her. Die Frau hinter mir spitzte so angestrengt die Ohren, dass ich sie am liebsten gefragt hätte, ob sie sich nicht zu uns an den Tisch setzen will, damit sie uns besser verstehen kann. »Ja, ich weiß. Aber doch nur, weil ich das Ganze immer für einen Spaß gehalten hab.«

Nun sog die Frau hinter mir hörbar die Luft ein, und ich konnte nicht anders, als mich zu ihr umzudrehen und ihr einen bösen Blick zuzuwerfen. Statt beschämt wegzuschauen, besaß sie jedoch die Frechheit, mich empört zu mustern. Seufzend wandte ich mich wieder Georg zu. »Lass uns bitte gehen. Dann können wir das Ganze in Ruhe besprechen, ohne Schaulustige.« Beim zweiten Satz war ich extra etwas lauter geworden.

Georg nickte wie ein begossener Pudel. So niedergeschlagen hatte ich ihn noch nie gesehen, und er tat mir so leid. Während er einen Kellner heranwinkte, der sich irgendwie ertappt zu fühlen schien und sich erst mal verlegen räusperte, bevor er an unseren Tisch kam, zog ich schon mal meinen Mantel an. Noch peinlicher wurde das Ganze, als ich die horrende Summe hörte, die Georg zahlen musste. Und das alles nur wegen mir.

Vor der Tür zog ich das Portemonnaie aus meiner Tasche, holte einen Schein heraus und hielt ihn Georg hin. »Ich will dir was dazugeben.«

Doch der winkte ab. Er steckte die Hände in die Taschen, und wir gingen ein Stück, ohne dass einer von uns beiden was sagte. Es hatte wieder zu schneien begonnen und war noch kälter geworden.

»Es tut mir leid, Georg«, begann ich schließlich.

»Schorsch«, antwortete er und schenkte mir ein zaghaftes Lächeln. »Bloß, weil mer it glei heiratat, messa mer jo it wieder so förmlich zuanander werra, oder?«

Ich nickte betreten. »Du bist ein toller Kerl, wirklich. Und die, die dich mal bekommt, kann wirklich glücklich sein.«

»Des saischt etz bloß so. Du witt me ja au it.«

»Was soll ich sagen?«, erwiderte ich seufzend. »Ich mag dich wirklich, aber zum Heiraten reicht's eben nicht.«

»Isch es wega sallem Tom, dei Ex?«

»Tom?« Überrascht sah ich ihn an. »Nein, das hat überhaupt nichts mit Tom zu tun, wirklich nicht. Theoretisch bin ich schon bereit, mich auf was Neues einzulassen, aber …« Ich brach ab. Für einen Abend hatte ich Georg schon genug verletzt.

Doch Georg zuckte nur die Schultern. »Was it isch, kah ja no werra. Du wirsch scho au no seha, dass i en tolla Fang wär.«

Ich unterdrückte ein trauriges Lachen. Offenbar hatte Georg sich wieder gefangen, und so gefiel er mir gleich viel besser. So wusste ich wenigstens, wie ich mit ihm umgehen musste. »Du solltest froh sein, Schorsch. Mit mir hättest du es sicher nicht leicht. Ich bin nur mit Hund und Meerschweinchen zu haben, die einen ganz schönen Dreck machen und einem die Haare vom Kopf fressen. Morgens im Badezimmer brauch ich eine Ewigkeit, und manchmal hab ich einfach keine Lust, die

Wohnung zu putzen. Meinen letzten Freund hab ich dazu getrieben, schwul zu werden. Meine Mutter, die übrigens mit einem spanischen Guru zusammen ist, der nur halb so alt ist wie sie, hängt aber immer noch an meinem Ex und wird es meinem neuen Freund sicher nicht leicht machen. Außerdem …«

Georg winkte ab. »Isch scho reacht, Jädde. Du witt mer dich bloß madig macha, aber des wird it klappa.«

»Georg …«

»Schorsch.« Er seufzte und blieb stehen. Mittlerweile waren wir vor meiner Haustür angekommen. »I werr scho driber wegkomma, ehrlich.«

Einen Moment überlegte ich, was ich sagen sollte. Schließlich entschied ich mich für die Wahrheit. »Danke für den tollen Abend. Es war trotz allem wirklich schön.« Ich nahm ihn kurz in den Arm, auch wenn ich eigentlich wusste, dass das keine so gute Idee war. Dann ging ich ins Haus, ohne mich noch einmal umzudrehen. Es war feige und egoistisch, das war mir klar, aber ich konnte Georgs traurigen Blick einfach nicht länger ertragen.

Kapitel 10

»Ich glaub, mein Schwein pfeift. Und was hast du gesagt?« Maja klang ganz aufgeregt. Ich konnte förmlich vor mir sehen, wie sie sich das Telefon noch näher ans Ohr presste.

»Na, was soll ich schon gesagt haben? Ich hab versucht, ihm so nett wie möglich beizubringen, dass das mit uns nichts wird.« Ich wechselte das Handy in die linke Hand, um Mayo besser im Griff zu haben. Der beschnupperte nämlich schon seit geraumer Zeit ein und denselben Baum am Straßenrand.

»Und warum hast du erst jetzt angerufen? Also, ich bin wirklich ein bisschen enttäuscht, Jette.«

»Irgendwie war es mir peinlich. Ich hätte doch merken müssen, dass Georg echtes Interesse an mir hat, und wahrscheinlich kann ich froh sein, wenn ich überhaupt noch einen abbekomme. Entweder werden die Männer schwul oder sie nehmen Reißaus.«

»Verstehe, deshalb die schlechte Laune.«

»Was meinst du?«, fragte ich und zog noch stärker an Mayos Leine, der schon wieder einen anderen Baum zum beschnuppern gefunden hatte. Sie hatte recht, ich hatte an diesem Tag so richtig miese Laune, und das lag nicht nur am Wetter. Es war in den vergangenen Tagen ein bisschen wärmer geworden, der Schnee war größtenteils geschmolzen. Dafür regnete es jetzt, und der Wind kam von allen Seiten, sodass es trotzdem irgendwie kalt war.

»Er hat sich also immer noch nicht bei dir gemeldet«, stellte Maja fest.

Ich musste nicht nachfragen, mir war auch so klar, dass sie Felix meinte. »Nein, hat er nicht. Und Georg geht mir jetzt auch mehr oder weniger aus dem Weg. Er braucht ein paar Tage zum Nachdenken, sagt er.«

»Ist doch verständlich. So eine Abfuhr ist schmerzhaft und peinlich, da muss man erst mal drüber wegkommen, und das geht eben nicht von heute auf morgen.«

Seufzend gab ich ihr recht. »Ja, das seh ich ja ein, aber jetzt bin ich ganz allein hier.«

Maja nutzte sofort die Gunst der Stunde. »Warum kommst du dann nicht Weihnachten zu mir? Das wird bestimmt toll. Wir schmücken zusammen den Baum, backen Plätzchen, hauen uns eine Weihnachts-Liebesschnulze nach der anderen rein …«

»Das klingt wirklich sehr verlockend, aber ich hab Trude schon zugesagt, mit ihr zu feiern, und ich will sie nicht enttäuschen.«

»Schade, ich hätt dich gern mal wiedergesehen, und außerdem hätt ich dann ne Ausrede gehabt, nicht so lange bei meinen Alten bleiben zu müssen.«

»Du hast es doch mit deiner Familie vergleichsweise gut getroffen«, meinte ich und musste dabei an meine Familie denken. Meine Mutter hatte auch schon gefragt, ob ich nicht über die Feiertage zu ihr und Juan nach Ibiza kommen wollte. Aber bevor ich das tat, würde ich lieber alleine unter dem Baum sitzen. »Have yourself a merry little Christmas«. Wie von selbst hatte ich das Lied im Kopf. Ich schluckte die Tränen hinunter und schnauzte statt zu heulen Mayo an, was mir sofort leidtat. »Mensch Mayo, jetzt komm endlich. Wenn du so weitertrödelst, kommen wir heute nicht mehr ins Geschäft.« Mit großen Augen sah er mich an. Jetzt hätte ich wirklich fast zu heulen angefangen.

»Tief durchatmen«, sagte Maja am anderen Ende der Leitung. »Das wird schon alles wieder, und bald bin ich ja auch da, zur Verstärkung sozusagen. Wenn du willst, trete ich diesem Felix eigenbeinig in den Arsch.«

Ich musste lachen, auch wenn es irgendwie mehr nach einem Grunzen klang. »Ich werd's mir ernsthaft überlegen. Weißt du denn schon, wann du kommst?«

»Na ja, ich kenne da jemanden, der am 9. Januar Geburtstag hat ...«

Meine Laune verbesserte sich schlagartig. Am liebsten hätte ich einen Luftsprung gemacht. »Oh, das wär ja toll. Du kommst echt zu meinem Geburtstag?«

»Na hör mal, immerhin wirst du dreißig. Die Fahrkarte ist auch schon gekauft.«

»Super. Danke, Maja, du hast mir den Tag gerettet.«

»Immer wieder gern.«

Mittlerweile war ich vor der Boutique angekommen. »Du, ich würd echt gern noch weiterquatschen, aber ich muss Schluss machen. Meine Schicht hat vor zwei Minuten angefangen.«

»Alles klar. Bis dann, und halt mich auf dem Laufenden.«

»Mach ich. Tschau.« Während ich mich von Maja verabschiedete, hatte ich Mayo so gut wie möglich die verdreckten Pfoten mit einem Taschentuch sauber gemacht. Jetzt steckte ich das Handy weg und wollte gerade die Tür öffnen, als eine vertraute Stimme hinter mir sagte: »Hallo Jette. Wie geht's dir?«

Hallo Jette. Wie geht's dir? Wir hatten uns seit einigen Wochen nicht gesehen, und ihm fiel nichts Besseres ein als »Hallo Jette. Wie geht's dir?«. Wild entschlossen, ihm die Meinung zu geigen, drehte ich mich um – und vergaß meinen Plan beim Anblick seiner blauen Augen sofort. So hatte er mich schon lange nicht mehr angeschaut. Meine Knie wurden ganz weich, und mein Herz machte einen Satz.

»Hallo Felix. Geht schon, und bei dir?« Gott, ich klang wie eine dusselige Kuh. Hoffentlich merkte er das nicht.

»Auch, danke.« Er beugte sich zu Mayo, um ihn zu streicheln. Mayo wedelte ganz aufgeregt mit dem kleinen Stummelschwanz. »Na, kleiner Kerl, alles klar?« Einen Moment sah Felix mich von unten an, dann stand er wieder auf und vergrub die Hände in den Taschen. »Ich hatte in den letzten Wochen viel zu tun, weißt du. Hab endlich meine Wohnung renoviert. Neue Möbel, neue Farbe und all so was. Deshalb hab ich länger nichts von mir hören lassen. Tut mir leid.«

Seine Entschuldigung klang ehrlich, trotzdem ignorierte ich sie. So leicht kam er mir trotz seiner schönen blauen Augen nicht davon. »Warum hast du denn nichts gesagt? Ich hätte dir doch geholfen.«

»Weiß ich doch, aber ich wollte dich nicht damit belästigen. Ich zeig dir aber gerne das Resultat, wenn du Lust hast.«

Ich nickte. Okay, vielleicht würde ich es ihm doch so leicht machen. Im selben Augenblick ging hinter uns die Tür auf. Warme Luft strömte heraus, und ich roch den Duft von Jasminparfum. Im Radio lief »Last Christmas«.

»Wisst ihr eigentlich, dass ihr die ganze Zeit unter einem Mistelzweig steht?«, fragte Barbara schmunzelnd, als ich mich zu ihr umdrehte. Ich lief sofort rot an, und auch Felix sah verlegen aus. »Na los, gebt euch schon ein Busserl, und dann kommt endlich rein. Bei dem Wetter würd ich ja nicht mal meinen Köter vor die Tür jagen. Nichts für ungut, Mayo.«

Barbara nahm mir Mayos Leine ab und ging schon mal in den Laden. Felix und ich sahen uns einen Moment verlegen an. Er küsste mich kurz auf die Wange, bevor wir Barbara folgten. Wie hatte ich doch den Duft seines Aftershaves vermisst.

»Was machst du eigentlich hier?«, fragte Barbara Felix, während ich meinen Mantel und meine Tasche schnell ins Büro brachte. »Kommst du nur vorbei, weil du Sehnsucht nach uns hattest, oder bist du auf der Suche nach Weihnachtsgeschenken?«

»Du kennst mich einfach zu gut«, antwortete Felix. »Um ehrlich zu sein, such ich noch Geschenke für meine Mutter und Oma. Ich hatte gehofft, ihr habt vielleicht irgendwas Passendes.«

Felix' Antwort enttäuschte mich. Insgeheim hatte ich gehofft, er wäre gekommen, um mich mal wieder zu sehen. Aber wahrscheinlich war es nur Zufall, dass ich heute auch da war. Außerdem gefiel es mir nicht, dass Barbara ihn so gut kannte, auch wenn ich sie mittlerweile sehr gern mochte. Aber die Vorstellung, dass die hübsche, intelligente Barbara mal mit Felix zusammen gewesen war und eventuell immer noch Interesse an ihm haben könnte, löste bei mir Brechreiz aus.

»Ach, da haben wir bestimmt irgendwas Schönes für die beiden. Jette hilft dir, ich muss dringend noch mit einem Lieferanten sprechen. Er ist schon wieder mit seiner Lieferung im Rückstand. Du weißt ja, vor Weihnachten ist hier immer die Hölle los.« Und damit war sie auch schon im Büro verschwunden.

Einen Moment sahen Felix und ich uns unschlüssig an. Er wollte sich ganz normal verhalten, so als ob nichts gewesen wäre, aber das gelang ihm nicht ganz. Was auch immer zwischen uns gestanden hatte, es war noch nicht aus dem Weg geräumt.

»Bevor ich's vergesse, nächsten Donnerstag fängt der Weihnachtsmarkt hier in Saulgau an. Hast du eventuell Lust, mit mir hinzugehen? Es ist nichts Besonderes, aber …«

»Klar«, unterbrach ich ihn sofort und versuchte, meine Freude über seine Einladung nicht so deutlich zu zeigen. Vielleicht waren wir ja doch auf einem guten Weg. »Also, an was hast du denn so gedacht? Für Helga und Trude, mein ich«, fügte ich hinzu, als er mich etwas verständnislos ansah.

»Das ist ja das Problem. Wenn ich auch nur den Hauch einer Idee hätte, wär ich nicht hier.«

Das hatte ich mir schon gedacht, und es tat weh, ihn das einfach so sagen zu hören. Aber ich schluckte die Enttäuschung herunter und ging nicht weiter darauf ein. »Kennst du denn ihre Kleidergrößen?«

Felix sah mich entschuldigend an. »Du weißt doch, Frauen reden nicht gerne über so was. Das ist bei Müttern und Omas nicht anders.«

»Verstehe, also keine Klamotten. Das wird schwierig.«

Schließlich fanden wir aber doch noch was Hübsches für die beiden. Für Helga suchten wir ein türkisfarbenes Tuch und eine Brosche aus und für Trude eine bunte Pudelmütze mit dazu passenden Handschuhen.

»Ich hab gehört, du feierst Weihnachten bei uns«, sagte Felix beiläufig, während ich kassierte.

Ich sah kurz auf und nickte. »Ja, Trude hat mich gefragt. Ich hoffe, das ist okay für dich.«

»Natürlich ist es das, keine Frage. Das wird bestimmt lustig.«

Wieder nickte ich. »Dumm ist nur, dass ich auch noch Geschenke für deine Familie brauche. Du hast nicht zufällig eine Idee?«

Erneut sah Felix mich entschuldigend an.

»Tja, da kann man nichts machen. Ich werd schon noch was finden«, meinte ich und reichte Felix sein Wechselgeld sowie die Tüte mit den Geschenken.

»Vielleicht finden wir ja was auf dem Weihnachtsmarkt, und wenn nicht, suchen wir halt sämtliche Geschäfte in der Umgebung ab.« Nach einer kurzen Pause fügte er hinzu: »Ich hol dich dann am Donnerstag um sieben ab. Passt dir das?«

Ich nickte und konnte mir ein Lächeln nicht verkneifen.

Auch Felix lächelte.

»Sag mal, was ist da eigentlich zwischen dir und Felix?«, fragte Barbara, nachdem er gegangen war.

Irgendwie fühlte ich mich ertappt. Keine Ahnung, warum. Ich hatte ja schließlich nichts verbrochen. »Wieso, was meinst du?«

»Ach komm, ich hab doch Augen im Kopf.«

Ja, sogar ein sehr hübsches Paar in Smaragdgrün, aber das sagte ich jetzt lieber nicht. Stattdessen zuckte ich die Schultern. »Ich weiß doch auch nicht.«

»Verstehe«, sagte Barbara und nickte. Auch wenn ich nicht wusste, was genau es daran zu verstehen gab. »Cappuccino?«, fragte sie, und wieder nickte ich.

»Ja, gern. Sofern wir uns das zeitlich erlauben können?«

»Siehst du gerade irgendwelche Kunden?«, entgegnete Barbara und schlenderte in die kleine Küche. Ich folgte ihr.

Sie stellte die Kaffeemaschine an und holte eine Milchtüte aus dem Kühlschrank, dann sah sie mich an. »Also, dann schieß mal los.«

»Ich weiß gar nicht, wo ich anfangen soll«, gestand ich. »Ich hab ganz ehrlich absolut keine Ahnung, was zwischen Felix und mir ist.«

»Aber ich. Zwischen euch funkt es gewaltig.«

Ich unterdrückte nur mit Mühe ein Schnauben. »Tatsächlich? Da bist du aber die Einzige, die das so sieht.«

»Wenn du das sagst.« Sie schmunzelte vor sich hin, während sie Milch in den Aufschäumer füllte und das Ding anstellte.

Sie hatte es wirklich drauf, einen aus der Reserve zu locken, das musste ich neidlos zugeben. »Wie kommst du denn darauf?«

»Wie gesagt, ich hab Augen im Kopf.« Sie schwieg, und wir lauschten einen Moment dem gleichmäßigen Brummen der Kaffeemaschine.

»Ach komm schon, das ist jetzt aber nicht fair«, platzte es schließlich aus mir heraus. »Wie kommst du darauf, dass es zwischen uns funkt?«

Barbara lachte und mixte den ersten Cappuccino zusammen. Ohne mich anzusehen, meinte sie: »Du magst ihn doch, oder etwa nicht?«

Wieder zuckte ich die Schultern. »Ja, schon.«

»Siehst du? Und er mag dich auch.«

»Ausgeschlossen, das kann gar nicht sein.«

»Ach ja, und wie kommst du jetzt da drauf?« Sie schob mir den ersten Cappuccino hin und machte sich an den zweiten.

Dieses Mal ließ ich dem Schnauben freien Lauf. »Er hat sich wochenlang nicht bei mir gemeldet. Überhaupt haben wir uns in den vergangenen zwei Monaten kaum gesehen. Meistens nur zufällig, und dann war er ziemlich abweisend mir gegenüber. Und da behauptest du, dass er mich mögen würde.«

»Das tut er auch, glaub mir, Jette. Ich kenne Felix schon ein bisschen länger als du, und das ist jetzt nicht böse gemeint.«

Ach nein? Ich nahm einen Schluck Cappuccino, der von Barbara zubereitet mindestens genauso gut schmeckte wie in jedem Café. Was konnte diese Frau eigentlich nicht? Auch wenn ich sie mittlerweile wirklich mochte, fühlte ich mich in ihrer Nähe nach wie vor unperfekt. »Ich weiß, dass ihr mal zusammen wart.«

»Sicher weißt du das.« Sie seufzte, und endlich verschwand das überhebliche Schmunzeln aus ihrem Gesicht. »Hör mal, Jette, das zwischen Felix und mir ist schon verdammt lang her. Es hat einfach nicht gepasst zwischen uns, und ich hab auch überhaupt kein Interesse daran, das Ganze wieder aufzuwärmen. Wegen mir musst du dir also keine Sorgen machen.«

Wer behauptete denn, dass ich das tat? Okay, warum sollte ich mir selbst was vorlügen? Ich war schon irgendwie erleichtert, dass es nun offiziell war. Doch da kam mir ein Gedanke, der mir gar nicht gefiel. »Und was ist, wenn Felix das anders sieht?«

Barbara lachte. Sie stellte die Kaffeemaschine aus und nahm einen Schluck Cappuccino. Dann lehnte sie sich mit ihrem wohlgeformten Hintern – für den jede Frau, ohne groß zu überlegen, einen zweifachen Mord begehen würde – gegen die Küchentheke. »Ich hab dir doch gesagt, dass er dich mag. Vertrau mir einfach mal, Jette.«

Ich seufzte und lehnte mich mit meinem weniger perfekten Hinterteil ebenfalls gegen die Theke. »Leichter gesagt als getan, wenn er sich so komisch verhält.«

»Das versteh ich ja, aber du könntest dir auch mal überlegen, ob es vielleicht einen Grund dafür gibt beziehungsweise gab.«

Ich stellte die Cappuccinotasse neben mir ab und sah Barbara empört an. »Du hast mit ihm geredet, hab ich recht?«

Sie antwortete nicht, aber ihr Blick verriet alles. Ha, immerhin hatte sie absolut kein Pokergesicht drauf. Andererseits konnte es natürlich auch sein, dass sie sich absichtlich verraten hatte. Mist.

»Was hat er gesagt?«, wollte ich wissen.

Doch sie zuckte nur die Schultern und lächelte mich entschuldigend an. »Tut mir leid, aber er ist nach wie vor ein guter Freund. Ich kann dir nur raten, dass ihr das Ganze endlich mal aus der Welt schafft.«

Verdammt. Was meinte sie nur damit? Was hatte er ihr wohl erzählt?

»Es tut mir wirklich leid, aber Felix würde mich umbringen, wenn er wüsste, dass ich überhaupt etwas gesagt habe.«

»Und warum hast du es dann getan?« Ich wusste, dass ich mich wie ein bockiges Kind verhielt, aber ich konnte einfach nicht anders, und ehrlich gesagt war es mir gerade auch ziemlich egal. Wenn schon unperfekt, dann richtig.

»Ich will doch nur, dass ihr beide glücklich seid, und irgendwann werdet ihr mir mal dafür dankbar sein. Übrigens, lila steht mir nicht besonders. Nur so zur Info, falls du irgendwann mal die Kleider für deine Brautjungfern aussuchst.«

»Moment mal, hat irgendwer gesagt, dass ich überhaupt mit ihm zusammen sein will?«

»Ach Jette!« Barbara schüttelte lächelnd den Kopf, als im Verkaufsraum die Glocke zu hören war. Sie stellte ihre leere Tasse in die Spüle und schüttelte ihre braunen Locken auf, die auch vorher schon perfekt gesessen hatten. »Dann wollen wir mal wieder an die Arbeit. Das Weihnachtsgeschäft ruft.«

Sie verschwand im Verkaufsraum, und kurz darauf hörte ich sie freundlich mit einer Kundin sprechen. Ich starrte ihr einen Moment hinterher und dachte darüber nach, was sie gesagt hatte. Aber noch wichtiger war die Frage: Wollte ich wirklich mit Felix zusammen sein?

Okay, ich gab zu, dass Barbara vielleicht recht gehabt hatte. Vielleicht hatte ich für Felix tatsächlich mehr als freundschaftliche Gefühle und wäre gerne mit ihm zusammen gewesen. Aber da waren immer noch ihre kryptischen Worte. Tagelang grübelte ich darüber nach, kam aber zu keinem Schluss. Irgendetwas musste da gewesen sein, aber ich kam einfach nicht drauf. Am liebsten hätte ich ihn gefragt, aber das konnte ich ja schlecht. Dann hätte er ja gewusst, dass Barbara mit mir gesprochen hatte, und ich wollte sie auf keinen Fall in die Pfanne hauen. Das wäre nicht nett gewesen. Nein, ich musste selbst drauf kommen.

Ob ich Georg eventuell mal fragen sollte? Doch den Gedanken verwarf ich sofort wieder. Nein, das konnte ich nicht bringen. Etwas noch Herzloseres hätte ich ihm kaum antun können. Aber anrufen konnte ich ihn trotzdem mal wieder, dachte ich mir. Wir hatten schon seit einer guten Woche nicht mehr miteinander gesprochen, und ich wollte wenigstens wissen, ob es ihm gut ging.

Als Felix mich dann am Donnerstag abholte, war ich ganz verwirrt. Noch verwirrter war ich allerdings, als ich sah, dass er Georg dabeihatte. Richtig, auch er hatte mich gefragt, ob ich mit ihm auf den Weihnachtsmarkt gehen wollte. Das hatte ich ganz vergessen, und nach meiner Abfuhr war ich ehrlich gesagt auch davon ausgegangen, dass er kein Interesse mehr daran haben würde. Da hatte ich mich wohl getäuscht.

Ich war nicht sicher, was ich von seiner Anwesenheit halten sollte. Eigentlich hatte ich mich ja schon darauf gefreut, mit Felix allein zu sein. Aber ich war natürlich auch froh darüber, dass Georg nicht böse auf mich war. Und er verhielt sich auch noch nahezu wie immer, also wie vor meinem Korb. Entweder war er ein guter Schauspieler oder ein guter Verlierer – oder er war bereits über mich hinweg, was allerdings wenig schmeichelhaft gewesen wäre. Andererseits konnte ich natürlich froh sein, wenn es so war. Es bestand freilich auch noch die Möglichkeit, dass er sich nach wie vor Hoffnungen machte. Ich konnte nur hoffen, dass er das nicht tat, denn ich wollte ihm nicht noch einmal wehtun. Ich seufzte. Gott, wann war das Leben nur so kompliziert geworden?

Auch Felix gab sich Mühe, ganz normal zu sein, aber er wirkte ziemlich angespannt. Irgendwie fand ich das süß, und ich hätte ihm die Unsicherheit gerne genommen, aber dafür war ich in diesem Moment gewiss nicht die Richtige, schließlich war ich doch selbst die Unsicherheit in Person.

Ich fragte mich, ob Felix wohl von Georgs Heiratsantrag wusste. Das war mit Sicherheit der Fall, und irgendwie war es mir unangenehm. Was er wohl von der Sache hielt? Ich wünschte, ich hätte damals auf ihn gehört. Auf dem Dorffest in Herbertingen hatte er mich noch davor gewarnt, Georg könne das Ganze ernst nehmen. Obwohl Georg das damals sicher noch nicht getan hatte, denn es war doch schon einige Zeit her. Andererseits wusste man bei ihm nie.

Die Begrüßung fiel etwas steif aus, auch wenn wir alle auf Normalität bedacht waren. Nach kurzem Zögern umarmten wir uns kurz – natürlich nicht alle gleichzeitig, sondern hintereinander, wobei das auch nicht so ganz stimmte; immerhin umarmten die zwei Männer nur mich. Jedenfalls machten wir uns dann auf den Weg. Bis Heiligabend war es keine Woche mehr hin, und pünktlich zu den Feiertagen hatte es wieder zu schneien angefangen. Mayo freute sich sowohl über unsere männliche Begleitung als auch über den Schnee. Er jagte allen Flocken hinterher, die momentan allerdings nur sehr spärlich vom Himmel fielen.

»Meister Yoda scheint sich ja ganz gut eingelebt zu haben«, meinte Felix nach einer Weile des Schweigens.

»Moischter Yoda?« Georg sah mich fragend an, woraufhin ich Felix einen nicht ernstgemeinten bösen Blick zuwarf.

»Die lange Form von Mayo«, erklärte ich und Georg lachte.

»Ich hab übrigens mittlerweile rausgekriegt, worauf die beiden Meerschweinchennamen anspielen.« Felix grinste mich an, und ich freute mich darüber wie eine Schneekönigin.

Mir waren die Namen von Amalie und Abigail nicht mehr peinlich. Dann hießen sie eben wie die beiden Gänse aus »Aristocats«, und wenn schon. Ich musste nicht lange überlegen, um Felix Kontra zu geben. »Ach ja? Ich wusste gar nicht, dass du auf Disney-Filme stehst.«

»Na hör mal, ›Fluch der Karibik‹ ist einer meiner Lieblingsfilme. Aber Spaß beiseite, ich hab neulich Sabines Kinder hüten müssen, und komischerweise wollten die zwei Quälgeister lieber singende Katzen als Uma Thurman in sexy Bikerkluft sehen.«

»Wie das wohl kommt? Ist deine Schwester in der Gegend?« Vielleicht würde ich sie ja endlich mal kennenlernen. Das wurde auch langsam Zeit, fand ich. Schließlich war ich jetzt schon seit ein paar Monaten in Oberschwaben. Warum kannte ich sie eigentlich noch nicht? Schon irgendwie komisch. Anscheinend hatte die Gute viel zu tun oder mit ihrer Familie nicht viel am Hut.

»Sie hat bloß mal ein Wochenende die Kinder hochgebracht, weil sie in Ruhe Weihnachtsgeschenke besorgen wollte.«

»Und warum waren sie dann nicht bei ihren Großeltern?«

Felix sah verlegen aus. »Waren sie ja, aber den einen Nachmittag wollten sie eben gerne mit ihrem Onkel Felix verbringen.«

Das war ja süß. Anscheinend hatte Felix was für Kinder übrig, auch wenn er die zwei vorher noch als Quälgeister bezeichnet hatte.

»Na, jedenfalls wirst du sie Weihnachten kennenlernen. Da kommen sie natürlich alle hoch.«

Das hätte ich mir auch eigentlich selbst denken können. »Da freu ich mich aber. Wie alt sind die beiden denn?«

»Vier und sechs, es sind zwei Mädchen. Chantal und Jacqueline.«

»Ach herrje«, entfuhr es mir, bevor ich mich zurückhalten konnte, doch Felix schien es mir nicht übel zu nehmen. Um nicht in noch mehr Fettnäpfchen zu treten und um Georg nicht völlig aus unserem Gespräch auszuschließen, wandte ich mich an ihn. »Wo feierst du eigentlich?«

»I ben bei meina Leit ond draff mi dann no mit a baar Freind.«

Ich nickte, weil ich nicht recht wusste, was ich sagen sollte. Mittlerweile hatten wir auch den Weihnachtsmarkt erreicht.

»Du hast wahrscheinlich immer noch kein Geschenk für meine Leute, oder?«, fragte Felix und sah mich an.

Ich schüttelte den Kopf. »Leider nicht. Ach je, und was mach ich mit deinen Nichten und deiner Schwester? Ich kenn die doch noch gar nicht.«

Felix winkte ab. »So ein Quatsch, denen brauchst du doch nichts zu schenken. Ein paar Süßigkeiten für die Mädchen, wenn du unbedingt willst, das reicht.«

»Noch laufa mer amol iber dea Markt, om eis en Iberblick zom verschaffa, odr?«, fragte Georg.

Felix nickte. »Tät ich auch sagen.«

Und so machten wir es. Etwa fünf Minuten später standen wir wieder an unserem Ausgangspunkt, dem großen Weihnachtsbaum am Marktplatz.

Okay, tief durchatmen, ermahnte ich mich. Was hattest du denn auch erwartet, Jette? Du bist hier in einer ländlichen Gegend, quasi auf dem Dorf. Auch wenn sich Saulgau gerne als große Stadt sah, das war sie einfach nicht. Okay, vielleicht für örtliche Verhältnisse, aber nicht, wenn man wie ich aus dem Ruhrgebiet kam und anderes gewohnt war.

»Ähm, der Markt ist aber schon irgendwie ziemlich … übersichtlich«, murmelte ich und vermied es, Felix oder Georg anzusehen.

Auch Felix sah mich nicht an. »Tut mir leid, ich hatte wohl vergessen, dass er so klein ist.«

Klein war gut. Es gab maximal zwanzig Stände, davon etwa fünfzehn, an denen man Glühwein, Würstchen und andere Fressalien bekam. Außer Poffertjes natürlich, dabei hatte ich mich schon so auf die gefreut. Das war ja mal wieder klar. Geschenke würde ich hier also eher nicht finden. Aber wenigstens kam mit der Beleuchtung und der leisen Weihnachtsmusik im Hintergrund so etwas wie Weihnachtsstimmung auf.

Nun riskierte ich doch einen Blick auf Felix, gerade als er mich auch ansah. Wir mussten lachen.

»Na, en Glihwei kenna mer doch trotzdem drenka, oder was moinater?«, schlug Georg vor, und wir nickten.

»Und Hunger hab ich auch«, sagte Felix. »Was ist mit euch?«

»Emmer. I namm a Rote.«

»Ich nicht.« Auch wenn ich keine Ahnung hatte, was das eigentlich sein sollte. »Ich glaub, ich nehm nen Crêpe. So was gibt's hier doch, oder?«

Felix nickte. »Da vorne. Dann hol du dir deinen Crêpe, Schorsch besorgt zwei rote Würste, und ich hol den Glühwein. Und dann treffen wir uns wieder hier vorne an dem Tisch.«

Als ich am Crêpe-Stand endlich an der Reihe war, überlegte ich einen Moment. Sollte ich mich trauen? Warum nicht, ich hatte doch nichts zu verlieren. »Sagen Sie, Poffertjes gibt es hier nicht zufällig?«

Der Mann sah mich an, als ob ich von einem anderen Planeten käme. Allerdings war es noch nicht so schlimm wie zu Nikolaus. Da hatte ich in einer Bäckerei einen Puuh-Mann kaufen wollen, was an sich schon komisch war, denn im Ruhrgebiet gab's die immer an Sankt Martin. Die Verkäuferin hatte überhaupt nicht gewusst, was ich von ihr wollte, und auch mit Stutenkerl hatte sie nichts anfangen können. Schließlich hatte sich herausgestellt, dass die Dinger hier in der Gegend Klosamah hießen.

»Poffertjes? Was soll 'n des sei?«, fragte der Mann.

Ich erklärte es ihm, in der Hoffnung, dass die hier vielleicht auch nur irgendwie anders hießen. »Eine holländische Spezialität. Die sehen ein bisschen aus wie kleine, dicke Pfannkuchen. Man isst sie mit Butter und Puderzucker, ich zumindest.«

Der Mann lachte. »Noi, so äbbes hond mir dohanna it. Daff's äbbes anders sei?«

Na ja, einen Versuch war es immerhin wert gewesen. »Dann bitte einen Crêpe mit Zimt und Zucker.«

Während der Mann Teig auf dem Crêpebräter verteilte, musterte er mich interessiert. »Sia send it von dohanna, oder?«

»Richtig, ich bin aus dem Ruhrgebiet.«

»Ah, deswega.«

Frechheit. Als ob das alles erklären würde. Ich drehte mich demonstrativ um, um einer weiteren Unterhaltung aus dem Weg zu gehen.

Georg und Felix standen bereits am Tisch, als ich zu ihnen kam. Georg warf Felix gerade einen eindringlichen Blick zu. Der räusperte sich und schob mir eine Tasse Glühwein hin.

»Danke«, murmelte ich und biss in meinen Crêpe.

»Alles okay?«

Ich nickte. »Sagt mal, ihr habt nicht zufällig schon mal was von Poffertjes gehört?«

Nun sahen sie mich genauso fragend an wie vorher der Crêpe-Mann und stellten auch noch genau dieselbe Frage. Ich erklärte es ihnen widerwillig.

»So was kennt man hier nicht. Holland ist ein ganzes Stück weit weg, weißt du. Deshalb versteht hier auch niemand die Holländer-Witze mit den Wohnwagen.«

Hinterwäldler, dachte ich mir, hatten nicht mal Holländer hier. Ich sagte aber nichts. Schließlich hatte ich die beiden Hinterwäldler hier mittlerweile in mein Herz geschlossen.

»Was isch denn do dra so witzig?«, fragte Georg.

»Siehst du?«, meinte Felix, und mir blieb nichts anderes übrig, als den Kopf zu schütteln.

»Sagt amol, solla mer eigentlich an Weihnachta Kruschtwichtla?«

»Bitte was?«, fragte nun ich.

Felix schüttelte sofort den Kopf. »Nicht schon wieder. Du förderst immer die abstrusesten Dinge zu Tage.«

»Was soll denn das sein?«, wiederholte ich meine Frage.

»Wichteln kennst du doch, oder?« Felix sah mich an und nahm einen Schluck Glühwein.

Ich nickte. »Sicher.«

»Und Kruschtwichteln bedeutet nur, dass man nichts Neues kauft, sondern zu Hause ausmistet und dann Dinge verschenkt, die man nicht mehr braucht.«

»Des isch abr luschdig«, meinte Georg.

Felix verdrehte die Augen. »Nicht wirklich. Wenn ich da nur an deinen singenden Fisch denke.«

»Ha jo, noch hosch jo scho äbbes firs nägschde Mol Kruschtwichtla.«

Als Felix mich nachher alleine zu Fuß nach Hause brachte, fragte er: »Und, bist du sehr enttäuscht?«

»Meinst du, weil wir nicht Kruschtwichteln?«

Felix grinste. »Sehr witzig.«

Seufzend schüttelte ich den Kopf, auch wenn das nicht ganz der Wahrheit entsprach. »Nein, gar nicht. Der Abend war trotzdem sehr schön. Es ist nur so, dass die Weihnachtsmärkte bei uns etwas andere Dimensionen haben. Und mit den Geschenken bin ich auch noch keinen Schritt weiter.«

»Ich mach dir einen Vorschlag. Wenn du Lust hast, fahr ich morgen oder am Samstag mit dir auf den Weihnachtsmarkt nach Ravensburg. Der ist zwar auch nicht riesig, aber immerhin deutlich größer als hier in Saulgau. Und die haben viel schönes Kunsthandwerk, da finden wir sicher was. Oder wir können auch gleich nach Ulm. Der hat mit Sicherheit ähnliche Ausmaße wie bei dir zu Hause. Poffertjes wirst du da allerdings auch nicht kriegen, fürchte ich.« Er machte eine kurze Pause, als ich nichts erwiderte. »Oder musst du an beiden Tagen arbeiten?«

»Nein, muss ich nicht. Also morgen Vormittag noch mal, dann hab ich frei. Aber du musst das nicht machen.« Ich wusste selbst nicht, warum ich das sagte. Um ehrlich zu sein, konnte ich mir nichts Schöneres vorstellen, als mit Felix auf einen größeren Weihnachtsmarkt zu fahren. Aber ich wurde das Gefühl nicht los, dass er es nicht allein deshalb anbot, weil er es selbst wollte.

»Ich mach das gerne, wirklich. Außerdem mag ich Weihnachtsmärkte auch.«

Okay, jetzt oder nie. »Hör mal, das ist okay. Ich verstehe das, wenn du eigentlich keine Lust hast, Zeit mit mir zu verbringen.«

»Offensichtlich hast *du* keine Lust. Hab ich jetzt irgendwas verpasst?«

Ich zuckte die Schultern. »Wir haben uns in den letzten Wochen halt verdammt selten gesehen, und ich werd das Gefühl nicht los, dass das was mit mir zu tun hat.«

Felix stopfte die Hände in seine Jackentaschen. »Das ist doch Unsinn. Ich hab dir doch gesagt, dass ich renoviert hab.«

»Ja, ich weiß«, erwiderte ich und sah zu Boden.

Nun holte Felix seine Hände wieder aus den Taschen und hielt mich an beiden Schultern fest. »Jetzt hör mir mal zu: Das hatte wirklich nichts mit dir zu tun. Ich bin gern mit dir zusammen, okay?«

Ich nickte. Wir sahen uns an, und für einen Moment dachte ich, ja, hoffte ich sogar, dass er mich küssen würde. Doch er tat es nicht, und ich traute mich leider auch nicht. Stattdessen ließ er mich los und vergrub die Hände erneut in seinen Taschen.

»Also, du würdest mir eine große Freude machen, wenn du mit mir auf den Weihnachtsmarkt kommst. Einverstanden?«

»Einverstanden.«

Kapitel 11

»Bisch du de nei Freundin vom Onkel Felix?«, fragte mich die sechsjährige Jacqueline und sah mich mit schief gelegtem Kopf an, kaum dass ich meinen Mantel ausgezogen hatte.

Ich wusste, dass man das nicht von Kindern denken sollte, aber die Kleine war mir sofort unsympathisch. Auch wenn ihre rötlichen Haare und die Sommersprossen ganz süß waren. Hoffentlich kam sie nicht nach ihrer Mutter, denn die war ja bekanntlich Felix' Schwester und musste schon allein deshalb nett sein. »Ähm, nein. Ich bin sozusagen eine Freundin der Familie.«

»Ond warum kenn i di dann no it?«

Frech war sie, und sie nahm kein Blatt vor den Mund, auch wenn das nicht unbedingt eine schlechte Eigenschaft sein musste. Und recht hatte sie ja auch irgendwie, das musste ich ihr lassen.

»Isch des für mi?«, fragte unterdessen Chantal, die gerade auf bunt geringelten Strumpfhosen in den Flur gewatschelt kam, und zeigte auf meine Taschen.

Sieh mal einer an, Schwäbisch bei kleinen Kindern konnte ja sogar richtig süß klingen, zumindest bei Chantal. Die war mir im Gegensatz zu ihrer Schwester sofort sympathisch, auch wenn sie mich mit ihrer Frage in Teufels Küche brachte. Was antwortete man auf so was, ohne die Kleinen zu enttäuschen? Natürlich hatte ich ihnen etwas Süßes besorgt, aber das gehörte doch unter den Baum. Die beiden glaubten doch sicher noch an den Weihnachtsmann, oder nicht? So ein Mist, ich hätte daran denken sollen, Felix zu fragen.

»Chantal, jetzt lass sie doch erst mal ankommen«, rettete mich eine große, schlanke Frau mit blonden Haaren. Das musste dann wohl Sabine sein. Sie hob das vierjährige Mädchen hoch und reichte mir die Hand. »Hallo, ich bin Felix' Schwester Sabine.«

»Ich bin Jette. Schön, dass wir uns auch mal endlich kennenlernen.« Ich war mir noch nicht sicher, ob sie das genauso sah. Derzeit musterte sie mich mit ihren Augen, die wie die von Felix blau waren. Allerdings war es mehr ein kaltes, berechnendes Blau. Jacqueline kam offenbar doch nach ihrer Mutter, und ich zog daraus meine Schlüsse.

»Oh, isch des dein Hond?«, fragte Chantal und zeigte aufgeregt auf Mayo, der sein neu gewonnenes Selbstbewusstsein angesichts der frechen Jacqueline verloren hatte und nun hinter meinen Beinen hervorlugte. Wer konnte es ihm verübeln?

Ich nickte. »Ja, das ist mein Hund. Er heißt Mayo.«

»Isch der liab? Darf i den streichla?«

Doch bevor ich antworten konnte, sagte Sabine: »Später, Chantal.« Nun musterte sie meinen armen Mayo von oben bis unten.

»Ach, da bist du ja«, sagte Felix und kam zu mir, um mich kurz zu umarmen. »Die drei Mädels hier kennst du ja offensichtlich schon, dann stell ich dir noch Sabines Mann vor.«

Wir gingen ins Wohnzimmer, wo vor der Fensterfront ein großer, gerader Christbaum stand, der wunderschön mit roten und goldenen Kugeln geschmückt war. Auch die Lichter brannten bereits, was in der nahenden Dämmerung besonders schön aussah. Geschenke lagen allerdings noch keine unter dem Baum, deshalb stellte ich meine Taschen erst einmal in einer Ecke ab.

Trude, Helga und Sepp saßen mit einem Mann auf dem Sofa und unterhielten sich. Als sie mich kommen sahen, unterbrachen sie die Unterhaltung. Der Mann stand sofort auf und kam strahlend auf uns zu. Er sah sehr sympathisch aus und hatte die gleichen braunen Augen wie die kleine Chantal. Hatte ich es mir doch gedacht. Als er bei uns angekommen war, nahm er mich kurzerhand spontan in den Arm.

»Das ist mein Schwager Oliver, und das ist Jette, eine gute Freundin.«

Eine gute Freundin. Ja, mehr war ich nicht, und so hatte ich mich selbst ja auch der neugierigen Jacqueline vorgestellt. Trotzdem klangen diese Worte irgendwie komisch und fast ein bisschen enttäuschend.

»Ich hab schon so viel von dir gehört. Schön, dass wir uns jetzt auch mal endlich kennenlernen. Das war längst überfällig, findest du nicht auch?«

»Ja, das seh ich genauso. Frohe Weihnachten.«

»Mama, des daff ma doch erscht noch der Kirch saga«, platzte Jacqueline sofort heraus.

»Überall macht man's anders, Jacqueline.«

Oh Mann, und die sollte mit Felix verwandt sein? Warum war Oliver nicht sein Bruder, das hätte viel besser gepasst. Ich ignorierte den Kommentar und begrüßte erst einmal Trude, Helga und Sepp. Fast hätte ich auch ihnen frohe Weihnachten gewünscht, doch ein Blick in Jacquelines Augen belehrte mich eines Besseren.

»Kommsch du nochher mit en d' Kirch?«, fragte Chantal und sah mich mit ihren großen Augen an.

Kirche? Ach du liebes bisschen, ich konnte mich nicht erinnern, dass ich zu Weihnachten jemals in der Kirche gewesen war. Überhaupt war ich in meinem ganzen Leben nur selten dort gewesen. Unnötig, das zu erwähnen, aber meine Mutter war nicht sehr gläubig, und der Rest der Familie auch nicht wirklich. Mein Vater hätte früher immer gerne mit uns in die Kirche gewollt, aber meine Mutter hatte ihn stets davon abbringen können.

»Ja, das hatte ich ganz vergessen zu erwähnen. Es ist Tradition, dass wir an Heiligabend alle gemeinsam in die Nachmittagsmesse gehen. Danach wird gemeinsam gesungen und gegessen, bevor wir bescheren«, erklärte Felix und sah mich fast ein wenig entschuldigend an.

Gemeinsam singen? Mein Blick fiel auf das Klavier, auf dem ich noch nie jemanden hatte spielen sehen. Ich konnte nur hoffen, dass ich nicht mitsingen musste, aber wahrscheinlich würde Jacqueline mich ganz genau beobachten und nicht zögern, mich im Falle eines Falles bei ihrer Mutter anzuschwärzen.

»Und, kommsch mit?«, fragte Chantal erneut.

Diesen warmen braunen Augen konnte man einfach nicht widerstehen. Ich beugte mich ein Stück zu ihr hinunter und fragte: »Möchtest du denn gerne, dass ich mitkomme?« Oh Mann, war das normal, dass man die Tonart im Gespräch mit kleinen Kindern veränderte?

Chantal nickte heftig mit dem Kopf, sodass ihre beiden braunen Zöpfe nur so wippten.

»Dann komme ich natürlich mit.«

Es war ein Fehler gewesen, ein riesengroßer Fehler. Warum nur hatte ich diesen braunen Kinderaugen nicht widerstehen können? Es hatte seinen Grund, warum meine Familie zu Weihnachten nie in der Kirche gewesen war. Obwohl meine Familie und ich evangelisch waren, was Sabine übrigens mit einem leisen Schnauben quittiert hatte. Wir waren jetzt aber leider in keiner evangelischen Kirche, sondern in einer katholischen. Und in katholischen Kirchen verwendete man an solchen Tagen wie Weihnachten Weihrauch.

Wir saßen ziemlich weit vorne, alles andere wäre für Sabine nicht in Frage gekommen, und somit bekam ich die volle Dröhnung Weihrauch ab. Und der würde noch mein Tod sein. Oder schlimmer noch, ich könnte mich vor all den Leuten mitten in der recht kahl eingerichteten Kirche übergeben. Mir war nämlich nicht nur schwindelig, sondern auch ziemlich schlecht. Ich sah Sabines und Jacquelines angewidertes Gesicht förmlich vor mir und schaute mich schon mal nach dem schnellsten Fluchtweg um.

Dann riskierte ich einen heimlichen Blick auf meine Uhr. Wie lange konnte so ein verdammter Gottesdienst denn dauern? Ich hätte gern Felix gefragt, aber ich traute mich nicht. Was würde er dann von mir denken? Andererseits, was würde er denken, wenn ich ihm mitten in der Kirche auf die Schuhe …? Aber lassen wir das, besser nicht so genau drüber nachdenken.

Über ein halbe Stunde saßen wir nun schon hier, und ich wusste nicht, wie lange ich es noch aushalten würde. Also echt, wie dreist war das denn vom Pfarrer? Als ob die Menschen an Weihnachten nichts Besseres zu tun hätten, als den halben Abend in der Kirche zu hocken.

Ich schickte sofort ein Stoßgebet gen Himmel und entschuldigte mich für meine unfrommen Gedanken. Das war der Weihrauch, der da aus mir sprach. Er machte einen völlig anderen Menschen aus mir.

In diesem Moment kam ich nicht umhin, mich zu fragen, wie die Heiligen Drei Könige auf die Idee gekommen waren, dem armen Jesusbaby ausgerechnet Weihrauch zu schenken. Wäre es nicht mit Windeln oder so was besser bedient gewesen? Ich bezweifelte, dass Myrrhe ein besseres Geschenk war, was auch immer das sein sollte. Das Gold konnte man ja wenigstens noch zu Geld machen. Na, jedenfalls wäre ich an Marias Stelle total ausgeflippt. Wenn ich mir vorstelle, ich hätte gerade eine Geburt hinter mir, und dann kommt irgendeiner der Gäste – König hin oder her – mit Weihrauch an …

Auf dem Podest vorne tat sich etwas. Der Pfarrer ging beiseite, und ich wollte Gott schon dafür danken, dass der Gottesdienst endlich vorbei war und ich ihn lebend überstanden hatte, als sich der Kindergarten erneut aufreihte. Was war das denn? Das Krippenspiel des örtlichen Kindergartens gleich zu Beginn war ja ganz süß gewesen, und man sollte meinen, das waren genug Kinderaufführungen für einen einzigen Gottesdienst, doch da begannen die Kinder auch schon, »Stille Nacht« zu singen.

Ich unterdrückte den Drang, mir die Ohren zuzuhalten. Kaum einer der ansonsten recht süßen Wonneproppen traf den Ton, und da die Kirche wie bereits erwähnt ziemlich spärlich eingerichtet war, hallte das Ganze auch noch von allen Seiten wider. Schlimmer war nur noch die Blockflötenbegleitung. Die hohen Töne eigneten sich nicht wirklich, weder für die Blockflöte noch für das Musizieren in einer kahlen Kirche.

Oh Gott, was machte der Weihrauch nur aus mir? So viele schreckliche Gedanken auf einmal hatte ich noch nie gehabt, und dann auch noch in einer Kirche. In diesem Moment konnte ich mich selbst nicht besonders gut leiden. Schließlich war es mir egal, was die anderen von mir dachten, ich musste hier raus, und zwar so schnell wie möglich.

Vorsichtig stupste ich Felix von der Seite an. »Du, ich warte draußen. Mir ist nicht ganz wohl.«

Mitleidig sah er mich an. »Soll ich mitkommen?«

Ich winkte ab. »Nein, nein, bleib du nur. Ich komm schon klar.« Und schon war ich weg. Da die Kinderstimmen und Blockflöten so schön hallten, hörte man wenigstens die Absätze meiner Schuhe nicht. Trotzdem drehten sich einige Kirchgänger nach mir um.

Als ich die schwere Tür öffnete und in die kühle, frische Luft trat, stellte ich zu meiner Erleichterung fest, dass ich nicht das einzige Weihrauch-Opfer war. Mehrere Menschen standen hier in einem Pulk zusammen und unterhielten sich.

Eine ältere Frau blickte auf und sah mich wie Felix zuvor mitleidig an. »Dr Weihrauch?«

Ich nickte schwach und atmete ein paar Mal tief durch.

Den ganzen Rückweg über hatte ich mir von Sabine gut versteckte Sticheleien darüber anhören dürfen, dass ich die Christmesse früher verlassen hatte. Sie war natürlich die Einzige, die sich daran störte, alle anderen konnten mich nur zu gut verstehen. Mich interessierte Sabine allerdings nicht die Bohne. Ich konnte sie nicht leiden, da biss die Maus keinen Faden ab, und deshalb war mir auch egal, was sie von mir dachte.

Auch Jacqueline war mir nach wie vor suspekt. Sie kam viel zu sehr nach ihrer hochnäsigen Mutter. Dafür war Chantal umso niedlicher. Wenn da nur nicht ihr Name wäre … Ich meine, es gab so viele Möglichkeiten: Marie, Denise, Juliane, und die Namen wären für die Kleine alle besser und passender gewesen als Chantal. Hoffentlich würde Sabine nicht irgendwann noch eine Tochter kriegen oder – noch viel schlimmer – einen Jungen. Wie würde sie den armen Kerl nur nennen? Ich sah es schon vor mir. Justin oder Kevin standen bestimmt ganz oben auf der Liste. War sie eigentlich die Einzige, die nicht sah, dass ihre Namenswahl in krassem Gegensatz zu ihrem sonstigen Gehabe stand?

Während des Essens – es gab Fleisch- und Käsefondue – versuchte ich, herauszufinden, wie Felix und der Rest der Familie zu Sabine standen. Ob sie sie mochten? Sie gehörte natürlich zur Familie, das war mir klar, aber das war ja nun nicht unbedingt ein Grund für bedingungslose Liebe untereinander. Ich glaube, sie hatten sie einfach akzeptiert, so wie sie war und ignorierten ihre Überheblichkeit. Vielleicht sollte ich das ebenfalls tun, auch wenn sie es mir gewiss nicht leicht machte.

Die Mädchen waren nach dem Essen ganz aufgeregt und konnten es kaum erwarten, dass endlich Bescherung war. Zugegeben, auch ich war neugierig, was Felix mir wohl schenken würde. Er würde mir doch etwas schenken? Bevor es so weit war, wurde jedoch erst noch gesungen.

Jacqueline und Chantal packten – welch Wunder – ihre mitgebrachten Blockflöten aus, und ich musste mir zum zweiten Mal an diesem Heiligabend ein schiefes »Stille Nacht« anhören. Sabine war natürlich der Meinung, die Darbietung ihrer Kinder sei viel besser als die der Kindergartenkinder. Ich hörte ehrlich gesagt keinen Unterschied.

Anschließend sangen wir alle gemeinsam noch ein paar Weihnachtslieder. Wie befürchtet beobachtete Jacqueline mich währenddessen mit Argusaugen, und ich tat wenigstens so, als würde ich voller Inbrunst mitsingen, indem ich die Lippen bewegte.

»Ond etz d' Mami ond dr Onkel Felix alloi«, rief Chantal und klatschte schon mal hüpfend Beifall, obwohl die beiden noch gar nichts getan hatten.

Felix tat mir so leid, dass ich fieberhaft überlegte, ob ich ihn irgendwie aus dieser Situation retten konnte, ohne mich selbst zum Affen zu machen. Doch zu meiner Überraschung setzte er sich ans Klavier und spielte die allerschönste Version von »Adeste Fideles«, die ich in meinem ganzen Leben je gehört hatte. Und dann sang er auch noch perfekt dazu. Okay, vielleicht war es objektiv betrachtet nicht ganz perfekt, aber für mich war es das. Und das, obwohl seine Schwester ihn an einigen höheren Stellen begleitete. Es war so schön, dass mir fast die Tränen kamen. Aus den Augenwinkeln sah ich, wie Helga und Trude sich verstohlen welche von den Wangen wischten.

In meinem Hals bildete sich ein dicker Kloß, und in meinem Kopf schwirrten die Gedanken umher wie die Bienen in ihrem Stock. Seit wann konnte Felix Klavier spielen und so schön singen? Wusste er, dass »Adeste Fideles« mein absolutes Lieblingsweihnachtslied war? Wie konnte ich vermeiden, doch noch in Tränen auszubrechen?

Doch ein Gedanke oder vielmehr eine Erkenntnis trat in dem ganzen Kuddelmuddel immer deutlicher hervor: Ich war in Felix verliebt, und zwar so richtig. Leugnen, was ich all die Zeit über getan hatte, hatte keinen Zweck mehr. Was sollte ich jetzt nur machen? Viel zu schnell war das Lied zu Ende. Felix stand auf, fasste seine Schwester an den Händen, und die beiden verbeugten sich lachend, während wir anderen laut klatschten.

»Etzad«, rief Trude schließlich, die sich schnell wieder gefangen hatte, und zeigte auf Chantal und Jacqueline. »Ihr zwoi helfat mer etz a weng in dr Kuche. Des muss doch älles sauber sei, wenn 's Chrischtkendle kommt.«

Sobald die drei das Wohnzimmer verlassen hatten, suchten Helga und Sepp sowie Sabine und Oliver aufgeregt die Geschenke zusammen und verteilten sie unter dem Baum.

Felix trat unterdessen kurz neben mich und legte mir eine Hand auf die Schulter. »Ist wieder alles in Ordnung mit dir?«

»Das war wunderschön, Felix«, flüsterte ich und wischte mir nun doch eine Träne aus den Augenwinkeln. Er lächelte mich an, und ich fragte mich, ob er mich womöglich auch irgendwann lieben könnte.

»Ich will ja nicht stören«, meinte Sabine und räusperte sich neben uns. Und was meinte sie, was sie hier gerade tat? »Aber die Mädchen haben keine große Geduld, was die Bescherung angeht. Vielleicht wollt ihr eure Sachen auch noch schnell unter den Baum legen?« Es war weniger eine Frage als ein Befehl.

Felix und ich taten ihr den Gefallen, dann legte Helga Weihnachtsmusik auf, und Sepp nahm als Familienoberhaupt ein Glöckchen aus dem Wohnzimmerschrank und läutete es stolz. Jacqueline und Chantal kamen nur Sekundenbruchteile später ins Zimmer geflitzt und sahen mit strahlenden Augen auf die Geschenke unter dem Baum.

»Sehnater, 's Chrischtkendle isch jo scho do gsei«, meinte Trude genauso strahlend. Sie war den beiden Mädchen etwas langsamer gefolgt und setzte sich erst mal aufs Sofa.

»So, dann kommt mal her«, ordnete Sabine ihren Töchtern an, und die zwei gehorchten sofort. Sie zeigte den beiden zwei Haufen Geschenke, die sie jeweils auspacken durften.

Währenddessen begann Felix, die anderen Geschenke zu verteilen. Als er mir meine überreichte, lächelte er mich besonders schön an, aber vielleicht war da auch nur der Wunsch der Vater des Gedankens.

Er hatte mir eine herrliche Kette geschenkt, die ich sofort anlegte. Ohne es zu wollen, fragte ich mich, ob er sich etwas dabei gedacht hatte. Ich meine, wenn Männer Frauen Schmuck schenken, haben sie dabei doch immer einen Hintergedanken, oder nicht? Seufzend berührte ich den türkisfarbenen Anhänger und dachte an die Worte meines Vaters zurück, die er in meinen Jugendjahren immer gerne zu sagen pflegte. »Die Liebe macht das Leben kompliziert, aber auch lebenswert.« Wie recht er doch gehabt hatte. Ich wünschte, er wäre jetzt hier.

Als ich Felix und seine Familie beobachtete, wie sie sich gegenseitig beschenkten und lachend beieinander bedankten, kam die Traurigkeit wie von allein. Es war nicht fair, und mir war klar, dass ein Weihnachtsfest mit meiner Familie nie so schön gewesen war, und trotzdem hatte ich Sehnsucht nach ihr. Weihnachten war nun mal ein Fest der Familie, auch wenn meine nicht mehr die größte war.

Ich gab Felix ein Zeichen, indem ich auf mein Handy zeigte, und ging in die Küche. Dort setzte ich mich auf die Eckbank und sah aus dem Fenster, während ich versuchte, die Tränen hinunterzuschlucken. Dann rief ich Maja und meine Mutter an, um beiden ein schönes Fest zu wünschen. Meine Mutter freute sich und wurde sogar ein wenig sentimental, obwohl sie gerade Cocktail schlürfend im beheizten Swimmingpool saß.

Nachdem ich aufgelegt hatte, blieb ich noch eine Weile am Fenster sitzen und schaute hinaus. Es schneite, und mir fiel auf, dass ich bisher nur selten weiße Weihnachten gehabt hatte. Ich versuchte gerade, meine Weihnachtsfeste im Kopf durchzugehen, als Felix hereinkam. Er zog sich einen Stuhl heran, setzte sich vor mich und reichte mir ein Glas Rotwein.

»Frohe Weihnachten.«

»Das wünsch ich dir auch, Felix.« Wir stießen an und nahmen beide einen Schluck.

»Sag mal, geht's dir gut? Du siehst so traurig aus.«

»Geht schon, ich bin nur gerade ein bisschen sentimental. Du weißt schon, die Familie und so …« Ich nahm noch einen Schluck Wein. »Ich hab zwar keine richtige Familie mehr, und in der Regel komm ich damit klar, aber an Weihnachten wünsch ich mir halt immer, es wär anders. Mein Vater fehlt mir an solchen Tagen immer besonders, weißt du.« Oh je, jetzt bitte nicht weinen.

Felix seufzte. Er stellte sein Weinglas ab und legte seine Hände auf meine Beine. »Kann ich gut verstehen.« Er machte eine kurze Pause, in der er mich nur ansah. Wäre ich nicht schon in ihn verliebt gewesen, wäre es spätestens jetzt um mich geschehen gewesen. »Aber du bist nicht allein«, fuhr er fort, »du hast jetzt uns. Das ist nicht dasselbe und nur ein schwacher Trost, ich weiß, aber du kannst auf jeden Einzelnen von uns zählen.« Er lächelte schwach. »Okay, klammern wir mal Sabine aus, aber ansonsten sind wir wirklich alle ausnahmslos für dich da.«

Die Tränen hatten sich längst Bahn gebrochen, aber das war mir jetzt auch schon egal. »Das ist so lieb. Danke. Danke, dass ich mit euch feiern darf. Und danke für die Kette. Sie ist wunderschön.«

»Genau wie du«, antwortete Felix. Wir sahen uns einen Moment an, dann beugte er sich vor und küsste mich. Einfach so, ganz sanft und zärtlich. »Geht's wieder?«, fragte er schließlich.

Ich nickte lächelnd und wischte mir die letzten Tränen aus den Augen.

»Okay, dann lass uns wieder rüber zu den anderen gehen. Die vermissen uns sicher schon, und außerdem haben wir beide noch gar nicht alle Geschenke ausgepackt.«

Wir nahmen unsere Gläser und gingen wieder ins Wohnzimmer, wo großer Tumult herrschte. Überall lagen Geschenke und Geschenkpapier verstreut. Aus den Lautsprechern war »Rockin' around the Christmas tree« zu hören, und genau das tat Chantal gerade, und zwar mit meinem Mayo, dem sie Trudes neue Pudelmütze aufgesetzt hatte. Die Erwachsenen saßen um den Couchtisch, unterhielten sich lachend und tranken ebenfalls Rotwein.

Jacqueline lag auf dem Boden und spielte mit ihrer neuen Puppe. Als sie mich sah, stand sie auf und kam auf mich zu. »Frohe Weihnachten«, sagte sie und schüttelte mir die Hand. Dann überreichte sie mir ein selbstgemaltes Bild.

»Oh, für mich? Dankeschön, das ist aber hübsch.« Okay, das stimmte nicht ganz, aber ich beschloss, dass die Lüge in diesem Fall das kleinste Übel war.

Auch Chantal schenkte mir freudestrahlend ein Bild, bevor sie sich gemeinsam mit ihrer Schwester wieder Mayo widmete. Die beiden gingen mit dem armen Mops etwas heftig zu Werke, wie ich fand, aber er beklagte sich nicht, und so ließ ich ihnen die Freude, jedoch ohne sie dabei aus den Augen zu lassen.

Felix und ich setzten uns zu den anderen und packten unsere restlichen Geschenke aus. Ich hatte ihm eine ungekürzte Version von »Der Vicomte de Bragelonne«, der zweiten Fortsetzung von Alexandre Dumas' »Die drei Musketiere« besorgt. Ungekürzt war das Buch in Deutschland nur noch gebraucht aufzutreiben. So sah mein Geschenk auf den ersten Blick auch ein wenig unangebracht aus, um es mal so zu sagen, und Sabine konnte sich einen entsprechenden Kommentar natürlich nicht verkneifen. Felix freute sich jedoch riesig über das Buch, und das war die Hauptsache.

Silvester feierte ich gemeinsam mit Felix, Georg und Barbara bei Lisa und Markus. Wir machten Raclette und saßen eine ganze Weile gemütlich am Esstisch. Später gossen wir noch Blei und spielten Tabu in Zweierteams. Ich bildete mit Felix ein Team, und wir waren gar nicht schlecht.

Den Kuss an Weihnachten hatte bisher noch keiner von uns erwähnt, und das war okay. Vielleicht hatte Felix mich nur geküsst, um mich aufzumuntern, vielleicht mochte er mich auch ein kleines bisschen. Das Zweite wäre mir natürlich lieber gewesen, aber ich wollte nichts überstürzen, und ich war froh, dass er sich nicht wieder von mir abgewandt hatte. Ich liebte ihn, und früher oder später würde ich schon herausfinden, ob er für mich ähnliche Gefühle hatte.

Um Mitternacht gab Felix mir erneut ein kleines Küsschen, dieses Mal auf die Wange, dann wünschten wir uns alle ein »frohes neues Jahr«. Wobei ich genau genommen die Einzige war, die »frohes« sagte, alle anderen wünschten mir und sich gegenseitig ein »gutes neues Jahr«, aber zuletzt kam es ja aufs Gleiche heraus.

Wir feierten bis in die frühen Morgenstunden und hatten unglaublich viel Spaß. Als das Gespräch irgendwann zufällig auf Sabine kam, meinte Georg nur zu mir:

»Ach woisch, Madame war sich scho emmer z' fei für dohanna.«

Ich war froh darüber, dass ich anscheinend nicht die Einzige war, die sie nicht mochte, auch wenn es mir eigentlich egal sein konnte. Dann würden wir eben keine besten Freundinnen werden, wen störte das schon.

Ich hatte eine beste Freundin, und die kam mich schon bald im neuen Jahr besuchen. Als ich sie vom Bahnhof abholte und wir zu Fuß zu meiner Wohnung liefen, war sie zuerst genau wie ich damals ein wenig geschockt. Wobei der Saulgauer im Vergleich zum Herbertinger Bahnhof fast schon eine Augenweide war. Maja gab zu, dass sie zeitweise gedacht hatte, ich hätte am Telefon etwas übertrieben, aber sie fing sich recht schnell wieder. Fast zwei Wochen wollte sie bleiben, und ich freute mich umso mehr, da sie es mir vorher nicht verraten hatte.

»Wann, hast du gesagt, kommen die Gäste noch gleich?«, fragte Maja, die auf einem Stuhl im Wohnzimmer stand und bunte Luftschlangen um die Deckenlampe drapierte.

Ich warf einen Blick auf die Uhr. »In einer halben Stunde erst, wir liegen also gut in der Zeit. Die Deko ist fast fertig, die Pizzen sind alle schon vorbereitet …«

»Und wann willst *du* dich fertigmachen?«, unterbrach sie mich.

»Oh.«

»Richtig, oh.« Maja stieg vom Stuhl und nahm mir einen gelben Ballon aus der Hand. Dann schubste sie mich aus dem Wohnzimmer Richtung Schlafzimmer. »Du bist jetzt erst mal wichtiger als die Deko, immerhin bist du das Geburtstagskind. Und außerdem willst du ja auf jemanden Eindruck machen. Ich bin schon ganz gespannt, wie er so ist.«

»Er wird dir gefallen.«

»Das tut er jetzt schon, immerhin bringt er dich zum Lächeln, und das, obwohl er noch nicht mal da ist.«

Sie hatte recht. Wann immer ich an Felix dachte, breitete sich ein Lächeln auf meinen Lippen aus. Es passierte einfach von alleine, ich konnte gar nichts dafür. Sofort fühlte ich mich wie auf Wolke sieben.

»Was ziehst du an?«, wollte Maja wissen und brachte mich mit dieser Frage auf den Teppich zurück.

»So ein Mist, ich wusste, ich hab was vergessen.«

Doch Maja ließ sich nicht beirren. Sie öffnete ungefragt meinen Kleiderschrank und legte mir nach einer kurzen Bestandsaufnahme eine enge Jeans und ein langes weißes Bandeautop heraus. »Dazu trägst du die neuen Riemchensandalen, und vergiss die Kette nicht, die er dir geschenkt hat«, rief sie noch, als sie schon wieder auf dem Weg ins Wohnzimmer war.

Wie machte sie das nur immer? Das Outfit war perfekt, auch wenn es Winter war. Aber wir würden ja in der Wohnung bleiben, und im Notfall konnte Felix mich wärmen … Ich seufzte. Wenn wir doch nur schon so weit wären.

Mayo hatte am selben Tag Geburtstag wie ich – ich hatte ihn mir vor fünf Jahren selbst zum Geburtstag geschenkt – und so empfingen wir die Gäste mit Partyhütchen auf dem Kopf. Nacheinander trudelten alle ein, die mir in meiner Zeit in Oberschwaben ans Herz gewachsen waren: Felix und seine gesamte Familie (außer Sabine mit Anhang, aber das verstand sich wohl von selbst), Georg, Barbara, Britta und Lisa, die natürlich Markus und Zoe mitbrachte.

Zoe war noch süßer geworden. Das fand sogar Maja, und die konnte Babys in der Regel nicht so viel abgewinnen. Deutlich beeindruckter war sie dann auch von Georg.

»Maja, das ist der Schorsch, wo ich dir schon von erzählt hab.«

»Der, wo?« Sie schüttelte den Kopf. »Du bist eindeutig schon zu lange hier.«

Ich verdrehte die Augen und sah Georg an. »Das glaub ich auch. Ihr Schwaben versaut mir mein ganzes Hochdeutsch.«

Georg grinste. »Ah wa, Fremdsprocha send wichtig. Dohanna kahsch no was lerna.«

Später zog Maja mich beiseite und flüsterte mir ins Ohr: »Du hast mir gar nicht gesagt, wie süß Georg ist. Wenn er nur etwas deutlicher reden würde.«

In der Tat gab es ein ernstzunehmendes Kommunikationsproblem zwischen den beiden. Maja verstand kein Wort Schwäbisch. Sie war noch schlimmer, als ich es damals gewesen war, und das wollte was heißen.

Ich musste an meine Ankunft am Herbertinger Bahnhof zurückdenken. Wie verloren war ich mir damals vorgekommen, und jetzt stand ich hier, inmitten vieler lieber Menschen, die mit mir meinen dreißigsten Geburtstag feierten. Ich konnte mein Glück kaum fassen.

»Na, alles in Ordnung?«, fragte Felix, der auf einmal neben mir stand.

Mein Herz schlug sofort schneller. Er sah so verdammt gut aus, was übrigens auch Maja fand. (»Mein Gott, und Felix ist ja noch viel süßer als Georg. Außerdem spricht er Deutsch.«) Und er roch so gut. Dabei benutzte er nicht mal groß Parfum oder so was. Das war einfach sein Eigenduft. »Mir geht's gut. Und dir?«

»Alles bestens. Warum hast du nicht gesagt, dass Mayo heute auch Geburtstag hat? Ich hätte ihm doch zur Feier des Tages einen Hundekuchen spendiert.«

»Ich dachte, du fändest das albern.« Gott, was war denn mit mir los? Seit wann sagte ich die Wahrheit, wenn sie peinlich war?

Felix schien das jedoch weder albern noch peinlich zu finden. Er sah fast ein bisschen gekränkt aus. »Du scheinst aber keine sehr hohe Meinung von mir zu haben.«

»Doch, natürlich hab ich die, aber jetzt mal ehrlich: Wer feiert schon den Geburtstag seines Tieres? Ich wollte nicht, dass du mich für verrückt hältst.«

»Das hab ich nie getan.« Nach einer kurzen Pause, in der er an seinem Bier nippte und mir immer wieder unauffällige Blicke zuwarf, fügte er hinzu: »Ich weiß übrigens, wann Paulchen Geburtstag hat.«

»Lass mich raten. Am 13. Mai?« Das war Felix' Geburtstag.

Er grinste und nickte. »Er war ein Geschenk von meiner Oma, damit ich mich nicht so einsam fühle in der großen Wohnung.«

Ich konnte mir nur schwer vorstellen, wie Trude ihrem Enkel einen Papagei schenkt, aber irgendwie passte es auch zu ihr. »Das hab ich gar nicht gewusst.«

»Tja, du weißt so einiges noch nicht von mir.«

Oh ja, das stimmte. Und ich konnte es kaum erwarten, noch mehr herauszufinden.

»Die erste Pizza ist fertig«, rief Maja aus der Küche.

»Und, hast du Hunger?«, fragte ich Felix.

Er setzte sich auf die Lehne meines Sofas. »Schon, aber ich warte, bis der erste Ansturm vorbei ist.«

Also warteten wir, und plötzlich waren wir ganz alleine im Wohnzimmer. Selbst Mayo war verschwunden. Nur Amalie und Abigail saßen in ihrem Käfig und mümmelten lautstark an ihren Karotten.

Das war der Moment. Ich hätte ihn fragen können, ob er etwas für mich empfand, aber ich traute mich nicht. Was, wenn er nein sagen würde? Die anderen würden nicht ewig in der Küche sein, und ich wollte mir vor ihnen keinen Korb abholen. Außerdem hatte ich Angst. Angst, er würde mich nicht mögen. Oder zumindest nicht so, wie ich es mir wünschte. Angst, er könnte mir wieder aus dem Weg gehen. Die Vorstellung war schrecklich.

»Die Kette steht dir wirklich gut«, sagte Felix mit einem kurzen Blick darauf.

»Sie ist ja auch wunderschön. Sie würde jeder Frau gut stehen.«

»Das tät ich so nicht sagen.«

Ich hätte mir eine andere Antwort erhofft. Ich wünschte mir nichts sehnlicher, als dass er mich in den Arm nähme.

»Ich hab hier übrigens noch dein Geschenk«, meinte Felix und hielt mir ein kleines Päckchen hin.

Ich nahm es lächelnd entgegen und wickelte es aus. Eine kleine Schmuckschatulle fiel mir in die Hände. Ich wusste mit hundertprozentiger Sicherheit, dass es kein Ring war, und trotzdem machte sich mein Herz einen Moment Hoffnung.

Es waren Ohrringe, passend zur Kette. »Wow. Die sind echt schön, Felix. Danke.«

»Soll ich dir helfen?«, fragte er und stand auf.

Ich nickte und reichte ihm die Ohrringe. Während er sie mir vorsichtig ins Ohr steckte, ging ein aufregendes Kribbeln durch meinen ganzen Körper. Ging es ihm denn nicht genauso? Ich wünschte, er würde einfach mal Klartext reden!

»Sieht toll aus«, meinte Felix, und wir sahen uns einen Moment lang an.

Er hätte mich küssen können, so nah, wie wir uns nun waren, aber er tat es nicht. Stattdessen setzte er sich wieder auf die Sofalehne.

»Mir hond eich zwoi Stückla ibrig glassa«, sagte Georg, der in diesem Moment mit einem Pappteller in der Hand ins Wohnzimmer geschlendert kam. Doch dann blieb er stehen und sah von Felix zu mir und wieder zurück. »Send er emmer noit weiterkomma? Do loht ma eich exschdra alloi, ond noch des.«

»Wovon redest du?«, wollte ich wissen, doch mein Herz machte einen Hüpfer.

Felix warf Georg einen eisigen Blick zu und stand auf. »Dann hol ich uns mal die Pizza, bevor sie weg ist.«

»Was hast du gemeint?«, fragte ich Georg noch einmal, als Felix das Zimmer verlassen hatte.

»Schorsch«, rief Felix in diesem Moment aus dem Flur.

Georg sah mich entschuldigend an, dann biss er herzhaft in sein Pizzastück. »I erklär's dr später«, meinte er achselzuckend und folgte Felix.

Den ganzen Abend lang versuchte ich, Georg alleine zu erwischen, ohne Erfolg. Wann immer ich eine Chance witterte, stand Felix auf einmal neben uns. Keine Ahnung, wie er das machte. Im einen Moment unterhielt er sich noch mit Markus, im nächsten war er schon bei uns. Als könnte er sich beamen oder so was.

Und was sollte das Ganze überhaupt? Georgs Bemerkung vorher hatte fast so geklungen, als ob er mich und Felix verkuppeln wollte. Felix' Reaktion verstärkte diese Annahme noch, und trotzdem war es total absurd. Oder vielleicht doch nicht?

Kurz nach Mitternacht verabschiedeten sich Britta und Barbara. Lisa, Markus und Zoe waren schon lange vorher gegangen, und auch Helga und Sepp hatten es nicht so lange ausgehalten. Jetzt waren nur noch Trude, Georg und Felix da – und natürlich Maja. Felix hatte seiner Oma versprochen, sie nach Hause zu fahren, doch da er zu Fuß zu mir gekommen war, bot sich Georg an, als Trude allmählich müde wurde.

Ich packte Trude noch etwas von dem Kuchen ein, den sie so lecker gefunden hatte, während Maja schon einmal begann, in der Küche ein bisschen aufzuräumen. Felix und Georg saßen noch im Wohnzimmer und unterhielten sich. Zu gerne hätte ich gewusst, worüber sie sprachen, denn ich war mir sicher, dass es um Georgs vorherige Bemerkung ging. Aber in der Küche konnte man kein Wort verstehen, zumal auch Maja und Trude in ein Gespräch vertieft waren. Maja verstand zwar nach wie vor kaum ein Wort Schwäbisch, das hielt sie aber nicht davon ab, es wenigstens zu versuchen.

Das war meine Chance. »Ich schau mal, ob die Jungs vielleicht auch noch ein Stück Kuchen mitnehmen wollen«, murmelte ich und schlich Richtung Wohnzimmer. Lauschen wollte ich nicht, aber vielleicht würde sich ja eine Möglichkeit ergeben, dass ich irgendetwas Interessantes mitbekam.

Dummerweise war die Wohnung so geschnitten, dass man vom Wohnzimmer aus ziemlich gut in den Flur sehen konnte. Und Felix hatte natürlich nichts Besseres zu tun, als den Flur im Blick zu behalten. Er stand vor der großen Fensterfront, die Hände vor der Brust verschränkt. Sobald er mich aus der Küche kommen sah, verstummte er. Na, super.

»Ähm, ihr wollt nicht zufällig etwas mitnehmen? Es ist noch Kuchen da.«

Georg, der auf dem Sofa saß, drehte sich zu mir um. Er schüttelte den Kopf, ebenso wie Felix.

Ich nickte. »Okay, war ja nur ne Frage.« Ich drehte mich um und wollte gehen, blieb aber stehen. Sollte ich nachhaken? Warum nicht. Es war mein gutes Recht, zu erfahren, was die beiden besprachen. Immerhin ging es doch um mich. Entschlossen drehte ich mich noch einmal um. Beide sahen mich nach wie vor an. Mein Mut sank. Ich winkte ab und gab es auf. Dann eben nicht. Was für ein Affentheater.

»Jädde, waht amol«, meinte Georg da.

Mich überkam ein unbestimmtes Gefühl, und mein Herz schlug schneller. Langsam betrat ich das Wohnzimmer. Felix starrte Georg an und schüttelte kaum merklich den Kopf.

»Also, vielleicht dät i doch a Stückle Kucha mitnamma.«

Kapitel 12

Felix hatte natürlich gewartet, bis Georg und seine Oma aufgebrochen waren, bevor auch er sich verabschiedete. Ich war fast ein bisschen sauer, als er gegangen war. Was sollte das Ganze denn? Er benahm sich wie im Kindergarten.

»Alles okay?«, fragte Maja, die mit ein paar Gläsern in die Küche kam.

Ich stand am Fenster und starrte nach draußen in die Dunkelheit. Nun drehte ich mich zu ihr um. »Ja, geht schon. Ich würd bloß gern wissen, was mit Felix los ist. Er und Georg haben sich heut Abend echt komisch verhalten.«

Maja lachte. »Du blickst es immer noch nicht, oder?«

»Was denn?«

»Na, Felix ist total in dich verschossen. Und Georg wollte dir das Ganze wahrscheinlich stecken, was Felix wiederum nicht so lustig fand.«

»Das ist doch vollkommen absurd.«

»Ach ja?« Maja räumte die Gläser in die Spülmaschine, dann sah sie mich einen Moment an. »Bist du müde?«

Ich schüttelte den Kopf. Müde war ich zwar schon, aber ich würde ohnehin nicht schlafen können. Dafür spukten mir zu viele Gedanken im Kopf herum.

»Prima, ich nämlich auch nicht. Dann machen wir es uns noch ein bisschen gemütlich, so wie früher. Glas Sekt und Stück Kuchen?«

Ich nickte. »Klar, warum nicht. Lass mich nur noch schnell was Bequemeres anziehen.« In meinem Schlafzimmer schlüpfte ich in einen warmen Schlafanzug, dann ging ich zu Maja ins Wohnzimmer. Auch sie hatte sich bereits umgezogen.

Sie griff nach einem Glas Sekt und reichte mir das andere. »Auf deinen Dreißigsten.« Wir stießen an und nahmen beide einen Schluck. Dann aßen wir eine Weile schweigend unseren Kuchen.

»Sag mal«, unterbrach ich schließlich die Stille, »glaubst du wirklich, dass Felix … Ich meine …«

»In dich verknallt ist? Mit Sicherheit.«

Mein Herz machte einen Satz und war sofort bereit, Majas Vermutung zu glauben. Ich war da etwas skeptischer. »Aber wie kommst du darauf?«

»Blöde Frage. Ihr wart *das* Thema heute Abend. Barbara wollte auch nicht glauben, dass ihr immer noch nicht zusammen seid.«

»Ihr habt über uns gesprochen?« Ich war nicht sicher, ob mir das gefiel.

Maja stellte ihren leeren Teller auf den Tisch und wischte sich ein paar Krümel aus den Mundwinkeln. »Tja, ihr beiden seid die Einzigen, die hier keinen Durchblick haben.«

»Also, ich finde …« Es klingelte an der Tür, und ich verstummte. Einen Moment lauschte ich in die Stille. »Wer kann das sein?« Ob jemand was vergessen hatte? Ich sah zur Uhr am Videorekorder (ja, ich besaß so was noch). Viel zu spät für spontanen Besuch, außerdem waren so gut wie alle, die ich hier kannte, auf meiner Party gewesen. Und ein Einbrecher würde sicher nicht klingeln.

»Vielleicht ist es Felix auf einem weißen Pferd, um mit dir in den Sonnenaufgang zu reiten.«

»Sehr witzig.« Es klingelte erneut, und ich ging zur Tür. Ich hatte keine Möglichkeit, von meiner Wohnung aus zu erkennen, wer da war, aber ich drückte trotzdem auf den entsprechenden Knopf. Bevor ich jedoch meine Haustür öffnete, sah ich durch den Spion. Es war Georg.

»Schorsch, was machst du denn hier? Ich dachte, du bringst Trude nach Hause.«

»Scho bassiert. Daff i reikomma?«

»Klar.« Ich trat beiseite und ließ ihn herein. Gemeinsam gingen wir ins Wohnzimmer.

Georg sah mich grinsend an. »Hoi, a Pyjamaparty. I stör doch it bei äbbes?«

Ich ignorierte seine Frage. »Setz dich. Willst du auch noch ein Glas Sekt oder Kuchen?«

»I muss no fahra, es sei denn, ihr hond no a Blätzle in deim Bett frei. I lieg au ens Gräbale.«

»Warum bist du eigentlich hier?«, fragte ich, statt ihm eine Antwort zu geben.

»Weil i des oifach nemme mit ahseha kah.« Er legte einen Arm um meine Schulter. »Du mahsch doch dr Felix, oder, Jädde?«

Ich sah weg und spürte, wie ich rot wurde. Was sollte ich darauf antworten? Die Wahrheit, vor Georg? Ich wollte ihn nicht schon wieder verletzen, sofern er überhaupt noch Interesse an mir hatte.

»Etzad, it so schichtern. Mir send doch ganz unter uns. Außerdem wissa mer eh scho älle Bescheid, oder it?«

Er sah zu Maja, und die nickte, auch wenn sie wahrscheinlich kein Wort verstanden hatte.

»Ja, okay, ich mag ihn.«

»Siehsch, ond dr Felix mah di au, des sieht jo en Blenda mit Krickstock. Warum send er noch emmer noit zsamma?«

»Weil er mich anscheinend nicht genug mag.« Ich wand mich aus Georgs halber Umarmung und stand auf. »Schorsch, bitte. Es ist okay. Überbring deine schlechte Nachricht, und dann ist gut.«

Maja schüttelte lachend den Kopf. »Du stehst wirklich auf dem Schlauch.«

»Do saisch äbbes.« Georg seufzte. »Also woisch, Jädde, des isch jo echt it zom ahseha mit eich zwoi. Ihr kriagat des jo scheibar ohne Onkel Schorsch it backa.« Er stand auf, kam auf mich zu und griff nach meiner Hand. »I han gar koi Problem drmit, wenn da mi it heiratasch, weil da liaber da Felix witt, aber i sieh's iberhaupt it ei, dass i en Korb kriag ond's mit dir ond em Felix trotzdem nix wird.«

War das zu fassen? Demütigte er mich etwa absichtlich? »Hör mal, Georg.«

»Schorsch.«

Ich verdrehte die Augen und riss mich los. »Schorsch, meinetwegen. Trotzdem hörst du jetzt mal zu, denn ich werde es nicht zweimal sagen: An mir liegt es nicht, okay? Ja, ich liebe Felix, da hast du's. Und ich wär liebend gern mit ihm zusammen, aber wenn er das nicht will, dann kann man da nichts machen.«

»Wer hot gsait, dass er it will? Dr Felix isch ganz scharf auf di. Vo Ahfang ah war er des, aber …« Georg verstummte für einen Moment. »Na ja, i han denkt, i hett a Schahs bei dir, ond do hat dr Felix halt zruckgsteckt.«

Ich starrte Georg an, der entschuldigend mit den Schultern zuckte. Dann sah ich zu Maja, doch die hob nur abwehrend die Hände. »Sieh mich nicht so an. Ich wünschte, ich hätte was verstanden, aber dem ist leider nicht so.«

Seufzend ließ ich mich wieder aufs Sofa fallen und zog die Knie an. Georg wartete einen kurzen Augenblick, dann setzte er sich neben mich. »Also, dia Sach isch doch ganz oifach: Dr Felix hat sich glei en di verknallt, aber wega mir isch er auf Abstand ganga. Noch han i mir dea Korb abgholat, aber dr Felix isch emmer no it weiterkomma.«

»Und warum, glaubst du?«, fragte ich leise, ohne Georg anzusehen.

»I han koi Ahnung. I han bloß denkt, i muaß des Ganze etz mol selber en d' Hand namma. Woisch, i han em Felix nadirlich gsait, dass as mir nix ausmacht, wenn ihr zwoi endlich äbbes mitanand ahfangat.«

Ich zuckte mit den Schultern und sah Georg nun doch an. »Vielleicht hat er ja kein Interesse mehr an mir.«

Georg lachte. »Do kennsch en aber schleacht. Wenn sich dr Felix verknallt hot, noch hangat er an dem Mädle.« Er atmete tief aus. »So, etz woisch Bescheid. Aber saisch bloß em Felix nix. Der brengt mi suscht om, ond des wellat mer doch boide it.«

»Schon gut, ich sag nichts. Danke, Georg. Schorsch.«

»Basst scho. I kah mr dr Felix ja au nommel vornamma.« Er legte wieder einen Arm um meine Schultern und sah abwechselnd von mir zu Maja. »Ond was machat mir drei Hibsche etz no?«

»Denk nicht mal dran«, murmelte ich abwesend.

Kurz nachdem ich Georg ein zweites Mal verabschiedet hatte, klingelte es noch einmal an der Tür. Mittlerweile war es richtig spät geworden. Maja hatte sich bereits ins Gästezimmer zurückgezogen, und auch ich wollte gerade ins Bett gehen. Wahrscheinlich hatte Georg etwas vergessen, also ließ ich ihn herein.

»Was ist denn noch, Schorsch?«, fragte ich müde.

Als ich sah, dass Felix die Treppe hochkam, war ich sofort wieder wach.

»Hast du schon geschlafen?«, fragte er und musterte mich kurz.

Richtig, ich trug ja schon den Schlafanzug. Vor Georg war mir das nicht so peinlich gewesen wie jetzt vor Felix. Ich schüttelte den Kopf. »Noch nicht, ich wollte grad ins Bett.«

Unschlüssig blieb er vor der Tür stehen. »Dann komm ich wohl lieber morgen …«

»Ach was.« Ich packte ihn am Arm und zog ihn in die Wohnung.

Mayo kam müde angewatschelt, um Felix noch einmal zu begrüßen, verkrümelte sich dann aber gleich wieder in sein Körbchen. Ich zog Felix in mein Schlafzimmer, das Zimmer, das am nächsten zur Haustür lag. Felix warf einen Blick aufs Bett und sah mich dann schüchtern grinsend an.

Verlegen räusperte ich mich. »Ähm, ja, das ist so. Maja schläft wahrscheinlich schon, und ich will sie nicht stören.«

»Schon klar, ich wollte dich eigentlich auch nicht stören. War vielleicht dumm, noch mal herzukommen.«

Meine Verlegenheit war sofort verpufft. »Können wir jetzt endlich Tacheles reden? Ich hab den Affentanz so satt.«

Felix sah kurz zu Boden, dann holte er tief Luft und blickte mir direkt in die Augen. »Ich liebe dich.«

Wow, das war Tacheles. Sprachlos sah ich ihn an.

»Ich wollte es dir schon längst sagen, aber da war erst die Sache mit Tom …«

»Tom?«, unterbrach ich ihn. »Was hat Tom denn damit zu tun?«

Felix zuckte die Schultern und stopfte seine Hände in die Hosentaschen. »Eigentlich nichts. Tatsache ist aber, dass er dich ziemlich durcheinandergebracht hat, als er plötzlich hier aufgetaucht ist. Dass wir uns fast geküsst hätten, war auf einmal vergessen. Ich war mit einem Mal nur noch ein guter Freund, deine Worte. Und als ich dich gefragt hab, ob du ihn noch liebst, hattest du keine Antwort. Was sollte ich denn da denken?«

»Oh Mann, Felix, das war doch alles nicht so gemeint. Hätte ich Tom damals sagen sollen, dass ich dich echt gern hab? Das geht ihn doch gar nichts an. Und im Übrigen war das Thema Tom schon am nächsten Tag für mich abgehakt.« Ich stieß ein Seufzen aus und schob mir eine Haarsträhne hinters Ohr. »Er hat mich aus dem Konzept gebracht, ja. Aber mir war trotzdem sofort klar, dass wir keine Zukunft mehr haben. Deshalb war ich ja so fertig. Und dann warst du auf einmal so abweisend. Ich meine, wir haben uns fast geküsst, und dann ziehst du dich von heute auf morgen total zurück. Was soll ich denn da denken?«, wiederholte ich seine Frage.

»Ja, das ist wohl alles ein bisschen blöd gelaufen. Und als dann auch noch der Schorsch Ansprüche gestellt hat …«

Ich verdrehte die Augen. »Mir war nicht klar, dass er das mit uns so ernst nimmt. Und ich hab mich doch nur an ihn gehängt, weil du auf einmal nicht mehr da warst.«

»Jetzt bin ich ja da.«

Felix nahm die Hände aus seinen Hosentaschen und kam langsam auf mich zu. Mein Herz schlug sofort schneller. Er zögerte nur ganz kurz, doch dann zog er mich in seine Arme.

Einen Moment standen wir so da. Ich genoss seine Wärme, seine Berührung und seinen Duft. Dann fragte ich widerwillig: »Und du denkst, für Georg ist das wirklich in Ordnung? Er hat das zwar behauptet, aber wir sind seine Freunde, und ich will ihm nicht noch einmal wehtun.«

Felix schob mich ein ganz kleines Stückchen von sich, um mich ansehen zu können. »Das ist okay, glaub mir. Schwäbische Männerfreundschaften sind da unkompliziert. Er hat sich einen Korb geholt, jetzt bin ich dran.« Er grinste. »Und, versteh das jetzt nicht falsch, aber der Schorsch ist, was das betrifft, ziemlich einfach gestrickt. Wenn er sagt, er ist über dich hinweg, dann stimmt das auch. Er glaubt schnell mal, dass er die große Liebe gefunden hat.«

Mein Herz schlug noch schneller. »Und du?«

»Bei mir geht das in der Regel nicht so schnell. Aber wenn ich mich verliebe, dann richtig. Mit allem, was dazugehört.« Er lächelte und strich mir mit dem rechten Zeigefinger sanft über die Lippen.

Ich hatte keine Ahnung, wo das herkam, aber mit einem Mal hatte ich eine Art Panikattacke. Mir wurde gleichzeitig heiß und kalt, und ich bekam kaum noch Luft.

Es dauerte einen Moment, bis Felix das merkte. Besorgt sah er mich an. »Ist alles in Ordnung mit dir?«

Ich schüttelte den Kopf, und er schob mich vorsichtig zum Bett, damit ich mich hinsetzen konnte.

»Willst du was trinken?«, fragte er.

»Weißt du«, begann ich, ohne ihm seine Frage zu beantworten, »als du dich von mir abgewandt hast, hab ich mich echt einsam gefühlt.«

Betreten sah Felix mich an. Er ging in die Hocke und nahm meine schweißnassen und zugleich kalten Hände in seine. »Ich weiß, es tut mir leid. Vielleicht hätten wir einfach mal früher miteinander reden sollen.«

»Hätten wir, aber das mein ich nicht. Ich will damit sagen, dass ich hier nur dich hab. Du machst mich glücklich, aber ohne dich fühl ich mich hier nicht wohl.«

Felix sah verwirrt aus. »Was ist so schlimm daran? Ich will dich glücklich machen.«

Tränen liefen mir über die Wangen, ohne dass ich es wirklich wahrnahm. Ich starrte auf unsere ineinander verflochtenen Hände, als ich sagte: »Ich will dich auch glücklich machen, aber wenn wir zusammen sind, dann bin ich gezwungen, für immer hier zu bleiben. Und ich weiß gar nicht, ob ich das wirklich will.« Nun nahm ich doch meinen Mut zusammen und sah Felix an.

Er wirkte verwirrt, stand auf und setzte sich neben mich aufs Bett. »Was redest du denn da auf einmal?«

Ich wischte mir die Tränen von den Wangen, was allerdings zwecklos war, da immer mehr nachkamen. »Du musst mir glauben, ich hab mir nichts sehnlicher gewünscht, als dass wir endlich zusammen sind. Aber jetzt wird mir klar, was das für Konsequenzen mit sich bringt.«

»Was denn für Konsequenzen? Ich versteh überhaupt nichts mehr. Können wir nicht einfach zusammen sein? Ich liebe dich, und du liebst mich doch auch, oder nicht?«

»Darum geht es aber nicht. Felix, ich will mir sicher sein, dass ich wirklich hier in Oberschwaben bleiben will. Noch ist da nichts, was mich wirklich hier hält. Außer dir.«

Felix atmete hörbar aus. Er stand auf und begann, im Zimmer umherzulaufen. »Und wo ist jetzt das Problem?«

»Das Problem ist, dass du kein Mann für halbe Sachen bist, und ich kann das auch nicht. Wenn wir erst einmal zusammen sind, dann werden wir uns nur noch mehr ineinander verlieben. Wir würden heiraten und Kinder kriegen.«

»Und das wär schlimm?«

Nun stand ich ebenfalls auf. »Nein, aber du hast deine Familie hier und deine Arbeit. Du würdest niemals hier wegziehen, Felix. Wahrscheinlich nicht mal mir zuliebe. Und deshalb will ich mir vorher sicher sein, dass ich wirklich hierbleiben will.«

Felix blieb stehen und sah mich an. Er war sauer, das merkte ich sofort. »Warum musst du alles so kompliziert machen, Jette? Ich will einfach nur mit dir zusammen sein und sehen, wie's läuft. Niemand hat gesagt, dass ich dich gleich heiraten und Kinder mit dir haben will.«

Einen Moment sahen wir uns schweigend an. Ich schluckte. »Du gehst jetzt besser.«

»Mensch, Jette, was willst du eigentlich? Du kannst einen Mann echt …«

»Geh jetzt«, schrie ich, sicher, dass er auf Toms Homosexualität anspielen wollte.

Felix sah mich ganz kurz unsicher an, doch dann straffte er sich. »… zur Weißglut treiben, wollte ich sagen, aber was soll's. Du kennst mich ja anscheinend besser als ich mich. Weißt, wie ich mein weiteres Leben verbringen will.«

»Jetzt sei nicht unfair, das hab ich nie gesagt.«

»Ach nein? Egal.« Und damit drehte Felix sich um und verließ schnellen Schrittes mein Zimmer.

Ich folgte ihm, sah aber nur noch die Haustür ins Schloss krachen. »Ja, dann hau doch ab!«, schrie ich. »Das kannst du ja am besten, mich im Stich lassen.« Ich ging zurück in mein Schlafzimmer und knallte die Tür hinter mir zu. Dann ließ ich mich schluchzend auf mein Bett fallen.

Wenige Sekunden später klopfte es leise an meiner Tür, und Maja kam herein. Verwirrt sah sie mich an. »Süße, was ist denn hier los?«

Für Maja war das Ganze sehr einfach. »Lass dir doch von Felix ein bisschen die Füße wärmen und schau einfach mal, wohin euch das Ganze führt.«

Doch so leicht war das eben nicht. Ich wusste, wenn ich mich auf Felix einlassen würde, war es um mich geschehen. Ihn verlassen würde ich nicht können, dafür liebte ich ihn schon jetzt viel zu sehr. Mit ihm zusammen zu sein würde aber auch bedeuten, dass ich an Oberschwaben gefesselt war. Diese Einsamkeit, die ich ohne Felix empfand, kroch auch jetzt wieder in mir hoch. So hatte ich mich noch nie gefühlt, auch nicht in Essen. Und dort hatte es auch Zeiten gegeben, in denen Tom mal nicht da gewesen war.

Ich fand keinen Ausweg aus meinem Dilemma. Zu meiner Mutter nach Spanien wollte ich nicht. Wir waren einfach zu verschieden, um es länger miteinander auszuhalten. Und ich wusste auch, dass in Essen niemand auf mich wartete. Maja natürlich, und sie fehlte mir jetzt noch mehr, nachdem sie wieder abgereist war. Aber ansonsten würde es mir in Essen wahrscheinlich nicht viel anders gehen als hier in Oberschwaben.

Hier hatte ich immerhin noch ein paar Leute, aber die hatten mir auch vorher nicht über die Einsamkeit hinweghelfen können. Außerdem hatten die alle viel zu tun, mit Ausnahme von Trude. Aber Trude war schon alt, und auch, wenn ich nicht einmal daran denken wollte, würde sie nicht ewig leben. Was sollte ich nur machen?

In den nächsten Wochen vergrub ich mich in Arbeit. Ich bot mich Lisa als Babysitterin an, fuhr in der Boutique Extra-Schichten, schlug Frau Weiß einen Artikel nach dem anderen vor und putzte mehrmals meine ganze Wohnung, um einen klaren Gedanken fassen zu können. Aber nichts half. Bei allem, was ich tat, musste ich immerzu an Felix denken.

Georg war mir auch keine große Hilfe, im Gegenteil. Immer wieder schickte er mir Fotos von Felix' Hintern per SMS: Felix' Hintern im Supermarkt, Felix' Hintern beim Nichtstun, Felix' Hintern im Schnellrestaurant. Dazu schrieb er dann: »Angebot der Woche: Mann, leicht gebraucht, in gutem Zustand, in liebevolle Hände abzugeben.«

Ich war mir überhaupt nicht mehr sicher, in gar nichts. Ich wusste nur, dass ich herausfinden musste, ob mich neben Felix noch etwas in Oberschwaben hielt. Es war doch keine Lösung, dass ich mich nur an ihn klammerte.

»Vergelt's Gott, Kend«, meinte Trude und stieg etwas umständlich aus dem Auto aus.

Ich stieg ebenfalls aus. »Kein Problem, hab ich gern gemacht.« Trude hatte heute einen Arzttermin in Saulgau gehabt und mich gebeten, sie hinzubringen.

»Kommsch no mit nei?«

Ich zögerte kurz. Eigentlich hatte ich nichts vor, aber ich war nicht sicher, ob das Ganze vielleicht ein Trick war. Bei Trude konnte ich mir gut vorstellen, dass Felix schon auf mich warten würde. Seit meinem Geburtstag hatten wir uns nicht mehr gesehen oder gehört. Er fehlte mir, ich war verwirrt und enttäuscht. Er hatte Dinge gesagt, die nicht nett waren, und ich hätte eigentlich eine Entschuldigung erwartet.

»Dr Felix isch it do«, sagte Trude, als ob sie meine Gedanken erraten hätte. Das war im Moment wahrscheinlich gar nicht so schwer.

Ich nickte und nahm Trude den Schlüssel ab, um vorauszugehen und aufzuschließen. Während Trude das »Mensch ärgere dich nicht« auf dem Küchentisch aufbaute, kochte ich uns eine Kanne Tee und verteilte Plätzchen, die noch von Weihnachten übrig waren, auf einem Teller. Dann spielten wir ein paar Runden, ohne viel miteinander zu reden. Ich war total in Gedanken versunken.

Was mochte ich an Oberschwaben? Die Frage spukte mir immer noch im Kopf herum. Ich mochte Georg, Trude und all die anderen. Der Bodensee war wunderschön und der Blick auf die Alpen. Die Landschaft, die Ruhe. Selbst an die kleinen Innenstädte hatte ich mich allmählich gewöhnt.

»Gwonna«, rief Trude.

Ich starrte auf das Spielfeld. »Das kann gar nicht sein, du fudelst.«

»Wah dur i?«

»So schnell kannst du gar nicht gewonnen haben.«

»Ah, du moinsch, i bscheiß?« Sie lachte. »Jo, erwischt. Aber du bisch jo au gar it bei dr Sach. Etz komm amol her ond verzell dr Oma Trude, wah los isch.«

Sie klopfte neben sich auf die Eckbank, und ich stand auf, um mich neben sie zu setzen. Vorsichtig lehnte ich meinen Kopf gegen ihre Schulter, und sie legte sofort einen ihrer kurzen Arme um mich. Ohne es zu wollen, musste ich sofort wieder weinen.

»Du mahsch en doch, odr?«

»Doch, sehr sogar«, antwortete ich ehrlich.

»Warum lohsch en noch zappla? Dr Felix isch en guata Kerle.«

»Das weiß ich doch«, sagte ich und wischte mir mit dem Ärmel übers Gesicht. »Das ist ja auch gar nicht das Problem. Ich weiß bloß gerade einfach nicht, wo ich hingehöre. Wo ich zu Hause bin.«

»Des isch doch ganz oifach. Da, wo dei Herz isch, bisch dohoim.«

»Meinst du wirklich? Weißt du, als Felix sich damals von mir zurückgezogen hat, hab ich mich so einsam wie nie zuvor gefühlt. Vielleicht ist Oberschwaben einfach nicht der richtige Ort für mich.«

Doch Trude winkte ab. »Wah fir a Lettagschwätz. Hosch scho mal driber nochdenkt, dass da vor em Felix oifach no it dr richtige Deckel fir dein Topf gfonda hosch? Dr Felix isch quasi dei Dohoim.«

Sprachlos sah ich sie an und dachte über ihre Worte nach. Ich erinnerte mich an meine letzten Monate hier und musste feststellen, dass sie recht hatte. Sie hatte recht, vollkommen recht! Wenn ich wusste, dass Felix da war – egal, ob physisch oder nicht – ging es mir gut. Diese Einsamkeit hatte nie an Oberschwaben gelegen, nur an Felix. Noch nie hatte ich jemanden so sehr geliebt wie ihn. Warum hatte ich das vorher nicht gesehen?

Verdammt. »Wenn ich jetzt alles kaputt gemacht hab.« Hilfesuchend sah ich Trude an.

»Schwätz mit em. I woiß, dass dr Felix di au mah ond mit dir zsamma sei will.«

»Danke, Trude.« Ich drückte ihr ein Küsschen auf die Wange und sprang auf. »Komm Mayo, wir müssen los.«

Ich stand vor Felix' Tür und klingelte Sturm, doch niemand machte auf. Mein Herz schlug wie wild, ich war total nervös. Ich musste unbedingt mit Felix reden, doch anscheinend musste das warten. Oder ob er nicht mit mir reden wollte?

Ich zog mein Handy aus der Tasche und überlegte. Sollte ich ihn anrufen? Noch bevor ich mich entschied, bekam ich eine SMS. Von Felix.

»Es tut mir leid, was ich neulich zu dir gesagt hab. War absolut nicht so gemeint.«

Mein Herz machte einen Hüpfer. »Weiß ich, mir tut's auch leid. Wo bist du? Ich will dich sehen.«

Es dauerte fast eine ganze Minute, bis Felix' Antwort kam. »Bin in Konstanz bei Sabine und den Kindern. Was machst du heut Abend? Geh'n wir zusammen zum Hemmedglonker?«

Ach richtig, heute war ja Weiberfastnacht, hier in der Gegend besser bekannt als gompiger beziehungsweise schmutziger Donnerstag. Georg hatte mich bereits zum Hemmedglonker in Herbertingen eingeladen. Ich wusste nicht so recht, was das sein sollte. Georg hatte nur gesagt, das sei eine große Pyjamaparty und ich solle ein hübsches Negligé anziehen.

Aber egal, was es war. Hauptsache, Felix wollte mit mir da hin. »Er will mit mir zum Hemmedglonker«, rief ich und strahlte Mayo an. Mayo beachtete mich jedoch gar nicht, er hatte größeres Interesse an den ersten Schneeglöckchen, die im Moment überall sprossen.

»Gern, Georg hat auch schon gefragt. Hoffe, das ist okay. Um acht bei mir?«

»Freu mich«, schrieb Felix sofort zurück.

Und ich erst.

»Was heißt, du kannst nicht mitkommen?«, fragte ich und wechselte das Telefon in die andere Hand, um auch auf der anderen Seite den Ohrring reinmachen zu können.

»Es duat mr echt leid, Jädde, aber mir goht's grad gar it guat«, antwortete Georg.

Ich warf einen schnellen Blick auf die Uhr. Felix konnte jeden Moment vor der Tür stehen. Ich war schon ganz aufgeregt.

»Was hoscht etz ahzoga?«, wollte Georg prompt wissen. »Hoscht de an mein Rat ghalta?«

»Sicher hab ich das. Ich hab ein hübsches Negligé in Smaragdgrün gefunden.«

»Ond was ziehscht drzua ah?«

»Eine Netzstrumpfhose und High Heels.« Fehlte nur noch der Mantel, denn ohne den würde ich das Haus garantiert nicht verlassen. Draußen war es immer noch tiefster Winter. »Sollte doch passen, oder was meinst du?«

»Sicher basst des. Ond was hosch dronter?«

»Schorsch!«

»Isch jo scho guat. Aber du siehsch bestemmt lecker aus.« Er seufzte. »Es isch aber au en Scheiß, dass i ausgrachnat etz malad sei muss.«

»Ja, ich find's auch schade«, erwiderte ich, obwohl das nicht ganz der Wahrheit entsprach. Um ehrlich zu sein, hatte ich absolut nichts dagegen, mit Felix alleine zu sein. Ich hatte schon den ganzen Nachmittag überlegt, wie ich Georg das beibringen konnte, wollte ihn aber nicht vor den Kopf stoßen.

»Dr Felix kommt jo mit, ond des wird bestemmt au zu zwoit ganz luschtig.«

In diesem Moment klingelte es auch schon an der Tür. Mein Herz fing sofort an, wie wild zu schlagen, und Schmetterlinge breiteten sich in meinem Bauch aus. »Da ist er. Also dann gute Besserung.«

»Danke, Jädde. Ond dur nix, was i it au doa dät.«

Ich konnte fast hören, wie Georg grinste, und allmählich dämmerte mir etwas. Er gab doch mit Absicht vor, dass ihm nicht gut war, um Felix und mich nicht zu stören. Wie lieb von ihm.

Nun musste auch ich grinsen. »Ähm, Schorsch, kann's sein, dass …«

»I muss auflega, mir isch ganz schleacht.« Und schon war er weg.

Ich legte das Telefon beiseite und noch schnell die Kette um, die ich von Felix geschenkt bekommen hatte. Dann betrachtete ich mich kurz im Spiegel. Ja, das würde schon gehen.

Es klingelte noch einmal. »Ich komm ja schon«, rief ich, obwohl ich wusste, dass Felix mich nicht hören würde. Ich spürte die Ameisen überall durch meine Adern krabbeln, als ich ihm die Tür öffnen ging.

Zwei Gedanken schossen mir durch den Kopf, als ich Felix sah: Ich liebte ihn so sehr, dass es fast wehtat und alles andere egal war. Und zweitens fragte ich mich, wie man in so einem Outfit sexy aussehen konnte.

Felix trug ein altes, langes Nachthemd in Weiß über seinen normalen Klamotten und eine weiße Nachtmütze auf dem Kopf. Um seinen Hals baumelte außerdem an einem langen Band ein Babyfläschchen, das er wahrscheinlich Zoe oder besser gesagt ihrem Vater abgeschwatzt hatte.

Mayo kam angelaufen und wollte Felix begrüßen, aber wir ignorierten ihn beide. Einer von uns würde sich wohl auf der Party blamieren, und mir schwante, dass es nicht Felix sein würde. Ich musste nicht lange überlegen, bis mir klar wurde, dass Georg mich absichtlich in das Negligé gequatscht hatte. Er wollte die Sache zwischen Felix und mir wohl beschleunigen, und es schien zu funktionieren. Felix sah mich mit diesem Blick an, der mehr sagte als tausend Worte.

»Wow«, entfuhr es ihm, und er schluckte schwer.

Ich beobachtete, wie sich sein Adamsapfel bewegte, was in diesem Moment total sexy war.

»Du siehst heiß aus«, sagte er leise.

»Oh, ähm, danke«, stammelte ich und errötete. Auf diese Ehrlichkeit war ich trotz allem nicht gefasst gewesen. Ich senkte den Blick, doch dann fasste ich mir ein Herz und sah Felix an.

Unsere Blicke begegneten sich und hielten sich einen Moment lang fest. Er schob die Haustür mit seinem Fuß zu, ohne mich aus den Augen zu lassen. Mit zwei Schritten war er bei mir und drückte seine Lippen auf meine. Endlich, war alles, was ich in diesem Moment denken konnte.

Wir küssten uns so richtig wild und leidenschaftlich und konnten beide nicht genug bekommen. Felix hielt mein Gesicht in seinen Händen und wuschelte durch meine Haare. Nun fuhr er meinen Rücken hinunter und fasste mit beiden Händen an meinen Hintern. Er schob mich Richtung Schlafzimmer, ohne seine Lippen von meinen zu lösen, und wir stolperten fast über Mayo. Wir landeten auf dem Bett, und die Babyflasche drückte sich unsanft zwischen uns. Ich nahm sie Felix ab und warf sie auf den Boden. Mayo gab ein leises Jaulen von sich, aber wir sahen nicht auf. Dafür waren wir viel zu sehr mit uns selbst beschäftigt. Zu lange schon hatten wir auf diesen Augenblick gewartet.

Durch den dünnen Stoff des Negligés spürte ich Felix' warme Hände, und mich überlief ein Schauer, als er begann, mich überall zu ertasten. Als er jedoch den Träger des Negligés zur Seite streifen wollte, hielt ich seine Hand fest.

»Warte mal, wir sollten noch schnell was klären.«

»Jetzt?« Er sah mich ungläubig an.

»Ja, ich finde schon. Es ist nicht so, dass ich nicht auch will.« Gott, das war die Untertreibung des Jahrhunderts. Ich musste mich schwer zusammenreißen, um ihm nicht auf der Stelle sämtliche Kleider vom Leib zu reißen. »Aber wir haben beide Dinge gesagt, die wir nicht hätten sagen sollen. Und ich würde das gern vorher aus der Welt schaffen.«

Während ich sprach, knabberte Felix ganz vorsichtig an meinem Hals. Nun grinste er mich an. »Ich hab dir doch schon per SMS geschrieben, dass es mir leidtut.«

Ich zog ihm seine Nachtmütze vom Kopf. »Ja, aber ich würd's gern noch mal von dir hören«, erwiderte ich leise.

»Du willst es von mir hören?« Er küsste mich sanft und fuhr mir zärtlich mit einem Finger über das rechte Schlüsselbein, während er mich ansah. »Es tut mir leid, Jette. Ich war sauer auf dich, weil du alles so kompliziert machen musstest. Selbstverständlich will ich dich heiraten und mit dir Kinder kriegen.«

Ich schluckte die Tränen hinunter, die vor lauter Glück in mir hochkrochen, und strahlte Felix an. »Aber wir üben vorher noch ein bisschen, oder?«

Er lächelte zurück. »Das hoff ich doch.« Sein Finger fuhr über das Negligé weiter nach unten, zwischen meinen Brüsten hindurch und über meinen Bauch. Es fühlte sich toll an, wie er ganz langsam meinen Bauchnabel umkreiste. Er wanderte noch ein kleines Stückchen weiter abwärts, bevor er den Weg zu meinem rechten Oberschenkel einschlug. »Da fällt mir ein, dass ich dich noch was fragen wollte. Erinnerst du dich an unseren Kuss nach dem Angerfest?«

»Wir haben uns geküsst?«

Er grinste. »Ich hoffe, das hier vergisst du nicht so schnell.«

Wir küssten uns wieder, und Felix schob nun seine Hand unter das Negligé. Er streichelte meinen Oberschenkel, griff nach meinem Po und drückte mich fester gegen sich. Ich umklammerte ihn mit beiden Beinen hinter dem Rücken, während er mit seiner ganzen Hand an meiner rechten Seite wieder nach oben fuhr, in mein Haar griff und meinen Hals und meine Ohren küsste.

»Ich liebe dich, Jette.«

»Ich liebe dich noch viel mehr. Können wir jetzt endlich dieses scheußliche Nachthemd ausziehen?«

Felix grinste und setzte sich auf. »Nichts lieber als das.« Innerhalb weniger Sekunden hatte er sowohl das Nachthemd als auch seinen Pullover über den Kopf gezogen.

Ich setzte mich ebenfalls auf und fuhr langsam mit beiden Händen über seinen nackten Oberkörper. Felix legte eine Hand in meinen Nacken und zog mich noch näher an sich. Wir küssten uns wieder, und er begann dabei, das Negligé vorsichtig nach oben zu schieben.

»Wie komme ich eigentlich zu der Ehre dieses heißen Outfits?«, fragte er und zog es mir über den Kopf.

»Drei Mal darfst du raten.«

Er legte den Kopf schief, was total süß aussah. »Schorsch?« Ich nickte, und Felix lachte. »Nicht dass ich mich beschweren will, aber du kennst ihn doch.«

»Schon, aber woher soll ich wissen, was so ein Hemmedglonker ist? Außerdem fand ich das mit dem Negligé gar nicht so abwegig. Immerhin heißt es hier doch schmutziger Donnerstag.« Ich küsste seinen Bauch, während ich mich gleichzeitig an seiner Hose zu schaffen machte.

Er grinste. »Na, wenn das so ist. Haben wir dann jetzt genug geredet?«

Ich nickte, ebenfalls grinsend. »Auf jeden Fall. Komm her.«

Ich ließ mich nach hinten fallen und zog Felix mit mir. Und was dann geschah, brauche ich wohl nicht zu sagen. Nur eins noch: Seine Hände fühlten sich unglaublich toll an!